芦粟依旧甜

曹彦 著

北方文艺出版社
哈尔滨

图书在版编目(CIP)数据

芦粟依旧甜 / 曹彦著. -- 哈尔滨：北方文艺出版社，2021.9

ISBN 978-7-5317-5246-2

Ⅰ. ①芦… Ⅱ. ①曹… Ⅲ. ①长篇小说–中国–当代 Ⅳ. ①I247.5

中国版本图书馆 CIP 数据核字(2021)第 176773 号

芦粟依旧甜
LUSU YIJIU TIAN

作　者 / 曹彦

责任编辑 / 富翔强　　　　　　　　封面设计 / 东方朝阳

出版发行 / 北方文艺出版社　　　　邮　编 / 150008
发行电话 / (0451)86825533　　　　经　销 / 新华书店
地　址 / 哈尔滨市南岗区宣庆小区 1 号楼　　网　址 / www.bfwy.com
印　刷 / 北京长宁印刷有限公司　　开　本 / 880×1000　1/32
字　数 / 210 千　　　　　　　　　印　张 / 11
版　次 / 2021 年 9 月第 1 版　　　　印　次 / 2021 年 9 月第 1 次印刷
书　号 / ISBN 978-7-5317-5246-2　　定　价 / 56.00 元

内容梗概

上海"80后"青年颜晓潮在去浦东探望母亲段银红时，在母亲家里看见一捆崇明特产甜芦粟，误以为是娶了崇明老婆的表弟杨奇立送来的，其实是在崇明买房的隔壁邻居齐忠琰家人送的，这种清香甘甜的水果，激起了他对崇明岛的回忆和对往日崇明朋友的思念。

二十多年前，颜晓潮读初中时的班主任施容旭老师是崇明人，初三毕业前夕，在英语老师闻梅珍家里补课时认识的同学施竖兰是崇明人，高中时在他家隔壁租房的邻居小花妈龚福娣一家也是崇明人，后来读大学、参加工作，也遇到过一些来自崇明的同学、同事。在跟崇明人的接触中，颜晓潮了解到崇明岛的风土人情，并对崇明话萌发了兴趣，曾一度自学，也几度踏上这片美丽的土地。与崇明人的交往，贯穿了颜晓潮从初中到大学毕业后的日常生活中，青春期的懵懂和叛逆，上海石库门弄堂的喧嚣和市井，以及割舍不断的师生情、邻里情，均通过不同维度，在书中淋漓尽致地予以呈现。

尽管跟施老师、小花妈有过误会，有过不愉快，但颜晓潮在心底对崇明埋藏已久的深厚感情却始终留存。在得知崇明长江大桥隧道通车、在寻觅到了乡音之后，他毅然再次前往崇明，回到了他曾经魂牵梦萦的地方。当小花姑父沈富炳送给他甜芦粟的时候，他吃着甜芦粟，觉得这味道依旧那么清甜……

目录

一、久违的甜芦粟 …………………………………… 1

二、新师上任三把火 ………………………………… 15

三、泪别退休恩师 …………………………………… 36

四、躁动的初二 ……………………………………… 49

五、崇明岛离队仪式 ………………………………… 59

六、团课风波 ………………………………………… 77

七、留在提高班 ……………………………………… 93

八、初三毕业季 ……………………………………… 108

九、隔壁崇明人 ……………………………………… 122

十、想念施老师 ……………………………………… 136

十一、小花姑妈搬来 ………………………………… 153

十二、对门三星老太 ………………………………… 168

十三、独自去海岛 …………………………………… 184

十四、初中同学聚会 ………………………………… 195

十五、祖孙游崇明 …………………………………… 209

十六、跳蚤市场开店 ………………………………… 223

十七、想搬未搬 ………………………… 235

十八、楼上柴家捣乱 ……………………… 247

十九、崇明姓施的人最多 ………………… 255

二十、济青搬家 …………………………… 269

二十一、去堡镇做客 ……………………… 284

二十二、寄出的绝交信 …………………… 298

二十三、途径杨树浦 ……………………… 314

二十四、情归东海瀛洲 …………………… 329

一、久违的甜芦粟

俗话说:"三十而立。"可是,已三十出头的上海"80后"小伙颜晓潮,却至今单身。他大学毕业后,在街道干过几年社工,之后考上事业单位,有了正式编制,拥有一份还算稳定且收入不错的工作,但上海的房价、恋爱和结婚成本,实在令他望而却步。他想去外地找女朋友,但招致他父母的反对。

他的母亲段银红,压根儿就瞧不起外地人,对外地人的态度,满嘴就是"乡下人"三个字,她在电视里看《新老娘舅》之类的节目看得太多了,认为儿子找个外地媳妇来,七大姑八大姨的,到时候都来投亲,会招惹不少麻烦。但是,段银红对上海郊区的"乡下人"也就是平常大家所说的"本地人"倒不排斥,特别是对崇明人,她反倒还挺喜欢,因为她的外甥,也就是她姐姐段银惠的儿子杨奇立,找的老婆就是崇明人。段银红已年逾花甲,开始变得有些唠叨,她经常提醒儿子:"不要去安徽、云南这种很远的地方找老婆,因为隔得太远,你无法彻底了解人家。像杨奇立一样,找个崇明的多好,那小姑娘挺实惠的。"段银红嘴里的"实惠",无非就是小姑娘长相过得去,对物质的要求又不高,小两口专注过日子。

"不要跟我说崇明,我现在对崇明人没好感。"每次听到母亲这样讲话,颜晓潮的火气都变得很大,有时甚至还要摔东西。一是他对母亲娘家段家门的人非常反感,认为这一家子做人都太势利;二是自己已经成年,有自己的想法,不想让母亲过多干涉;三是他听到"崇明"二字,之所以心里会来气,是因为他以前曾和隔壁邻居崇明人发生过过节。

这里面,当然是有故事的。曾经,颜晓潮是多么喜欢、热爱和向往崇明岛这块上海郊外的净土。但是,由于当时年少不更事,一时冲动任性,导致跟崇明邻居陆争贤、龚福娣夫妇发生了一些摩擦,最终反目,那对夫妻也因此搬走了,之后虽彼此关系缓和、重修于好,也有所走动,但毕竟心理隔阂仍在。一块伤疤,不易揭。或许爱得越深,恨得也就越多。

颜晓潮跟90高龄的奶奶蒋桂宝住在上海闹市中心、紧邻南京路步行街的石库门老房子里,他父亲颜泽光、母亲段银红在他读大学时,在浦东杨浦大桥旁下买了一套50多平方米的一室一厅商品房。晓潮参加工作后的第五年,爷爷颜永仁患病去世,随后他跟奶奶相依为命。如今,奶奶年事已高,生活无法自理,颜父回到浦西,照顾自己老母。段银红一个人留守浦东,儿子每月择日去探望她。颜母之所以不回石库门,是因为她们婆媳

一、久违的甜芦粟

之间关系不和、存在矛盾。

一日,颜晓潮来到浦东父母家中,看望母亲。他见客厅内的餐桌上放着一捆绳扎的甜芦粟,心想大姨妈段银惠经常将她儿媳沈蓓倩家乡——崇明的土特产带来送给他母亲,像什么崇明糕、金瓜、扁豆等,因为甜芦粟也是崇明的特产,他下意识地认为是表弟杨奇立送来的,于是便问母亲:"妈妈,这甜芦粟哪里来的?又是杨奇立送的?"甜芦粟又称糖高粱或高粱甘蔗,是高粱的一个变种,崇明人把它叫作"芦穄",表皮青绿,茎秆比甘蔗细、嫩,吃法跟甘蔗类似,但可以用牙齿咬扯掉表皮,不必拿刀刨削,其肉质脆甜、多汁,是上海人喜爱的水果之一。

"甜芦粟就一定是杨奇立送的吗?"段银红歪着头反问儿子。

"我吃一根。"颜晓潮十分喜欢这种水果,已经很久没吃了,他急不可耐地上前动手解松了捆绑甜芦粟的草绳,从中抽出一根,用牙啃去表皮,津津有味地吃起来,"嗯,好吃,甜,水分多。"

"人家拿来,是给我吃的。"段银红告诉儿子,因她嫌儿子不听话,所以对儿子有点儿不待见。

"到底是谁送的?"颜晓潮再次问母亲。

段银红本不想告诉儿子,但在儿子的苦苦追问下,还是说了:"人家齐忠琰,多争气,现在在外企工作,月薪一万多,结了婚,生了小孩,买了好几套房子,最近又在崇明买了一套。"现在的崇明岛,往返上海市区,交通条件大为改善,因为修建了横跨长江口的大桥和隧道。

"哦,原来是齐忠琰送的。"颜晓潮这才恍然大悟,并感到有些意外。

段银红没正面接茬儿子,其话语里毫不掩饰对儿子的失望:"人家小孩,爸妈都喜欢,都比你争气、有出息。"

颜晓潮没理会母亲。说起齐忠琰,他是浦西石库门老房子里的邻居,比颜晓潮小两岁,现在齐家已搬离此地,将小屋出租。齐母钟惠玲跟段银红私下关系不错,一直电话联系。

啃完一根甜芦粟,颜晓潮又信手拿来第二根,段银红在一旁提醒儿子别都吃光。嚼着美味的甜芦粟,颜晓潮的情绪渐渐平静下来,他回想起以前在隔壁租房的崇明邻居陆争贤、龚福娣夫妇。记得龚福娣住在这里时,跟齐母有矛盾,两人关系不和。其实,颜晓潮心里并不真正怨恨龚福娣,相反,他还一直惦记着昔日的这户崇明人,尽管事隔了近二十年。现在,他和陆争贤、龚福娣夫妇失去了联系。吃着甜芦粟,想着崇明岛,此时此刻的颜晓潮,心情五味杂陈,感受难以形容。

"其实崇明人挺好。"颜晓潮突然良心发现,对母亲发自肺腑地吐出一句。

"哼,一会儿又说崇明人好了,我看,你是忘记不了人家。"段银红带着嘲弄的口气,她说的"人家",显然是指龚福娣。

"说真的,吃着崇明的甜芦粟,倒有点儿想小花妈了。"颜晓潮不隐瞒实情。陆争贤、龚福娣夫妇的女儿叫陆莹靓,原名

一、久违的甜芦粟

陆雅花，小名叫小花，所以他喊龚福娣"小花妈"。

"这么多年过去了，你还对人家念念不忘啊？当心变花痴！"段银红警告儿子道。她是典型的小市民，狗嘴里吐不出象牙来。

"怎么会啊？崇明人多呢，我初中时的班主任施老师，你还记得吗？施老师也是崇明人，我也想念施老师。"颜晓潮竭尽全力为自己开脱。他所说的施老师，名叫施容旭，是他读初一至初三时的班主任兼体育老师。

"不要找借口，想施老师是假的，想福娣才是真的。"段银红板着脸，表情严肃地对儿子说。

"都想。几年前，龚福娣曾来南福街看望过老邻居，她给过我一个手机号，可惜现在停机了，联系不到她。施老师，我是很多年没跟他联系了。下次，有机会，我去崇明岛玩玩。"颜晓潮还清楚地记得，七年前，他刚考上事业单位不久，一个星期六的上午，龚福娣外出办事，路过南京路，便想起去附近南福街善存里曾经住过的石库门探望老邻居，她先是去了隔壁聂家，告诉聂家姆妈，自己现在患了糖尿病，随后来到颜家。当时，颜晓潮很兴奋激动，他特地告诉龚福娣，爷爷已经去世了，他现在上班的单位，就在她女儿小花以前职校读书的地方——新沪太路，称那里是把以前的学校和周边厂房都拆了后，重新建造的办公楼。

段银红没吭声，只是用鄙夷的神情，瞟了儿子一眼。颜晓潮将吐出的芦粟渣丢进马甲袋内，思绪一下子回到了20世纪90

5

年代——他的初中时代。

1995年,七月初的夏天,颜晓潮刚放暑假不久。他初中预备班毕业,九月份开学即将升入初一。

一天晚上,学校召开家长会,父亲颜泽光前去参加。学校离家不远,就是老闸桥旁边的咸鱼中学,校门口正对着北京路五金街。这学校之所以取这么怪的名字,是源于学校楼下以前曾是菜市场,卖咸鱼的,当然保留这个校名,也蕴含着莘莘学子唯有通过不懈努力,才能咸鱼翻身的意思。学校位于大楼的三至五层,没有室外操场。颜晓潮在家守着,心里忐忑不安,因为今天的家长会上,班主任刘老师将宣布一个重要的决定,就是下学期是否继续担任他们的班主任。晓潮和他的母亲,都希望刘老师留任。因为,刘老师对晓潮非常疼爱,再者,刘老师平时相当和蔼可亲、为人师表,对教学也一丝不苟、敬业负责。

颜家住在石库门底楼。随着一声轰隆的门响,颜泽光把自行车推入天井内。老爸开家长会回来了。由于期末考试成绩还可以,颜晓潮自然不用担心父亲的责备,他关心的是刘老师的去留问题。还没等他开口,母亲就抢先问:"泽光,他们刘老师还当班主任吗?"

"下学期,刘老师不担任班主任了,但继续教他们语文。"颜泽光答道。

一、久违的甜芦粟

当颜晓潮在一旁听说下学期刘老师不做班主任时,他顿时愁眉苦脸、面容绝望,但想到刘老师还教他语文,还可以继续相处时,也没显得太悲观,只是心头有一点小小的压抑。为了确定刚才的消息,他又重新问了一遍父亲,并得到父亲肯定的回答。

段银红对此有点惋惜:"他们刘老师,这么好的老师,怎么做了一年的班主任就不做啦?真可惜。"

"学校安排刘老师做行政。"颜泽光把家长会上刘老师的原话告诉妻子。

"刘老师是共产党员、优秀教师,学校肯定重用她了。"段银红猜测道。

"晓潮,你们刘老师的名字叫刘辈才,是吗?"颜泽光突然想起,问儿子,见晓潮点头,便说,"你们刘老师的名字怎么取得像男人一样?我今天才知道她叫刘辈才。"

刘老师是女的,年近半百,圆脸大眼,体型微胖,目光炯炯有神。有时候挺严厉,但对颜晓潮,却总是那么亲切、慈祥,她似乎把晓潮当作自己的干儿子。

暑假,炎炎夏日,八月初的一天下午。

颜家爷爷、奶奶,正邀请隔壁邻居秦家阿婆和楼上萧家好公,到他们家的客堂间里打麻将。因为家里地方不算很大,见老人们在玩牌,颜晓潮就端着一把竹躺椅,到后门外的弄堂里去看晚报了。此时，已经下午四点多，太阳快要落山。

"晓潮，刘老师来家访了！"在弄堂里乘凉并看着报纸的颜晓潮，听见从屋子里传来母亲的声音。他赶紧跑到后门口，向屋内张望，只听见爷爷、奶奶跟刘老师的相互问候声，奶奶欲起身给刘老师倒水，刘老师摆手谢绝，叫奶奶不必客气。

"刘老师！"颜晓潮在后门外喊道，随后准备进屋。

"哦，原来你在外面，"刘老师见颜晓潮在外边弄堂里，考虑到屋内的老人正在打麻将，便望着后门说，"晓潮，你别进来了，刘老师出来，我们外边谈。"

刘辈才信步来到弄堂里，段银红跟着走了出来。

"暑假过得好吗？没有出去玩？"刘老师关心地问。

"没有，就在家里看看书、读读报。"颜晓潮回头张望了一下身后的躺椅和放在上面的报纸，向刘老师汇报说。

"这倒挺好，"刘老师表扬颜晓潮，觉得他挺乖，接着转过头对段银红惊讶地说，"你儿子好像一个暑假，个子长高了不少。"

颜晓潮13岁，正值青春发育期。他对自己一下子长高，有些沾沾自喜，认为自己马上要变成大人了。

"就是不懂事，不听话。"段银红向刘老师抱怨道。

"从小他爷爷、奶奶就宝贝他，"刘辈才笑着对颜母说，随后找颜晓潮谈起心来，"晓潮，你接下来，要做大人了，不能再像以前那么任性，在家不能耍小孩子脾气了，爸爸妈妈都是为

一、久违的甜芦粟

了你好,大人的话,有时候也要多听听。"

"嗯嗯,"颜晓潮不住地点头,他还是很信任刘老师的,愿意接受刘老师的教诲,想起下学期她不做班主任一事,忍不住问道,"刘老师,你下学期不做我们班主任了吗?"

"嗯,"刘辈才点头,然后告诉颜晓潮和他母亲,"学校让我做人事,所以开学后班主任就不做了,不过刘老师还是教你语文,我们还会天天见面的。"

被刘老师这么一说,颜晓潮的心里似乎得到了些宽慰。

"新的班主任,不知道好不好?"段银红有些担心,在旁关切地问。

"听说是个男的,但现在没有最终确定,要到8月29日最后一次返校时才会知道,应该还不错。"刘辈才回答颜母,同时也是说给晓潮听,希望他们别过于担忧,因为学校的老师素质都过硬。

谈了20多分钟。

"我准备走了,"刘辈才见时候不早了,她还要去其他学生家。临行前,她不忘再次叮咛颜晓潮,"你在家一定要听父母的话,新学期学习再加把劲,成绩争取保持在班前十名,这次期末考试考得还不错。"说完,她习惯性地伸出手,摸了一下晓潮的头。

颜晓潮的心犹如这盛夏的天气,很炽热。他喜欢刘老师摸他的头,这说明刘老师很喜欢他。

见刘老师要走了，爷爷、奶奶此时已打完了麻将，起身要为她送行，她恳请两位老人留步。奶奶紧握住刘老师的手，略表歉意地说："刘老师，您来了，茶都没喝一口，都怪我们招待不周，实在不好意思！你对我家晓潮这么关心，我们真的很过意不去。"

"没关系，应该的。"刘辈才客气了两句。爷爷要孙子送送刘老师，被刘老师婉言谢绝了，她说附近还有好几户学生的家庭要走访，不必麻烦。刘老师走后，段银红对公公叹道："他们刘老师真是好，可惜不做班主任了！"

8月29日下午，咸鱼中学四楼教室内，开学前的最后一次返校。这次返校，内容重要，因为要完成开学前的各项准备工作。

颜晓潮背着书包走进教室，见刘老师依然站在讲台前，不过在她的身旁，还站着一位男青年，20岁出头的模样，他暗自思忖：这难道就是新来的班主任？坐到座位上后，只听班里的一些同学都在私底下议论纷纷，称这男的就是新来的班主任。教室的讲台和第一排课桌上，堆满了各种新的教科书，一摞摞的，摞得很高。刘老师正在给每位同学发放新书，先交由每列第一排同学，然后把新书依次往后传递。年轻的男老师则收取每位同学的学杂费，并开具收据。当收到颜晓潮时，晓潮打量了他一番，只见他1米75左右的身高，穿着白色T恤衫和灰色中裤，小平头，国字脸，小眼睛，皮肤有点黑，像外地人，但能说上海话，只是夹杂着不知何地的口音。当颜晓潮把学费交给他时，心里一直在想：不知这新来的男老师凶不凶，会像刘老师那样和颜悦色吗？

隔了两个月的暑假，同学们回到课堂，久别重逢，有聊不完的话题，班级里人声鼎沸、喧闹嘈杂，犹如菜市场。当发完新书、收好学费后，站在讲台上的刘老师向全班同学拍了几下手，示意安静。同学们立即停止了交谈，教室内顿时变得鸦雀无声。

"同学们，马上要开学了，今天是开学前的最后一次返校，你们现在已经是初一了，是真正的中学生了。刘老师呢，虽然不做你们的班主任了，但还继续给你们上语文课。今天，新的班主任来了，就是这位施老师。施老师刚从师范大学毕业，校长安排他接手我们这个班，是对施老师的充分信任。下面，请大家以热烈的掌声欢迎施老师！"刘老师在讲台上，以嘹亮的嗓音，进行了一番铿锵有力的致辞。

班级里响起了雷鸣般的掌声，站在讲台旁边的施容旭显得有些不好意思，尴尬地朝同学们笑了笑。

"这次呢，班级的情况发生了一点小小的变化，本来我们班，一共45名同学，由于学校场地有限，教室不够，整个年级7个班，这次撤销了一个，把7班拆了，分了七名同学到我们班。我们原来的班长费群，转学了，所以现在全班共51位同学,"刘老师在讲台上滔滔不绝地说着,坐在底下的颜晓潮环顾了一下四周,发现教室内确实多了几张新面孔,"费群转学,我们班长的位置空缺,不过也巧,原来7班的班长麻馨被分到我们班,那么暂时就由麻馨担任我们的新班长,也就是少先队中队长。其余班干部,还是按照上学期的职务,暂时先做下去。以后班干部的改选,由施老师安排。"说到这里,刘辈才转头向施容旭瞧了一眼,施容旭点头回应。

"下面,请麻馨同学起立,大家认识一下。"刘辈才突然想起,又补充了一句。

麻馨坐在第二排,因为她的个子不高,但小姑娘长得挺漂亮,这或许就是讨老师喜欢、被委任为班长的原因。应刘老师的要求,麻馨站了起来,并转身,向全班同学微笑致意,同学们不由自主地对她报以热烈的掌声。颜晓潮和同桌文若妮在私底下面面相觑,似乎都对这个新来的班长不以为然。

亮相完毕,刘老师示意麻馨坐下,然后对同学们说:"希望大家在新学期能配合麻馨同学的工作,下面请施老师上台跟大家讲话。"刘辈才说完这句话后,朝施容旭递了个眼神。等施容旭走上讲台后,刘辈才收起文件,离开了教室。颜晓潮望着刘老师离去的身影,心里依依不舍。

施容旭站到讲台前,还算沉着稳重、镇定自若。他先干咳了一声,清清嗓子,然后用一口略带口音的普通话,向全班学生做自我介绍:"我叫施容旭。"话音刚落,他转身从粉笔槽里

一、久违的甜芦粟

拿出一支白色粉笔，在黑板上写下了"施容旭"三个大字，然后继续说道："我是体育老师，并担任你们的班主任，希望大家在新学期对我的工作多多配合。现在刚开始，我对在座的各位同学还不熟悉，叫不出你们的名字。如果大家对班级管理有什么意见、建议或者好的想法，可以大胆提出来，只要是我能办到的，会尽力为大家做。"

颜晓潮听施老师这几句话，觉得他还挺客气。但班里的同学，没一个现场提意见，只是获悉体育老师当班主任后，都颇感意外。因为体育是副课，一般在中小学，很少有副课老师担任班主任。

"至于班委会的事情，就按刚才刘老师说的，原来的班干部，新学期继续留任一段时间，我先看看情况，班干部的名单我这里有，麻馨我已经认识了，其余的中队委员、小队长和各科课代表，我在这里念一下名字，叫到的麻烦起立，让我认识一下，"施容旭这样说，然后拿起名单，开始一一宣读起来，"组织委员，孙莺莺；宣传委员，戴琴；学习委员，施芸轩，和我同姓（引来笑声）；劳动委员，马超阳；体育委员，金生健……"

文若妮是文艺委员，同样被点到名。颜晓潮既不是班干部，也不是课代表，所以没他的事。刘老师曾经让他当过小队长，谁知他当上小队长后，有些得意忘形，一次课间休息，跟隔壁2班的王律良、傅睿祥在操场上打起架来，在全年级造成非常恶劣的影响，结果被刘老师撤了职并勒令写检讨在全班当众宣读。

　　随后，施容旭又宣布，根据学校的工作安排，在开学前要对教室进行大扫除，他宣读了每位同学的职责分工和包干区域，有的扫地，有的拖地板，有的擦窗，还有的擦课桌椅。同学们接到任务后，纷纷拿起教室角落里的扫帚、拖把、塑料桶、抹布等，三三两两地行动起来。颜晓潮负责的是擦窗，谁知在擦窗时，施容旭走过来检查，发现他没把窗玻璃擦干净，便批评了他，并要他重新擦。颜晓潮觉得施老师说话的口气有些生硬，隐约感觉他这个人不是那么好相处，想想还是刘老师好。

二、 新师上任三把火

24岁的施容旭，第一次为人师，第一次当上一群十二三岁孩子的班主任，他年纪轻轻很有理想抱负，希望通过努力，把班级带好，各科成绩在全年级都能名列前茅。

学校每天下午3点就放学了，但细心的施容旭发现，学生们语、数、外三门主课的作业并不多，语文刘老师基本上不布置回家作业，教数学的简志萍老师作业留得也不多，就是英语老师闻梅珍布置的作业稍微多一些，但也不算特别多，基本上一小时就可以完成。早早地放学后，许多学生并不是马上回家，很多男生留在学校的室内操场上打篮球、踢足球，女生则追星，到校门口的地摊上去买明星的相片和琼瑶的言情小说。颜晓潮跟隔壁2班的王律良、傅睿祥是小学的同班同学，比较合得来，他们三个放了学经常在一起，不玩球，而是模仿武侠剧里的角色，相互追逐、打闹，并美其名曰"比武"。一次放学后，颜晓潮在教室外面的走廊上跟王律良"比武"，傅睿祥在旁边做"裁判"，刚斗了没几个回合，正好被经过的施容旭撞见。施容旭当场板起脸，推了一下颜晓潮，冷冷地说："这里是给你们比武的吗？要比武，下次我来跟你比。"两人只好停止打闹，傅睿祥等施容旭走远后，悄声地对颜晓潮说："你们新来的班主任挺凶啊，一点不像刘辈才那么好说话。"初中的孩子，自我意识开始不断增强，往往在背后对老师直呼其名。

对于颜晓潮和王律良、傅睿祥经常打闹一事，2班的班主任高胜全向施容旭多次反映。高胜全年过百半，是位资深的语文老教师，又兼任年级组长，他的家乡是山东，早年从部队转业，留在上海教书。对于年级组长的告状，初出茅庐的施容旭觉得脸面无光，不得不引起重视，于是在课间找颜晓潮谈了一次话，告诫他："别让我下次再听见你跟2班的王什么比武，否则别怪我对你不客气。"颜晓潮见施老师如此严厉，多少有些惧怕，表示再也不会了。同时，简老师向施容旭反映，班上有几个男生，应该是李端、韦一峰、楼智宇等人，放学后在操场上踢足球，把他们4班教室门上的玻璃都给踢坏了，简老师是4班班主任。施容旭对此忍无可忍，当天放学前随即向全班训话："我们的学校，操场在室内，场地非常小，以后不允许踢足球。我在这里跟各位，尤其是男生，先声明，下次再让我听到谁，放学后在操场上踢足球，我绝不会原谅。"一些爱运动的男生，见施老师在讲台上发威，都敢怒不敢言，其实他们心里根本不买这位年轻老师的账，等他一走，立即在背后发起牢骚，骂他"脑筋搭错"。

二、新师上任三把火

不久，简老师和闻老师，分别对3班进行了一次数学和英语摸底测验，学生们的成绩普遍不理想。面对涣散的班级、松垮的纪律和差劲的学习态度，施容旭狠下决心，准备对班风进行整顿，并亲自主抓学生们三门主课的学习事宜。施容旭认为，学生们下午3点就放学，有点早。于是，他决定对班上学生进行"加课"，每天放学以后，全班同学不准回家，继续上自习，将放学时间推迟至4点半甚至5点。期间，施容旭除了让学生们在教室里完成作业外，有时还会亲自督促和检查学生们古诗词、文言文名段、数学公式、英语单词的背诵和默写情况。自从"加课"后，初一（3）班的学生几乎天天被"关夜学"。有几次为了检查默写，施容旭把学生们留得很晚，超过了5点钟。夜幕徐徐降临，在教室门外，经常挤满了前来接孩子的家长。

一次，颜晓潮的爷爷颜永仁见孙子到了放学的时间却迟迟未回家，有些担心孩子的安危，只身前往学校接孙子。爷爷到校后，见这么晚了，外面已经天色昏暗，可教室里依旧灯火通明，没有一点放学的迹象。教室外聚满了家长，对新来的老师议论纷纷、颇有微词，爷爷参加了家长们的讨论，抱怨说："现在怎么放学这么晚？小孩要饿肚子了。"

施容旭透过教室门上的玻璃窗，见外面已聚满了家长，便走出教室，跟各位家长打了声招呼，意思是还要再过一会儿才放学，希望家长们不要着急。爷爷见这个新来的年轻男老师说话口气很生硬，对家长一点儿不客气，因此对他没什么好印象，

芦粟依旧甜

认为他跟刘老师相比,简直天壤之别。

傍晚5点40分,施容旭宣布放学,教室门终于被打开了。同学们背着书包,三三两两地走出教室,等候在外面的家长,见自己的孩子出来,赶忙上去迎接。

"晓潮,怎么搞到这么晚?"爷爷有点儿心疼孙子。

颜晓潮已经累得不想说话,望了爷爷一眼,然后耷拉下脑袋。

"快点儿回家吧,"爷爷对颜晓潮说,并问,"作业都做完了吗?"

"还有一点点。"颜晓潮边走边说,但显得不太高兴。

"肚子一定饿了吧?回家马上吃饭,爷爷给你买了烤鸡。"颜永仁特别疼爱孙子。

祖孙俩回到家里,奶奶已经把饭菜准备好,并全部端上了桌,颜晓潮见餐桌上确实有烤鸡,是肚子里塞了京葱和香菇,电烤的那种烤鸡。颜家老头、老太和儿子、儿媳吃饭各管各的、分开吃,小孙子跟着两位老人吃。

"他们现在的老师,是个小青年,抓得是紧,天天放学这么晚。"颜永仁对房间里的儿子、媳妇抱怨道。

"看来,他们新来的施老师是新官上任三把火了。"段银红笑着对丈夫说。

"妈妈,这个施老师一点也不好,很凶,没刘老师好,我想念刘老师,我要刘老师做班主任。"颜晓潮嘟着嘴告诉母亲。

二、新师上任三把火

"来,快点吃饭吧,肚子肯定饿了。"奶奶蒋桂宝叫着孙子,并给他盛饭。

施容旭每天把学生们留到很晚,自己快六点钟了才下班。他家在崇明,为了到校方便,一个人在市区租了房子,租的房子离学校也挺远。每天他回到住处,差不多要7点,天已黑。因为太晚,菜场已关门,买不到菜,施容旭只好去马路边的夜市吃夜排挡。他觉得自己这么做,完全是替学生着想,因为孩子们的学习自觉性太差了,他希望给学生施加一点学习压力,让他们化压力为动力,提高学习成绩。

"爸,你好!"一天晚上,施容旭吃完饭,在马路边的公用电话亭,给远在崇明的父母打去电话。

施父接到儿子的电话,甚是高兴,问:"容旭,你现在在学校上班,刚开始做老师,觉得能适应吗?"

"还可以,学校领导让我拜刘老师为师傅,她带教我呢,"施容旭向父亲汇报说,并叹道,"现在这些学生,读书太不认真,作业不好好做,我现在每天放学后给他们辅导,刚下班。"

"你别太辛苦了,晚饭吃了吗?"施父问。

"刚吃好。"

"你在学校要多向老教师虚心请教,对学生,一定要为人师表,我们村里,就出了你这么一个大学生,还是人民教师,你一定要给家里争光啊!"施父语重心长地嘱咐儿子。

"知道，知道，"施容旭嫌父亲有些唠叨，便扯开话题，问，"妈在吗？"

"你妈在，我让她听电话。"施父回头对老伴眨眨眼睛，示意儿子要跟她说话。

施母兴冲冲地走过去，接过电话，问道："容旭，你在上海好吗？什么时候回来？"尽管崇明也属于上海，不过是上海的郊县，崇明是后来从江苏南通划入上海的，一般崇明人都习惯把"市区"叫作"上海"。

"一切还好，"尽管当教师面临着不小的压力，但施容旭为了让母亲安心，还是往好的方面说，"等国庆节学校放假了，我就回来。"

"你跟倪敏的事，现在谈得怎么样？"施母关心儿子的终身大事。倪敏是施容旭的女朋友，大学同学，只不过她读的是英语系，现在在另一所初中学校教英语。

"现在每个周末，都见面的。"施容旭告诉母亲。

"你们学校，会分房子吗？如果你们在上海有一套房子，就可以早点儿结婚了。"施母盼着儿子早日成家立业。

"现在还不知道，我尽量争取，"施容旭对这事，心里也没底，"妈，你和爸保重身体，先这样，下次我有空再给你们打电话。"

由于天天放学后给学生加课，久而久之，施容旭遭到了班

二、新师上任三把火

上一些学生的不满和非议。有他无意间亲耳听见的,也有其他老师告诉他的。总之,他面对学生对他的不理解和背地里对他的恶语中伤,他心里很郁闷,也很气愤,毕竟他还是教师里的新手,似乎还不够成熟,像个"大孩子"。

施容旭除了担任初一(3)班的班主任外,还负责整个初一年级6个班的体育教学任务。这天,他在学校的室内操场上,给高老师的2班上体育课。

"立正""向右看齐""向前看""稍息"……施容旭在整队时,向2班学生发出口令,全班跟着做相应的动作。但因带有口音,受到学生们的暗自嘲笑,心情貌似有点糟糕,他在喊口令时,嗓门明显有些大。

"你怎么穿皮鞋?"施容旭指着傅睿祥厉声呵斥道,然后大喊一声,"给我出列!"

施容旭继续喊着口令:"向右转……向后转……向左转……向右看齐……"

施容旭发现队伍里,王律良的思想有点不集中,动作做得很不规范,始终在偷懒,于是提高嗓门,警告他道:"王律良,你怎么回事?告诉你,现在初中毕业前,都要加试体育,体育成绩不及格,不能考重点高中。是不是要我让你在初三毕业前,体育科目挂红灯?"他曾听高老师说起过,王律良这个学生,成绩在班里算优等,是尖子生,所以想吓唬他一下。

王律良被施老师训得不敢作声。

一节语文课，因先前施容旭在办公室告诉刘辈才，班里同学在背后说他是"乡下人"，刘老师听了很生气，觉得孩子们太不懂事。为了教育学生养成尊师重教的品德，并帮助施老师在学生面前树立威信，她特地在课堂上抽出时间，对全班同学训话。

"施老师为什么天天放学后把你们留下来？他是恨铁不成钢，你们知道吗？"刘老师在讲台上说，教室内一片寂静，鸦雀无声。

"施老师每天把你们留得这么晚，他自己不多拿一分加班工资，对他自己又没什么好处，放弃这么多休息时间，晚上很晚才回到家，只能去吃大排档，可他为什么还要这么做？你们想过吗？"刘老师反问全班同学，底下没有一个同学敢作声，"施老师是用心良苦，希望提高你们的学习成绩，你们有谁理解过他？"

同学们个个低着头，默不作声。

刘老师继续讲道："居然有同学说施老师是乡下人，我可以很负责地告诉你们，施老师是正宗的上海人，施老师是崇明人，崇明岛是不是属于上海的？"

刘辈才是老班主任，在同学中间一直有比较高的威望。现在，班上同学被刘老师驳得哑口无言。

"跟你们透露点私人信息，施老师今年24岁，还没结婚，但已经有女朋友了。应当讲，施老师跟我，跟你们能在一起，是一种缘分。施老师属猪，在座的各位，大多也属猪，我也属猪。我们是大猪、小猪和老猪，三代同堂，"刘老师说到这儿时，班里同学忍俊不禁都笑了出来，刘老师没笑，表情严肃，"希望你们好好想一想。下面，我们开始上课……"

中午休息，刘辈才特地来到施容旭的办公室。因为施容旭是体育老师，办公桌没放在初一年级办公室，而是被安排在体育教研室，跟其他两位体育老师一起办公。

"谢谢师傅！"施容旭躬着背，身子微微前倾，向刘老师感谢道。

"小施，今天我上课，已经说过他们了，你心里不要有什么想法，"刘辈才安慰施容旭，接着又委婉地给予他建议，"不过呢，以我老教师的眼光，你也别一下子对他们抓得太紧。俗话说，十年树木，百年树人，有时候心急吃不到热粥，揠苗助长，只会适得其反。对学生们，关键还在于引导，想方设法，端正他们的学习态度，激发他们对学习的兴趣，你说是吗？"

施容旭像聆听长辈教诲一样，点了点头。

"好，你休息吧，我先回办公室了，有问题再说。"刘辈才拿起手里的讲义，轻轻拍了一下施容旭的肩膀，两人会心一笑。

"刘老师，不好意思，麻烦你了。"施容旭深表歉意。

"不要紧。"刘辈才用鼓励的眼神看着施容旭。

可能是刘老师的一番话，使施容旭茅塞顿开，他决定不再对学生们"关夜学"。所以，那天放学的时候，他专程来到班级，做了一番令学生们意想不到的讲话：

"我是教体育的，性格比较火爆。前段时间，我放学后一直把大家留下来自习，可能我有欠考虑的地方，有些同学住得远，回到家已经很晚了。但是，作为你们的班主任，我希望这个班级，每个人的学习态度都是积极的，测验、考试的分数在全年级都是拿得出手的。有些同学不能理解我，当然，作为你们的老师，也算是大哥哥，俗话说，宰相肚里能撑船，我也不会计较这些。你们在座的各位，家里祖上推三代，哪个不是从农村出来的？你们的父母，很多都是知青，当年上山下乡，插队落户，如果不是后来的政策，在座各位的父母很可能现在还在农村里种地。你们好好想一想。从今天开始，放学后我也不留大家了（底下同学有些小小的骚动）。但是，对你们的学习，我的要求不会有任何放松，每天任课老师布置的作业，以及每次测验的试卷，必须交给家长检查并签名。批改好的作业以及试卷，凡是有错的地方，及时在下面订正，我会定期抽查。另外，施芸轩同学，你作为学习委员，不是说自己学习成绩好就可以了，你还要在学习上多帮助同学，切实发挥好学习委员的带头作用。好了，放学！"

当施容旭宣布"放学"后，他转身就离开了教室。等施老师一走，班级里一片欢呼雀跃声，同学们像是出了笼子的小鸟，马上要飞向蓝天，自由翱翔了。

颜晓潮整理书包时，回头问坐在他后排的施芸轩："你也姓

二、新师上任三把火

施,也是崇明人吗?"

施芸轩是个长相清秀、高高瘦瘦的女同学,性格文静内向,刚才被施老师当着全班的面点名,已经很难为情了,现在面对颜晓潮的疑问,她红着脸,摇头笑道:"不是。"

下午4点不到,颜晓潮就已放学,他背着书包,走在回家的路上。途中,遇见了王律良和傅睿祥。

"今天你们放学怎么这么早?施容旭不留你们啦?"傅睿祥问道。

"施容旭一点都不好,凶巴巴的,天天把我们留得很晚,"颜晓潮似乎很讨厌施老师,

"他是挺凶的,上次体育课,我没穿运动鞋,叫我在旁边站了一节课。"

"唉,"颜晓潮叹道,"上次我们比武,被他撞见,他还说以后要比武,他来跟我比。"

"哈哈哈,那你肯定要被他打趴下了,"傅睿祥大声笑出来,接着说,"王兄更惨,他还说要让王兄初三毕业时体育不及格,考不了重点高中呢。"

"我不怕他的,"王律良推了推鼻梁上的眼镜,嘴硬逞强道,"我爸认识教育局的人,他真的敢给我不及格,我叫我爸去找教育局,让教育局领导开除他。"

"呵呵呵。"颜晓潮和傅睿祥都笑了起来。

"今天还'比武'吗?"王律良挥舞着拳头问道。

"不比了,"颜晓潮似乎没心情,因为他还有很多作业要做,数学和英语有些题还不会,心里正发愁,他想跟好友聊聊天,于是说,"你们还是去我家坐坐吧。"

"今天皮勇杰怎么没跟你一起走?"傅睿祥问颜晓潮,他说的皮勇杰,是颜晓潮班上的同学,个子高高,有些木讷,是个后进生,但为人非常老实,平时跟颜晓潮关系还不错。

"没有。"颜晓潮其实也有点看不起皮勇杰。

颜晓潮回到家里,见爷爷正跟秦家阿婆、萧家好公,以及另一位不认识的老太太,四个人围坐在一起打麻将,奶奶在一旁观战。两位老人见孙子的好同学来了,表现出十分欢迎的样子。

"今天怎么这么早放学?"爷爷一边摸牌,一边问孙子。

"施老师想通了。"颜晓潮没好气地回答道。

"哦,"爷爷明白过来,"这老师不咋样,年纪轻轻,骄傲得很,太自以为是。"

"你们吃点儿糖果。"奶奶从橱柜里的饼干箱内抓了一把水果糖,分送到王律良和傅睿祥的手中。

"谢谢晓潮奶奶!"两人异口同声地说。

"作业做完了吗?"奶奶问孙子。

"等下再做吧,"颜晓潮此刻根本没心思,他感到,初一数学和英语的难度,比预备班增加了不少,最近课堂上老师教的

二、新师上任三把火

东西，有些他都听不懂，所以作业做错的地方很多，但是碍于面子，他不好意思主动请教老师和同学，总之，他感到最近的学习压力很大，今天难得好友相聚，他想散散心，于是对二人说，"我们到苏州河边去转转吧。"

在预备班时，颜晓潮的学习成绩很好，每次期中、期末考试，总分都能在班里排前十名。现在，进入初一后，可能是课程难度加大，也可能是换了班主任，情绪受到影响，他的学习成绩开始一落千丈。每次数学和英语作业，做错的很多，其实有些题，根本就是上课没好好听讲，不会做，在瞎做。数学老师简志萍最近在批改作业时，发现颜晓潮做错的题很多，已向施老师汇报。英语老师闻梅珍在改作业时，见颜晓潮的时态句型题全部做错，便用红笔在下面写了一段话："作业写得很认真，但都不对，如果不懂，可以来问我。"谁知，当颜晓潮看到作业本上的红字时，却碍于面子，没有去找闻老师。

一次，英语课上，闻老师见颜晓潮思想不集中，在开小差，便点名喊他回答问题。颜晓潮站起来后，支支吾吾，回答不出来。闻老师有点儿恼火，训斥他道："上课不听，怎么会懂？不懂，还不来问。给我站着！"

就这样，颜晓潮被罚站了一节课，并受到同学们的嘲笑，深感没有面子，心情低落。放学时，他背着书包，刚走出教室，就被迎面而来的施老师拦住。施老师板着脸问他："最近在想什么？简老师跟我反映，你的作业做得一塌糊涂，你家长怎么不检查就签名？今天英语课又是怎么回事？"

颜晓潮不知道说什么好。每天，他写完作业，都按照班主任施老师的要求，交由父亲签名，颜泽光因自己文化水平不高，对儿子不听话失望，也不想多管，所以就随便签个名了事。

"学习多用用心，知道吗？"施容旭见颜晓潮站着纹丝不动，在发呆，便敲了一下他的头，忠告他。

以前都是被刘老师摸头的，现在却被施老师敲头，颜晓潮对施老师更加反感，对刘老师当班主任的岁月倍加怀念。回到家，颜晓潮在做作业时，对父亲说："怎么现在每天都是施老师出现，刘老师出现的次数越来越少？"

"这正常的，现在施老师做班主任了，刘老师当然就不管了。"颜泽光心直口快地告诉儿子。想不到颜晓潮听到父亲的这番话后，心里很不是滋味。

第二天，语文课上，颜晓潮不时地凝望刘老师，不知道在想些什么，总之没听进去课。刘辈才发现颜晓潮最近有些不太对劲，上课注意力分散、神情恍惚，便点了他的名，请他划分课文的段落并概括段落大意。

颜晓潮条件反射似的从座位上站起，却捧着本书，语无伦次了半天也说不出答案。刘老师深表叹息，失望地对他说："你最近怎么回事？上课思想不集中，是不是家里有什么事？刘老师对你目前的状况，挺担心的。"

二、新师上任三把火

初一上学期的期中考试成绩揭晓，颜晓潮语文74分，数学62分，英语63分，尽管都及格了，但退步很多，总分在全班排到了三十多名。比起皮勇杰三门课全部"挂红灯"，颜晓潮当然还算可以的，所以他并未意识到成绩下降的严重程度。

施老师要求，试卷必须给家长签名。晚上回到家后，当颜晓潮把试卷拿出来，交给父亲签名时，段银红见儿子考得这么差，顿时火气很大，对丈夫说："泽光，不要给他签。"

颜泽光怕老婆，没主见，刚握起钢笔的手，立马缩了回去。随后，段银红板起脸，教训起儿子来："考试考得这么差，数学、英语只有六十多分，差点不及格，还好意思拿回来给家长签名？你想想看，这个字怎么签得下去？我告诉你，这字，我们不签的。"

"你们不签，老师会以为我没把试卷给你们看过，会责怪我。"颜晓潮对母亲强烈地愤慨道。

"你自己也好好想想，以前都是班级前十名，这次怎么会考得这么差？"颜泽光也批评了儿子，当然他比妻子心软，想给儿子签名，但怕妻子怪罪，所以迟迟不敢行动。

颜晓潮见父母不肯签，担心明天无法向老师交差。

"不签，就是不签，"段银红态度强硬，并提醒丈夫，"泽光，你不要给他签，让他明天被老师骂。"

面对蛮不讲理的母亲，颜晓潮深感无奈。他拖着沉甸甸的脚步，来到外面的客堂间，心里已做好了明天接受施老师处罚的准备。爷爷为了安抚孙子，上前轻声耳语道："爷爷给你签，爷爷也是家长。"

颜晓潮为了第二天能交差，只得拿出试卷让爷爷签了名。

第二天一早到校，施容旭依次检查学生期中考试试卷家长签名的情况。当检查到颜晓潮时，施容旭发现他卷子上的签名是"颜永仁"，显得很陌生，便怀疑他是冒充家长签名，便指着试卷上的名字质问他："这个是谁？笔迹好像跟你的有点儿像。"

"是我爷爷，"颜晓潮老实回答。

"以前不都是你爸签吗？为什么让你爷爷签？你妈呢？"施容旭追问。

"我爸妈嫌我考得不好，不肯签。"颜晓潮如实相告。

施容旭有点儿不信，严肃地告诫他："你少在我面前耍花腔，我不是刘老师，你每次跟她耍花腔，她都对你客客气气的。"

颜晓潮挨了顿批，心情顿时糟糕透顶，泪水也差点掉了下来。

"你叫家长到学校来一次，爸妈都可以，不要喊爷爷奶奶。"施容旭对他说。

课间休息，同桌文若妮从教室外面走进来，告诉颜晓潮："闻老师叫你去一趟她的办公室。"

颜晓潮的心"咯噔"一下，他知道英语老师找他，肯定没好事，班主任施老师又要他父母到学校，心想自己最近挺倒

二、新师上任三把火

霉的。

英语教研室里。

"颜晓潮是吧?"闻梅珍戴着老花镜,在批改学生作业,见颜晓潮来了,便摘下眼镜,拿出并翻开他的作业本,抬头对他说,"你看,你这几天的作业还是错,语法什么的都没搞懂。既然不懂,为什么不来问我?"

"这……"颜晓潮欲言又止,不知道如何解释。

"你拿回去订正,不懂的地方及时来问我,看在你写字端正的份上,再原谅你一次,快去!"闻梅珍说。

"谢谢闻老师!"颜晓潮拿起作业本,飞快地跑回教室。

……

晚上放学回家,颜晓潮不得不跟父母提起班主任施老师要找家长的事。

颜泽光和段银红正在房间里吃饭,听儿子这么一说,颜泽光显得很淡定,只是"哼"了一声,并附带一句"我有数的",他早就预料到,儿子最近学习成绩大幅度下降,老师早晚会找家长,段银红则回头白了儿子一眼,什么话也没说,像是对儿子很生气。

接下来,夫妻俩商量着谁去见老师的问题。只听段银红说了句:"要去你去,我不去。"颜泽光没再吭声。颜晓潮隐约感觉到,老爸去的可能性比较大,其实他也希望爸爸去。

第二天放学后,父子俩出现在学校的体育教研室。

"颜晓潮爸爸，你看，这是你儿子最近测验和考试的成绩。"施容旭翻开一张学生成绩单，递给坐在对面的颜泽光。

颜泽光接过后，略微扫视了一下，然后还给施老师道："情况我都知道，我儿子每次考试、测验的卷子都给我们看。"

听父亲这么一说，站在一旁的颜晓潮终于释然了，因为他从没有冒充过家长签名。

"你们每次都签名的?"施容旭向家长核实情况。

"嗯，他都叫我们签的，有几次我老婆看我儿子考得不好，不肯签，有一次他让他爷爷签了。"颜泽光如实陈述道。

"老师叫你们家长签名，目的是想让你们家长对孩子的作业和成绩有一个了解，起到监督作用，并没有其他用意，你们家长只要看过，就应该签名，并不是说作业做得不好、考试成绩差了，就不签。"

"嗯。"颜泽光点点头。

"今天我找你来呢，是因为你儿子最近的成绩下降得厉害，平时的作业情况也不好，所以想找你来谈一谈，希望回去以后，加强对孩子学习的督促……"施容旭直奔主题。

听完施老师的叙述，颜泽光转头望了一眼儿子，紧皱眉头，轻轻敲了一下桌面，提醒他说："跟你说了多少遍，你不懂的要问老师。"

颜晓潮一声不响，自知理亏。

从此以后，颜晓潮下定决心，重拾自信，认真学习。首先，

二、新师上任三把火

他上课开始集中精神，认真听讲。其次，对于数学和英语作业不懂的地方，便壮着胆子，跑到办公室去请教简老师和闻老师，老师没想象中那么难沟通，还是给予热情解答的，有时他也会讨教学习委员施芸轩。第三，就是认真完成回家作业，并去书店买来教辅参考书籍，加强对知识点的温习和理解。想不到，功夫不负有心人，经过一段时间之后，颜晓潮的成绩回升了，并受到了任课老师的表扬。

一节英语课上。

"今天，我要表扬一个人，就是颜晓潮同学。刚开学时，他成绩不好，作业情况也比较差。但后来，他碰到不懂的题目就来问我。最近，他的作业每次都是A，成绩也直线上升，这次测验，他得了94分，全班第三名，所以特地要表扬一下，希望他再接再厉。"闻梅珍老师在讲台上向全班同学说道。

全班同学立即为颜晓潮鼓起了掌，而他却不好意思地低下了头。

"希望同学们努力学习英语。现在的社会，英语很重要，因为它是一门国际通用语言，大家在报纸上看见了吗，现在各类企业招聘，都在招聘简章上写明，懂英语者优先……"闻老师继续说。

几天后，一节语文课。

"上课!"刘辈才在讲台上说道。

"起立!"作为班长的麻馨,向全班喊口令。

全班学生齐刷刷地站起,然后师生相互问好。

"请坐,"待同学们坐下后,刘老师开始讲课,"今天,我们讲的是第十课《女娲造人》,这是一则神话故事……"

课上,刘辈才请颜晓潮回答问题,神话和童话这两种文学体裁有什么区别。颜晓潮起立,声音嘹亮地回答道:"神话是根据古代的民间故事、传说改编的,是对大自然和人类历史文化的艺术化加工并赋予人物超自然的力量;童话是以儿童为读者,通过夸张、想象和拟人化的方式,来演绎各种有趣、神奇的故事。"

"回答得非常好!请坐。"刘老师对颜晓潮今天的回答非常满意,然后说,"看来施老师找过家长,你最近学习总算上心了。"

体育课。

"立正……向右看齐……向前看……"体育委员金生健站在队伍前,喊着口令,然后转身向施老师报告,整队完毕。施容旭让金生健归队。

接着,进行抛铅球测验。颜晓潮人高马大,手臂力量也很足,他向上扔出铅球,沿着抛物线,将铅球掷得很远,给学生记分的施容旭对颜晓潮称赞道:"好!90分。"

二、新师上任三把火

颜晓潮引来同学们羡慕的目光。

之后自由活动,很多男同学在打篮球,女同学则跳长绳或打板羽球。其实,颜晓潮并不喜欢体育运动,独自在操场上踱来踱去,施容旭从颜晓潮的身后走过,上前摸了他一下头,和颜悦色地对他说:"最近各课老师普遍反映,你的学习成绩有所提高,希望你继续保持下去,争取期末考试考出好成绩。"

颜晓潮听到施老师这番话,心里暖暖的,似乎找回了学习的自信和动力。

三、 泪别退休恩师

初一上学期期末考试，颜晓潮语数外三门主课的总分在班级排名第五，等到了下学期的期末考试，总分跃居全班第三。在学习成绩上，班干部里除了组织委员孙莺莺、学习委员施芸轩还能和颜晓潮较较劲外，其余的像班长麻馨、宣传委员戴琴、文艺委员文若妮、劳动委员马超阳、体育委员金生健，都已被颜晓潮赶超甚至远远抛到后面。

颜晓潮的学习成绩越来越好，施容旭也开始喜欢他了，平时见到他，经常鼓励他争取考上重点高中。但是，颜晓潮"两耳不闻窗外事，一心只读圣贤书"，对班级的事务漠不关心，参与班级的活动也不积极，由于在学习成绩上有了优越感，他在班里不谋求什么"一官半职"，没有当班干部的想法。这点上，施老师对他有些失望，有时会旁敲侧击地提醒他，学习成绩上去了，对班级、对同学也应该关心。

进入初二新学期，主课加了一门物理，颜晓潮担心自己的物理学不好，会在期中、期末考试时把总分拉下来，于是疯狂

三、泪别退休恩师

钻研物理，不时向理科尖子生王律良讨教。渐渐地，他发现自己对物理有了兴趣，觉得物理并不像自己原先想象的那么难。

初一整个学年，由于种种原因，班干部一直未进行过改选，初二开学后不久，施容旭在一次班会课上宣布，决定对班委会也就是少先队中队委进行民主换届选举，由全班同学无记名投票，选举出新的班干部。

改选后，新一届班委会产生，戴琴和施芸轩不幸落选，金生健的双胞胎妹妹金生慧和新学期刚从无锡转学来的漂亮女孩吴怡莲成为新的班委，其余则是"老面孔"。经过事后的分工安排，麻馨继续担任班长，宣传委员改由文若妮担任，金生慧接替施芸轩担任学习委员，文艺委员为吴怡莲，剩下的组织委员、体育委员和劳动委员人选不变。

在选举过程中，文若妮担任了工作人员，负责收集选票，然后唱票。选举结果公布后，文若妮回到座位上，不知是出乎意料，还是觉得遗憾，她对颜晓潮小声说了一句："你一票都没有的。"颜晓潮轻轻摇了摇头，显示出一副满不在乎的样子。

初二，学校团总支、大队部准备在全年级优秀少先队员中率先破格发展一批共青团员。不用猜，也不用想，这种好事，肯定非班长莫属。施容旭不容分说，第一个就把麻馨的名字报给了校大队辅导员华瑾老师，然后让麻馨放学后去参加少年团校的学习，也就是通常说的"听团课"。没过多久，麻馨就被光荣批准入团，除了脖子上的红领巾外，校服胸口的校徽上面，还多加了一枚金光闪闪的团徽，引来班里同学一阵羡慕。颜晓潮当然也羡慕，但是他心里或许更多的是嫉妒，他觉得麻馨没什么了不起，成绩在班里十几名，同他比，微不足道。

一次自习课，施容旭因有事离开一会儿，临走前，他像往常一样，让身为班长的麻馨坐到讲台前写作业，负责看管班级的纪律，并授权她，如果哪个同学大声喧哗、扰乱教室秩序，就把名字记在黑板上，等他回来处理。

就这样，麻馨像小老师那样，坐到了讲台上。起初教室里很安静，还能听到同学们写作业的声音，可没过多久，班里几个捣蛋鬼按捺不住了，在下面对着麻馨扮鬼脸、发怪声。

"李端、韦一峰，"麻馨喊着他们的名字，"你们俩什么意思？是不是要我把你们的名字记下来？"

韦一峰怕被施老师处罚，马上低下头写作业，不出声了。

李端却不买账，继续招惹她。

"李端！"麻馨大叫一声，"我再警告你一次，你再发声，就记你的名字了。"

"你记呀。"李端调皮地说。

这回麻馨可真发火了，立即转身把李端的大名写在了黑板上。李端见势不妙，终于求饶，麻馨却不为所动，并告诫下面的同学："这就是你们的榜样，谁要是再敢说话，就把他的名字也记上去。"

三、泪别退休恩师

班级里暂时安静了一阵子。

"这道题怎么做呢？让我想一想，应该用二元一次方程解吧……"坐在第一排、靠近讲台的男生胡亚迪边做作业，边不停地嘀咕。胡亚迪学习成绩很好，就是有些傻乎乎，而且个子矮，跟人高马大的皮勇杰一样，经常受到同学们的取笑。

"胡亚迪，不要发出声音！"麻馨听见后，提醒他。

"我在读题目。"胡亚迪噘着嘴，嘟哝道。

"都像你一样读出声音来，教室不就成菜市场了吗？"麻馨反问他，见胡亚迪不予理睬，依然我行我素，便第二次转身，把胡亚迪的名字也记在了黑板上。

"你记我名字干吗？"胡亚迪叫起来。

"刚才好好跟你讲，你为什么不听？"麻馨气呼呼地对他说，然后望着全班，瞪起一双大眼睛，"你们还有谁要像他俩一样的，尽管来好了。"

颜晓潮看不惯麻馨一副盛气凌人、飞扬跋扈的样子，觉得她自从入团以后，变得很骄傲，于是对文若妮小声耳语了一句："麻馨现在怎么变得这样？"

"颜晓潮，你也想被记名字吗？"麻馨看见颜晓潮在说话，立马警告他。颜晓潮被吓了一跳。

文若妮没作声。

施容旭在自习课上离开，是因为去办公室跟女友倪敏打电话。

"容旭,我现在的学校同意放我,就不知道你那边的学校有意向接收我吗?"倪敏在电话里问道。

"我帮你再去问一问,好吗?"施容旭压低声音,怕周围有人听见,"我师傅,就是刘老师,她现在在学校搞人事,我上次已经把你的情况跟她说过了。"

"有调来的可能性吗?"倪敏想调往咸鱼中学,这样就能每天跟施容旭在一起了,现在他俩是见面不易、聚少离多。

"应该行的。"施容旭安慰她。

"你们学校分房子的事,有消息吗?你上次不是说快了吗?"倪敏关切地问。

"在等。"施容旭似乎有点儿把握,劝女友别急。

"这个星期的双休日,在哪里碰头?"

"嗯……"施容旭一时想不出合适的地方,"你看呢?听你的。"

倪敏笑了,提议道:"去逛淮海路,你看怎么样?"

"可以,可以,你爱去哪里,我都陪你。"施容旭信誓旦旦地向女友献殷勤。

打完电话后,施容旭去了校长办公室,找刘老师。

"小施。"刘辈才见施容旭来了,喊道。

"刘老师,刚才我女朋友来电话问我,她想调到咱们学校的事,不知校长什么态度?"施容旭直截了当地问。

三、泪别退休恩师

"你这事,上次我已经跟校长说过了,校长原则上是同意的,但现在英语教师的编制满了,要等机会,"刘辈才回复,接着又说,"闻梅珍老师马上要退休了,等闻老师退休后,英语老师的名额就有了,到时候我再帮你想想办法。"

"师傅,那真的太感谢了,麻烦您了。"施容旭深表谢意。

"小施,你和小倪,调在一起,两个人也方便点儿,"刘辈才很为年轻教师着想,"还有啊,小施,听说学校的房子马上要分下来了,区教育局在浦东,专门拨了一块地,建造了教师公寓,据说是专门解决你们这些青年教师的住房问题。"

"真的啊?"施容旭简直不敢相信,他激动起来,对师傅道,"太好了!"

闻梅珍已到了退休的年龄,她给初二(3)班上完最后一节英语课,就悄悄地办理了退休手续,离开了学校。临走前,她没有跟执教班级的学生透露过任何关于自己退休的事,因为她想低调一些,不想在学生中引起什么新闻。

星期一开始,当英语课上,走进教室的老师不是闻梅珍,而是换成了一位戴眼镜、自称姓米的中年女教师,并从米老师口中得知闻老师已经退休的消息时,颜晓潮的眼眶湿润了,他似乎一下子难以接受这个事实。面对闻老师的离去,颜晓潮是多么的依依不舍。毕竟,在过去一年里,闻老师在英语学习上给了他很大的鼓励和帮助,他一取得进步,闻老师就当着全班同学的面表扬他。如今,在英语课堂上见不到闻老师的身影,他感到非常的伤心和难过。

中午放学,回家吃饭,颜晓潮在校门外,遇见了王律良和傅睿祥。他们见颜晓潮今天似乎有些不对劲,一副闷闷不乐的样子,便询问缘由。颜晓潮把闻老师退休的事告诉了他们。

傅睿祥听到这个消息,也很震惊,出乎意料。

"我希望闻老师继续教我们英语啊,可惜,从今以后,我再也见不到她了。"颜晓潮仰望天空,长声叹息。

"不会的,"王律良劝颜晓潮,"以后,你可以经常去她家看望她啊。"

"哦,对了,"傅睿祥突然想起什么,"闻老师的家离这里很近的,就在闸桥下面,上次我们还经过她家,看见她了呢。"

"是的,"王律良回过神来,对颜晓潮说,"你现在想到闻老师家去吗?我可以带你去。"

颜晓潮思念恩师,点头同意。

就这样,他们翻过校门口的那座闸桥,一起来到闻老师的家。屋子沿街,门敞开着,只见门牌上写着"闸桥西街10号",王律良和傅睿祥使劲向屋内喊着闻老师。

闻梅珍闻讯来到屋外,见是自己昔日的学生,颇为诧异,忙问:"颜晓潮,你怎么来了?"

"闻老师,你退休了是吗?"颜晓潮急着问,此时的他已经鼻子酸楚、喉咙哽咽。

三、泪别退休恩师

"是的。"闻梅珍如实相告。

"哇，"颜晓潮顿时情绪失控，号啕大哭起来，"闻老师……"

"你别哭呀，你一哭，我心里也不好受，我退休没跟你们说，是我不好，你先进屋坐一会儿。"闻梅珍拉着颜晓潮的手，抚慰道。

"不坐了，"颜晓潮不好意思给闻老师添麻烦，他边哭边告辞，"闻老师，我走了，下次再来看你。"

"颜晓潮，你不要哭，你现在也知道我家的位置了，以后可以常来玩，"闻梅珍再次劝慰他，见他执意要走，担心他出事，连忙嘱咐旁边的王律良和傅睿祥，"你们俩是他的好朋友，快扶他回家，多劝劝他，叫他别伤心……"

"好的，闻老师。"傅睿祥答应道。

"闻老师，你放心好了，我们会劝他的，那我们先走了。"王律良一边搀扶住颜晓潮，一边对闻梅珍表示。

王律良和傅睿祥把颜晓潮安全地护送到家。谁知，颜晓潮一进家门，一想起刚才和闻老师告别的场景，心里哀伤又起，再次忍不住大哭起来。颜永仁见孙子哭得如此伤心，急忙递来毛巾，问个究竟。王律良在一旁，把事情的原委都告诉了颜爷爷。

"是叫闻老师，新闻的闻，对吗？"爷爷一边劝孙子别哭，一边向王律良打听闻老师的情况,见王律良点头,老人感慨道,"照这么说,这闻老师确实挺好,怪不得晓潮会哭成这样。"

"吃饭吧,眼睛都哭红了,"奶奶心疼孙子,并安慰他道,"闻老师年纪大了,肯定要退休的。以后,你要继续用功读书,考个好成绩,这样才是对老师的最好报答。"

颜晓潮手拿毛巾擦眼泪,泪水终于停了下来,但眼睛有些肿,还不时抽噎。想到自己肚子饿了,再看看墙上的挂钟,时间已不早,下午还要去上学,颜晓潮便拿起筷子开始吃午饭。奶奶招呼孙子的两位同学一起吃,他们摆手谢绝,都说吃过了。

爷爷问:"闻老师,住在闸桥的什么地方?"

"闸桥西街10号。"王律良说。

"哦,闸桥西街,我知道的,就在闸桥旁边,一条很窄的弄堂。"爷爷回应道。

"晓潮爷爷、奶奶,让晓潮吃饭吧,我们先走了,"傅睿祥见颜晓潮的情绪已稳定下来,便向两位老人告辞,然后转身对王律良招招手,"咱们走吧。"

两位老人向送孙儿回家的两位同学表达了诚挚的感谢,爷爷还特地把他们送出门。

下午,放学的时候,颜晓潮没有直接回家,而是约了王律良和傅睿祥,一起在苏州河边学骑自行车。其实,他们已经学会了,只是还不太熟练,不敢到大马路上骑,苏州河边行人、

三、泪别退休恩师

车辆都很少,在河边可以好好练一下车技。

爷爷见五点多了,孙子还没回家,担心他因闻老师的事一时想不开而出意外,情急慌乱之下,老人赶紧出门,去了闸桥西街找闻老师。

"请问这里是闻老师家吗?"颜永仁望着10号的门牌,敲门问道。

闻梅珍开门后,见来者是一位鹤发童颜的老人,便说:"我就是闻老师,您是?"

"我是颜晓潮的爷爷,我孙子到现在还没回家,中午回家大哭了一场,他说您退休了,有点儿舍不得你。"颜永仁向闻梅珍讲明来由。

"哦,原来你是颜晓潮的爷爷啊!他中午是来过,跟两个同学一起来的,来了之后,情绪也是挺激动的。这孩子,很善良,"闻梅珍见颜晓潮的爷爷找上门来,顿时血压升高,脸涨得通红,"他还没回家吗?爷爷,你别急,我帮你去找。"

待颜晓潮练完自行车,骑车回到家的时候,他一走进天井,就听见从屋内传出闻老师的声音,他感到有些出乎意料。此时,闻老师正坐在颜家的客堂间里和晓潮父母谈着话,段银红抱怨儿子从小不听话、不懂事,闻老师劝颜母别太苛刻,要看到自己儿子身上的闪光点,并说现在的孩子都是"洞里老虎"。

颜晓潮步入家中客堂间,见闻老师坐在沙发上,正啃着一个梨,梨皮没削。这梨是奶奶特地拿来招待闻老师的,闻老师说不用削皮，梨皮有营养，她喜欢连皮吃。

"你们看，晓潮回来了，"闻梅珍见状，忙对颜家诸位说，并欣慰道，"回来就好。"

"晓潮，你到哪里去了？怎么也不跟家人说一声？现在才回来，我还以为你去闻老师家了呢。爷爷为你急得团团转，闻老师也担心你。"颜永仁当面责备孙子。

"我跟王律良、傅睿祥一起在苏州河边骑了一会儿自行车，他们刚刚学会骑。"颜晓潮回答。

"以后晚回来，跟家人说一声。"爷爷提醒孙子。

"爷爷，不要多说了，回来就好，你们也放心了，"闻梅珍劝爷爷别责备孙子，然后把吃剩的梨核丢进了桌上的垃圾罐，"晓潮，这是我家的电话号码，以后你有事，就打我电话。"说完，便把抄有电话号码的小纸条递给了他。

"闻老师，真不好意思，我家孙子给您添麻烦了。"奶奶深表歉意地说。

"没事的，"闻梅珍劝颜奶奶别把这事放心上，随后告诉颜晓潮，"以后你在英语上碰到什么问题，尽管来找我。"

"你看，你们老师多好。"段银红当着儿子的面赞扬起闻老师。

颜晓潮没吭声，用感激的目光看着闻老师。

几天后，在学校，课间休息。

三、泪别退休恩师

在教室外面的走廊上,颜晓潮迎面撞见了班主任施容旭。

"施老师好!"颜晓潮向施容旭微微鞠躬,问候道。

施容旭握起拳头,轻轻捶打了一下颜晓潮的肩膀,问他:"闻老师退休,听说你痛哭流涕了?"

颜晓潮心里纳闷,这事施老师怎么知道的?他低头尴尬地笑了笑,显得有些不好意思。

施容旭没再说什么,似乎觉得他有点幼稚却又不失天真可爱。这时,上课铃响起,施容旭拍了下他的肩膀,说:"上课了,进教室吧。"

又是一节英语课。

课堂上,新来的米老师推了推鼻梁上的黑框大眼镜,笑着对同学们说:"下星期,我们进行一次阶段性的测验。上次期中考试,我看了你们班的英语成绩,总体来说考得不错,平均分在全年级6个班位居第一,希望大家接下来继续努力,考出优异的成绩,这样才不辜负闻老师对你们的一片期望。"

颜晓潮觉得米老师性情温顺、有亲和力,但教学能力一般,讲课讲得有些枯燥,水平显然不及闻老师。对于英语测验,颜晓潮根本不担心,因为他对英语课本上的词汇、语法、时态等知识点,都已经完全吃透,并了然于胸。

当天放学前,施容旭从容地走进教室,跟同学们讲了几件事情。其中,专门提到推荐班上同学参加第二批团课学习一事。

"这次,我们班的孙莺莺、文若妮和马超阳,这三位同学,将参加第二批少年团校的学习，同时被列为第二批入团的发展对象。三位同学都是中队干部，各方面表现都不错。没有轮到的同学，也不要灰心和气馁，接下来还有第三批、第四批，未担任班干部的同学，只要各方面努力，在思想品德、学习成绩和班级活动中表现突出，也同样有机会……"施容旭在讲台上说道。

颜晓潮在这件事上，心里似乎有些不服气。当然，他对入团这种老师、家长眼里的光荣好事，因吃不到葡萄说葡萄酸，表现得不屑一顾。他对同桌文若妮没好感，觉得她爱撒娇、太任性。

施容旭继续说："本来，我这次考虑让金生健同学也去听团课的。但是，昨天，金生健因为跟楼智宇发生了一些口角，一时头脑发热，意气用事，把楼智宇打出了鼻血。所以，这次我取消了金生健听团课的资格。我希望金生健同学，作为班委、中队干部，能严于律己、以身作则，对自己冲动、鲁莽的行为能有所认识和反省，必须当面向楼智宇同学道歉，另外，写一份检查交给我。我个人对待事情还是比较客观公正的，不会因为你是干部，就包庇你，当然也不会因为你是普通学生，平时学习成绩一般，当你的正当权益受到侵犯时，我就另眼相待、不管不问……"

四、 躁动的初二

寒假过后，迎来了初二下学期。

开学前夕，施容旭携女友倪敏去咸鱼中学报到，调换工作的事总算尘埃落定。

这对20多岁的年轻恋人，出现在校长办公室。

"刘老师，谢谢你！"施容旭一个劲地向刘辈才点头致谢，身后的倪敏也跟着点头。

"小施，这下你心定了，你们俩可以在一起了，"刘辈才笑着祝贺他，随后又提醒说，"不过校长讲了，你们平时上班，还是要适当回避一下，等开学后，小倪，你去分校，教预备年级英语，一共教三个班。"因咸鱼中学场地有限、校舍不够，在区教育局领导的关心下，在附近设立了分校，预备、初一年级全部在分校就读。

"好的，刘老师，我晓得了，"倪敏的上海话，跟施容旭一样，夹杂一些崇明口音，"分校离这里远吗？"

"不远，在王沙路，在校门口，坐21路电车，坐一站就到了,"刘辈才指着校门口的方向,告诉倪敏,接着随口问了句,"你们打算什么时候结婚?"

"等学校的房子分下来。"施容旭淡定地说。

"房子快了,到暑假应该可以落实了。"刘辈才把握十足道。

"刘老师,真不好意思,你帮了我们这么多忙,等我们结婚了,一定请你吃喜糖。"倪敏诚恳地对刘辈才说,并望了一眼施容旭。刘辈才听后开怀大笑,笑声充斥着整个办公室。

开学后,一节劳技课上。

初二(3)班同学,在劳技老师的指导下,进行纸质飞机模型的制作。课堂上,手工劳动的工具,如剪刀、胶水、美工刀等,都是同学们从家里带来的。

坐在教室最后一排的皮勇杰,带了一把他母亲从文具店给他买的多功能美工剪刀,这把剪刀可以拆分成两半,一半当刀片使用,另一半带有量角器、瓶盖起子、螺丝刀等用途。坐在前面的劳动委员马超阳,见皮勇杰的这把剪刀造型奇特,不时回过头擅自拿来使用。因每次拿时,都没经过皮勇杰的同意,次数一多,加上好几次拿去后迟迟不还,等皮勇杰催了后才勉强归还,故引起皮勇杰的不满。

"你干吗自己的剪刀不用,非要用我的?"皮勇杰嘴里嘀咕道。

谁知此话冒犯了马超阳,他立刻转过身来,从皮勇杰的课

四、躁动的初二

桌上拿起这把多功能剪刀，分成两半，双手各持一半，摆出一副耀武扬威、盛气凌人的架势，瞪着双眼，威胁皮勇杰："单挑？"因为皮勇杰是全班成绩最差的学生，身为班干部的马超阳，骨子里瞧不起他，现在发生的一幕，纯粹是以大欺小、恃强凌弱。

别看皮勇杰个子挺高，实际上非常老实、胆小，面对马超阳的蛮横无理，他吓得不敢吱声。

"只会欺负人家皮勇杰。"文若妮轻声对同桌颜晓潮说了一句。

颜晓潮朝文若妮望了一眼，什么也没说。

放学路上，颜晓潮见皮勇杰背着书包走在前面，便飞奔过去，上前喊住他。

"今天劳技课，马超阳怎么对你这么凶？感觉你看见他，很怕的样子。"颜晓潮故意嘲笑皮勇杰。

皮勇杰为了面子，装出一副很坦然的样子，说："这种人，我赖得理他。"

"他会打你？应该不敢吧，上次金生健打了楼智宇，施老师不是叫他写检查了吗？连上团课的资格都被取消了。"颜晓潮安抚皮勇杰道。

"像马超阳这种人，还中队长、劳动委员呢，我看简直跟强盗没什么区别！"皮勇杰有些生气。

"哈哈哈……"颜晓潮大笑起来。

"不说这事了，"皮勇杰不想再提伤心事，他还是把颜晓潮当好朋友的，"去我家坐坐吧。"

"好的。"颜晓潮答应。

来到皮勇杰家。

皮勇杰的父亲英年早逝，母亲独自把他拉扯长大。此时，皮母还没下班。他家和颜晓潮家在同一个小区里，家里地方不大，屋内光线不好，不开电灯就很暗。由于他成绩差，人有些傻呆，班里同学没什么人愿意和他交往，他觉得跟颜晓潮还算谈得来。

"听说施老师要结婚了。"皮勇杰突然爆料。

"你怎么知道？"颜晓潮将信将疑。

"我听我妈说的，我妈说她是听刘老师说的，"皮勇杰很单纯，他告诉颜晓潮，"听说施老师的女朋友，哦，不对，现在应该算是未婚妻，也是老师，前不久刚调到我们学校。"皮勇杰突然想到什么，神秘兮兮地笑着问颜晓潮，"你觉得吴怡莲，她人怎么样？"

"她挺漂亮的，有文艺细胞，非常适合干文艺委员的工作，至少比文若妮适合，平时也很热心助人，就是有点儿小姐脾气。"颜晓潮客观公正地评价道，他平时跟吴怡莲接触不多，并觉得和她性格不同，不是一路人，有些距离感。

"说得很对，"皮勇杰笑道，又问，"那你觉得文若妮怎

四、躁动的初二

么样?"

颜晓潮连忙摆手又摇头:"她做作,长得也不好看,别看我和她是同桌,说真的,我真不想跟她坐一块儿,总之对她没什么好印象。"

晚上,颜晓潮做完作业,读着家人订阅的《新民晚报》。"报纸上说,崇明姓施的很多,"颜晓潮见报纸副刊"夜光杯"专栏上,刊登着一篇文章,介绍上海郊区的姓氏,其中提到崇明的施姓,"怪不得,我们施老师是崇明人,姓施。"

"你作业做好了吗?"段银红见儿子在看报纸,担心影响他的功课,便唠叨了一句,"怎么在看报纸啊?"

"报纸,是爷爷订的,看报纸,及时了解国内外大事,长知识,开眼界,"颜晓潮反驳母亲说,"我当然做完了作业,再看报纸的。"

"初二是关键,现在已经是初二下学期了,马上要升初三了,你想考好一点的高中,这学习的事一定不能马虎,人家的小孩,已经在外面补课了。"段银红把儿子的学习成绩看得很重。

颜晓潮有些不耐烦,回应母亲道:"补什么课啊?我现在学习成绩不是挺好?寒假前的期末考试,我排班级第六名呢。"

"不要骄傲,"段银红来了一句,并挖苦儿子,"你最好的时候,班里第三名,第六名已经退步了。"

"只要班级前十名就可以，爸爸说的。"儿子顶撞母亲。

母子俩争执起来。

颜永仁听见家里吵架，心就烦，心里埋怨儿媳妇多事，但又不方便当面批评儿媳，只得跟老伴抱怨："唉，这娘儿俩，怎么搞的，又在吵了。"

"你随他们去，"奶奶蒋桂宝劝说老头子，"小孩补课这事嘛，我在想，到了初三，可以考虑请闻老师帮忙辅导一下。有人辅导，总比没人辅导好。"

"闻老师很好。"爷爷赞赏道。

学校，午间休息，施容旭走进教室，在讲台上宣布："今天下午，两节课结束以后，大家先不要急着回家，学校组织我们看电影，地点在京城影院，你们自己去，然后在电影院门口集合。"

等施老师离开后，整个教室像炸开了锅，同学们议论纷纷，有的对看电影表现得兴高采烈，有的想早点回家，不想去，也有的在猜电影名。

李端来到文若妮的座位前，开始跟她套近乎，谈论着近期某歌星开演唱会的事。颜晓潮正在课桌前写作业，他对文若妮和李端的话题不感兴趣，没有搭理他们。

"你过去一点，超线了。"文若妮用手臂肘关节推了下旁边的颜晓潮，正在写作业的颜晓潮冷不防被一推，手中的圆珠笔

四、躁动的初二

在作业本上划出了一条长线。

颜晓潮心里很恼火,把圆珠笔往作业本上一摔,扭头就对文若妮大声呵斥道:"你推什么推?"

"你超过'三八线'了!"文若妮柳眉一挑,露出一副傲慢的神情,责怪颜晓潮侵犯了她的"地盘"。

"哪里有'三八线'?"颜晓潮不买她的账,反问道。

"怎么没有?中间的这条就是'三八线',你这个星期已经超过好几次了,"文若妮用手指在课桌中间划了一下,然后拿出一瓶修正液,在课桌中间画了一条白色的竖线,"我再警告你一次,以后不准超过这条线。"

"你有本事,去跟施老师说,换座位,谁想跟你这种人坐一起啊?"颜晓潮言语激动起来,他看不惯文若妮已久。

"呜呜呜,你欺负我好了。"文若妮装可怜似的撒起娇。

李端对文若妮怜香惜玉,马上出来打抱不平道:"你一个男人,欺负人家小姑娘干吗?"

"到底谁欺负谁?"颜晓潮认为李端在颠倒是非、混淆黑白,"你这么起劲干吗?关你什么事?"

"怎么不关我事?"李端发怒了,挥拳打向颜晓潮。

颜晓潮身材魁梧,根本不怕中等个子的李端,忙出手招架,并将李端击退了几步。李端在力量上不敌颜晓潮,见教室窗台上放着一把折叠式雨伞,便操起伞柄抡向颜晓潮。颜晓潮还算眼疾手快,因当天下雨,他自己也带了一把折伞,他随即从课桌里抽出雨伞，上前抵挡。谁料李端拿的那把伞骨架不结实，被颜晓潮给打歪了。

两人打架，引来教室内同学们的围观。窗台上的雨伞是王香媛的，她见伞被打坏，马上责怪李端。这时，施容旭走进教室，急忙制止："你们在干吗？怎么回事？"

颜晓潮把事情经过原原本本地告诉了施老师，施容旭没有批评他，叫他回座位，接着依次把文若妮、李端叫了出去。颜晓潮只听见从教室外面，传来文若妮和施老师的争吵声，当然，施老师的声音最终压过了文若妮。

文若妮进教室后返回座位，用纸巾擦拭眼泪，眼睛哭得有些红肿，她噘着嘴，低声对颜晓潮说："刚才，我只不过是跟你开玩笑，你何必当真啊？害得我被施老师训了一顿，他还威胁我，不让我去听团课。"

"哼，"颜晓潮把头一抬，显得有些得意，"谁让你开这种玩笑的？你吃饱了没事干啊！"

这时，下午的上课铃响了，文若妮想息事宁人，对颜晓潮说："别再说了。"

下午上完两节课后，大约3点，咸鱼中学初二年级共6个班的学生，背上书包，离开教室，三三两两，结伴而行，他们沿北京路五金街，前往京城影院，参加学校组织的观影活动。

外面仍然下着淅淅沥沥的小雨，颜晓潮和皮勇杰并肩而行。

四、躁动的初二

这时，胡亚迪从后面追赶上来，跑到颜晓潮的旁边，笑着跟他打招呼。

"你今天厉害呀，他们两个都斗不过你一个。"胡亚迪对颜晓潮流露出钦佩之情，因为身材矮小的他，在班里也总被欺负。

"嘿嘿。"颜晓潮低头笑了笑。

就这样，在一条并不宽敞的人行道上，三个人并排走着，颜晓潮走在中间，胡亚迪和皮勇杰分列左右。

不一会儿，三人来到京都影院门口，那里已经站满了学生，还有几位老师。颜晓潮见王律良、傅睿祥早已等候在那里，便跟他们打了招呼。颜晓潮见到了刘辈才、施容旭和高胜全。刘辈才因眼睛有轻度近视，所以她每逢开会、听公开课或看电影的时候，都会戴眼镜。她的这副眼镜是老式棕色板材框架，因戴板材眼镜，王律良便在背地里给她取了个绰号"刘板材"，在上海话里，"板材"和"辈才"谐音。

"刘老师好！"颜晓潮上前问候刘辈才，刘老师朝他点点头。

不多久，电影院上一场放映结束，开门对咸鱼中学师生放行。刘辈才引导学生们说："大家可以排队进场了，注意安全，别挤。"

师生们开始陆陆续续进场。

某日，一节体育课。

施容旭让自己3班的学生来到了学校四楼，让他们沿着回形的走廊，进行长跑测试，男生1000米、女生800米。只听施老师一吹哨，同学们便奋不顾身地跑起来。环形走廊200米，也就是说，男生要跑5圈，女生跑4圈。

颜晓潮有点儿胖，他跑了两圈，就开始气喘吁吁，到第三圈时，右侧肋部开始胀痛。他见皮勇杰跑得比自己还要慢，回头张望他时，忍不住笑起来。

"加油！最后一圈了，大家冲刺！"施容旭不断地鼓励着每位经过的学生，并给到达终点的学生计时。

颜晓潮跑到第四圈，在经过施容旭面前时，他忍不住捂着右肋对施老师说："我实在跑不动了，这里痛。"

"这正常的，痛是平时缺少锻炼。还有最后一圈，坚持一下，"施容旭这样回答他，见他跑过去后，又喊道，"颜晓潮，你怎么用脚后跟跑步？这样跑得慢，要用脚尖跑。"

颜晓潮没听懂施老师的意思，继续按原来的方式跑完这最后一圈。好不容易到了终点，施老师按秒表时告诉他："你用了5分零10秒，1000米成绩不及格。"

跑步一直是颜晓潮的弱项，他没把这个结果放在心上。随后自由活动的时候，施容旭走过来，对他说："你平时跟别人打架、比武起劲得很，怎么跑步就不行了呢？"

颜晓潮被说得不好意思，无言以对。

五、 崇明岛离队仪式

经咸鱼中学校长办公会议讨论，决定将初二年级的少先队离队活动安排在崇明岛某少儿活动营地举行，为期两天。

一天，课间活动的时候，初二（3）班的少先队小队长叶游军，从外面走进教室，高兴地对王香媛、晏佳婧等几位同学说："这次离队活动，我们是去崇明。"这句话，正好被坐在后面的颜晓潮听见。

一阵急促的上课铃声响起，刘辈才左手托着讲义，右手拿着茶杯，信步走进初二（3）班教室。

"这次少先队离队活动，安排在施老师的家乡——崇明，我和你们一起去。由于是外出，而且是两天时间，要在外面过夜，所以每个班级，除了班主任外，还安排了一位老师搭班，正巧，我负责你们班，因为校方也考虑到，我是你们的老班主任，对班级的情况比较熟悉。"刘辈才在上语文课之前，先讲了这么一段题外话。

颜晓潮坐在底下，一听是刘老师搭班，不禁喜上眉梢。他喜欢刘老师，现在仿佛又寻回了预备班时刘老师当班主任的感觉。

"在座的，你们都14岁了，已经从少年迈入了青年的行列，所以必须离开少先队，为此学校特地组织了这样一次活动，相信会给大家留下美好的回忆。听说这次为期两天的活动，还是非常丰富多彩的，除了离队仪式外，还将为大家举行14岁的集体生日以及野营活动。以后，请大家记住，不能过六一儿童节了，而是要过五四青年节了，优秀的同学，还会加入共青团……"刘老师显得有些兴奋，继续在讲台上说着。

颜晓潮听到"入团"二字，心里隐隐掠过一丝不快，他似乎对施老师在推荐入团的人选上有看法，为了表示内心的抗议，他暗暗发誓，自己不会入团。

"好了，接下来，我们开始上课……"刘老师终于言归正传。

当天下午放学前，施容旭走进教室，向每位同学下发了关于去崇明岛举行少先队离队活动的书面通知。

"大家都拿到了通知，下面我再强调一下，"施容旭在讲台上说，"这次活动，去崇明，时间是两天，安排在下星期三和星期四，星期五不上课，连着双休日一起休息。因为是少先队离队活动，所以，请大家下周三早晨在校门口集合时，务必穿校服，佩戴红领巾和校徽，班干部戴好干部标志，是团员的戴好团徽，大家清楚了吗？"

五、崇明岛离队仪式

"清楚了。"同学们回答。

"还有,每个班,要出两个文艺节目。下面,请中队长麻馨跟大家说一下具体要求。"施容旭让麻馨上讲台。

麻馨缓步走上讲台,只见麻馨像模像样地在台上说道:"这次活动,学校大队部规定,每个班要出两个节目。我们班,经过前期中队委的讨论,两个节目已经确定了,一个是吴怡莲的舞蹈,另一个是男女生合唱《相亲相爱一家人》,因为时间比较紧,离下周三没几天了,所以请参加合唱的同学,等会儿放学之后,留下来排练。"

麻馨说完,施容旭示意她回座位,接着又补充道:"还有,到那天我们班四个小队的小队长——叶游军、谢燕芬、高骏捷、施芸轩,你们要切实发挥好作用,看管好自己的队员,有什么情况,及时向麻馨报告,然后麻馨再向我汇报,千万记住了。好了,放学,值日生别忘了做好教室清洁工作,该排练节目的,就抓紧排练。"施芸轩自从上次落选学习委员后,当上了小队长。

随着施老师的一声"放学",同学们欢呼雀跃、立刻作鸟散状。麻馨叫着参加合唱的同学名字,提醒他们留下来排练。

当天的值日生是高骏捷和颜晓潮。颜晓潮对学校的活动不感兴趣,埋头做起擦黑板、扫地这些值日生劳动。在黑板前,颜晓潮见他们一群人在排练,共八人,四男四女,分成四组,每组男女各一人,分别是麻馨和楼智宇、马超阳和文若妮、金生健和金生慧兄妹以及李端和王香媛。应麻馨的要求，吴怡莲特地从英语米老师那里借来一台录音机，插入磁带，为他们播放《相亲相爱一家人》的音乐，并根据排练的需要，进行现场指导。

排练时，大家嘻嘻哈哈、有说有笑，麻馨怕完不成任务，拖班级后腿，便着急地劝他们道："你们抓紧时间，不要再聊天了，早点排练好，早点回家。"

"我喜欢一回家，就有暖洋洋的灯光在等待……"前面部分是四组男女轮流唱，后面是合唱，"因为我们是一家人，相亲相爱的一家人，有缘才能相聚，有心才会珍惜……"

排练了几遍后，麻馨感觉总体上还可以，就是大家背不出歌词，手里都拿着抄有歌词的小纸片在看，便提醒大家："大家回去，一定要把歌词背熟，到正式演出时，不能看小纸片的。下面，我们再来一遍。"

大伙又开始唱了，等唱到"相亲相爱的一家人"这句时，马超阳和李端突然擅自改了歌词，故意唱成"相亲相爱的乡下人"，文若妮、王香媛和楼智宇都听得捧腹大笑起来。只有金生健和金生慧兄妹俩挺认真，金生健一脸严肃，对他们颇为不满道："快唱了，唱好回家了，你们还在瞎搞什么？"吴怡莲在旁边也急道："这事关班级的荣誉，别恶搞了，行吗？"

颜晓潮很看不惯这帮人的样子，他做完了清扫工作，跟麻馨说了一声，就背着书包走了。高骏捷平日里跟马超阳、李端

五、崇明岛离队仪式

关系不错,没马上走,而是坐在底下看他们彩排。

放学回到家。

颜晓潮拿出学校下发的通知,告诉父母:"爸爸、妈妈,下个星期三、星期四,学校组织少先队队员离队活动,要去崇明,下周三的晚上,要在崇明住一夜,学校通知,牙刷、牙膏、毛巾、水壶等日常生活用品,要准备好、带好。"

"哦,你们要去崇明啊?现在隔壁陆菁家,就搬来一户崇明人。"段银红告诉儿子。隔壁陆家是浙江台州人,陆菁的奶奶林阿婆,几年前患肝癌不幸去世,之后陆菁的父母,因外面有房子,就把这里给租了出去。

"哎呀,你别烦,"颜晓潮不想听母亲说些跟自己无关的事,他还在为去崇明要准备的东西发愁,"下周三一大早就要走,第一次出门过夜,我现在一点儿心理准备都没有。"

"你下星期三走是吗?还早呢,你出门要带的东西,妈妈这几天会帮你准备好。"段银红还是很关心儿子生活琐事的。

"那辛苦你了,妈妈。"颜晓潮听母亲这么一说,心里踏实些。

"这次你们去崇明春游,你们施老师不是可以回自己家了?"段银红有点惊喜地对儿子说。

"不是春游,是离队活动,"颜晓潮嫌母亲唠叨,不耐烦地回答道,"他应该不会回去的,他作为老师,要负责带队的,怎么可能随随便便回家呢？再说，崇明地方大了，他家和我们要去的地方，又不会是同一个地方。"

段银红想了想儿子的话也有道理，便说："这倒也是。"

接着，颜晓潮眉开眼笑地跟母亲说："妈妈，这次去崇明，刘老师跟我们一起去，而且负责搭我们班，这下，我又可以多见几次刘老师了。"

"你们出去搞活动，每个班级，除了班主任外，肯定要安排一名搭班老师的，两位老师管理，这样比较安全，否则学校也不放心。刘老师搭你们班，毕竟她一是你们的语文老师，二是你们的老班主任，对你们班的情况都比较熟悉。"颜泽光在一旁看报纸，插话道。

星期三清晨，颜晓潮在母亲段银红的召唤下，早早地起了床，刷牙、洗脸，吃过早点后，背起书包，离开家里前往学校。出门时，爷爷不忘叮嘱，路上小心，在外面多注意安全。奶奶硬要塞给孙子零花钱，颜晓潮不想拿得太多，象征性地拿了20元。他的书包里没有了教科书和作业本，而是换成了牙刷、毛巾等洗漱用品，以及面包、矿泉水等食物，重量比平时要稍微轻些。

在咸鱼中学门口，学生们成群结队地等候在那里，准备集合。出发前，各班班主任和搭班老师有条不紊地引导和指挥着学生们依次排队、有序上车。车辆是学校从公交公司租来的铰

五、崇明岛离队仪式

接式巨龙车,共三辆,每辆车乘坐两个班级。车上座位有限,老师要求同学们发扬风格,男生尽量让给女生坐,不晕车的让给晕车的坐。

当天,根据学校要求,学生们统一佩戴了鲜艳的红领巾,穿上了整洁的天蓝色校服,胸前都别了校徽,队长在左臂上戴了标志。大队长"三条杠",中队长"两条杠",小队长"一条杠",而颜晓潮的手臂上,什么"杠"都没有。尽管他表面上显得根本不在乎,其实心里还是很失落的。

"到崇明去,就乘46路啊?"排队上车时,李端在队伍里对马超阳、韦一峰笑着说,"我天天乘46路来读书,今天早晨来时,坐的也是46路。"李端家住彭浦新村,而学校这次是从五汽公交公司包租的车辆,公交公司正好派了三辆46路车来。

3班、4班合乘同一辆车。一路上,车辆沿着逸仙路,向宝杨码头驶去。颜晓潮站在车厢的前半节,抬臂紧握扶杆,不时观望着车窗外的风景,见逸仙路上有多处铁路平交道口,每当车经过道口时,车身都会有颠簸和晃动。在其中的一处道口,由于货运火车刚好经过,道口前便亮起了警示灯、关上了铁栏栅,过往车辆全部停下来,让火车先通过。一个多小时后,抵达宝杨码头,师生们全部下车,整好队伍,向码头内行进,然后乘坐上了前往崇明的快艇。

在快艇上,由于船舱的玻璃窗有部分开启,航行至江面后,一阵阵江风拂面吹来,掀起滔滔波浪,给客舱送来了缕缕新鲜的空气。同学们坐在船上，谈笑风生，悠闲自乐。颜晓潮经常伸长脖子，眺望舱外，只见蓝天白云，阳光明媚，江面一望无际，天空中不时有海鸟掠过。

"你看，这海真宽。"韦一峰指着窗外，对身旁的李端说。

"这不是海好吧，是江，长江口。"李端纠正他道。

过了将近一小时，快艇缓缓靠向崇明南门港码头。泊岸前，只见南门港码头前竖着几个大字"崇明人民欢迎您"。下船时，李端又开起玩笑，对马超阳和韦一峰说："崇明人民欢迎我们，就是施老师欢迎我们。"

施容旭正引导着班里的队伍，走在码头那摇摇晃晃的浮桥上，当他听见李端的话时，笑着抚摸了一下他的头，道："大家走的时候小心点儿，注意安全，废话就别说了。"

出码头后，学校预订的崇明公交公司接驳车早已等候在那里，因为是单节车厢，故订了六辆，每班一辆。同学们排队上车后，车辆启动，将他们送往目的地——岛上的少儿户外活动营地。

到达少儿活动营地时，已是下午两点。师生们的午饭，都是路上自行解决的。出门前，段银红本想让儿子在书包里多带一些零食，颜晓潮却以学校艰苦朴素的教导为由，生硬地拒绝了母亲，只带了一瓶矿泉水和两个面包。

营地是一个度假村，中央有一块偌大的草坪，正前方竖有

五、崇明岛离队仪式

旗杆。来到营地的第一件事，就是举行入营仪式。初二年级六个班，在班主任和搭班老师的带领下，排好队伍，形成方阵。咸鱼中学德育教导主任左老师——一位瘦瘦高高、戴着黑框眼镜、曾赴西藏支教的中年男教师，举着大号电喇叭，对学生们喊着"立正、稍息"的口令，然后重申营地纪律，声称如违反纪律，回校后要给予处分。接下来，升国旗，场上的少先队员们，胸前的红领巾迎风飘扬，伴随着国歌《义勇军进行曲》的响起，队员们右手五指并拢、高举过头，行队礼，象征着"人民的利益高于一切"，并行注目礼，注视着五星红旗徐徐升起。学校大队部，特地从各班选拔了升旗手，金生健作为3班的代表，荣幸地担当了这一角色。

升完国旗后，左教导把电喇叭交给了大队辅导员华瑾，由华老师向队员们介绍两天的活动安排。

最后，由耿校长进行热情洋溢的讲话，并宣布开营。仪式结束后，各班同学回寝室休息。营地的学生寝室是蘑菇状的小木屋，里面除了门和中间走道，两旁皆为通铺，上面盖有日式的榻榻米，可睡20多人，差不多每个班的男女生各住一间。通铺后面是一排壁橱，可放置书包和洗漱用品，厕所离寝室有一段路。3班男生在小木屋整理内务的时候，施容旭走进来，抬腕看表，通知大家："五点整，听见外面的吹哨声，准时到刚才举行入营仪式的草坪上集合。房间内务请大家整理干净，这次虽然不是军训，不进行内务评比，但校领导很可能会来对寝室的卫生情况进行检查。"

颜晓潮睡在皮勇杰的旁边,他带的东西不多,早早就整理完毕,随后告诉皮勇杰,自己去外面上厕所。在如厕回来的路上,他遇见了王律良和傅睿祥,只见王律良戴着"两条杠"、傅睿祥戴着"一条杠"。王律良是学习委员,这点颜晓潮是知道的。王律良戴着中队干部的标志,有些春风满面、骄傲得意,他抬臂亮出标志,对颜晓潮炫耀道:"你看看,这是什么?"

颜晓潮摇头苦笑,他对傅睿祥是小队长的身份之前倒是浑然不知,于是惊讶地问:"你是小队长?"

"呵呵,"傅睿祥莞尔一笑,然后说,"这次,王兄要入团了。"

颜晓潮心里当然有些嫉妒,他望了王律良一眼,觉得自惭形秽,转身要走,却被傅睿祥叫住:"这次刘辈才搭你们班是吗?"

"嗯,"颜晓潮点头,并问,"那你们呢?是谁搭班?"

"是教你们英语的。"傅睿祥回答道。

"米老师。"王律良附加了一句。

"哦。"颜晓潮心想奇怪,米老师又不教他们 2 班英语,怎么会做他们搭班老师的?不过,他也没多问。

趁学生们回寝室整理内务之际,施容旭去营地办公室,借用他们的座机,打了个电话回家。

五、崇明岛离队仪式

"爸,你好,我在崇明呢。"施容旭拿着电话的听筒说。

"容旭,你回来啦?人呢?"电话那头,施父激动地叫起来。

施容旭笑道:"我在东平森林公园那边,陪学生们搞活动,要两天呢,今天是第一天,明天还有一天。"

"哦,是这样啊,"施父的情绪逐渐平稳下来,声音慢慢放低,"那你有空回来吗?"

施母在旁听见是儿子打来的电话,忙上前欲抢过电话接听。施父把听筒交给老伴,并悄悄告诉她:"容旭说他现在在崇明,在森林公园那边,陪学生搞活动。"

"儿子啊,"施母在电话里满怀欣喜,"你回来吗?"

"妈,我带学生在崇明搞活动,很想抽空回来一趟,但抽不出身,所以给你们打个电话,跟你们说一声,不回来了。"施容旭在电话里告诉母亲。

"哦、哦,"施母听了似乎有些失望,并问,"倪敏跟你在一起吗?"

"她没来,她在分校,教预备班呢。"

施容旭跟父母打完电话,走出营地办公楼,在走廊上,正好遇见刘辈才。刘老师问他:"小施,你到男生寝室去看过了吗?"

"看过了,"施容旭回答,然后说,"我刚才跟家里打了个电话,告诉我爸妈,这次不回去了,本来想抽空回家去一趟,家里离这不远,现在看来不行,算了。"

"你要回去,就跟校长请个假,晚上回去好了,学生我会照看。"刘辈才说。

"不了,"施容旭觉得这样做,有些擅自离守,不太好,他的责任心还是挺强的,"刘老师,要么女生寝室你帮我去看一下,我去不太方便。"

"好的。"刘辈才爽快答应。

下午五点,外边的草坪上响起一阵阵急促的吹哨声,这是集合的信号,吹哨的是左教导。

"快,集合了,集合了。"施容旭走进自己班男生住的小木屋,催促各位同学。

刘辈才也来到女生住的小木屋里,通知大家:"集合了!各位女同学,快点!"

同学们纷纷往草坪中央跑去,颜晓潮在奔跑的时候,不慎被地上的小石头绊了一跤,摔得有点疼,手臂上搓破了一块皮,蓝色的校裤上粘了一些泥巴。他使劲拍打裤子上的泥巴,却拍不干净。施容旭见颜晓潮摔跤,关心地对他说了句:"你小心点儿呀。"

这次出现在队伍前面、拿着高音电喇叭的不是左教导,而是2班班主任兼年级组长高胜全,左教导则让位一边。高老师举着喇叭,对六个班的同学宣布道:"下面,我们去营地的大礼堂用晚餐,晚餐后,举行少先队队员离队仪式暨14岁集体生日活动。"

五、崇明岛离队仪式

来到大礼堂后,各班以小队为单位,围坐在圆桌边,每桌约12人,小队长就是该桌的桌长。营地为同学们的晚餐准备了罗宋汤和小圆面包,这罗宋汤是正宗的上海西餐厅风味,用牛肉汤、番茄酱熬制,加入了卷心菜、洋葱、土豆、红肠和炼乳,酸甜可口,奶香味十足,并用淀粉勾芡,汤汁浓稠。另外,同学们在就餐过程中,每个人还领到了一碗咸菜大排面,大队辅导员华瑾在大礼堂的舞台上手持话筒介绍说,这是学校特地为同学们准备的"14岁生日面"。同学们吃得很尽兴,高骏捷还对马超阳说:"罗宋汤的味道不错。"颜晓潮也这么认为,但他嫌汤面不好吃,因为他不喜欢吃咸菜。

享用完晚餐,餐厅工作人员上来收拾餐具、清洁桌面,几个身穿白色厨工服的老阿姨说话的口音是正宗的崇明人。接下来,晚会正式开始,校教工团支部书记胡懿老师担任主持人,胡老师多才多艺,人又漂亮,在主持文艺活动方面,被认为是咸鱼中学教师中最适合的人选。

14岁是步入青年的开始,也意味着告别童年。为了在童年的最后时刻,勾起同学们对童年的美好回忆,晚会上,特地安排了唱童年歌曲和做童年游戏的互动环节。六个班,分别在台下即兴演唱了《葫芦兄弟》《黑猫警长》《可爱的蓝精灵》《种太阳》《舒克和贝塔》等动画片主题曲,并派同学上台参与了游戏"击鼓传花""我们都是木头人"和"老鹰捉小鸡"。在"老鹰捉小鸡"游戏中,胡懿老师提议,选一位老师上台,扮演

"母鸡"。结果，施容旭在学生们的起哄声中被推上了台。自己是男的，却要当"母鸡"，施容旭有些不好意思，但是，他作为体育老师，身手灵活，反应敏捷，步履矫健，把身后的"小鸡"保护得很好，与"老鹰"僵持了十几分钟，一只"小鸡"也未被"老鹰"逮到。最后，胡老师不得不称赞他："看来这只'母鸡'非常厉害。"场下的同学对施老师报以雷鸣般的掌声，施容旭则低头笑着走下了台。此外，当天晚会，还有各班同学的才艺表演，其中3班的节目是吴怡莲的新疆舞和合唱《相亲相爱一家人》，以及"脑筋急转弯"智力问答，比如"为什么下雨前先电闪，后雷鸣""什么海里没有鱼""黑人为什么喜欢吃白巧克力"等，把晚会的气氛推向了高潮。

文艺晚会结束后，少先队队员离队仪式暨新团员入团仪式拉开帷幕，气氛一下子变得庄重和严肃起来。大礼堂内，在少先队号手和鼓手的伴奏下，出队旗，接着奏响了《中国少年先锋队队歌》，全体队员起立、行队礼、唱队歌。耿校长上台，向少先队员代表颁发了《青春纪念册》，并做了热情洋溢的讲话，对离队队员寄语了殷切希望。然后，大队辅导员华瑾老师带领全体队员进行了离队宣誓。宣誓结束，礼毕后，华老师宣布："请同学们摘下胸前的红领巾、干部摘下标志。"这时，同学们一片欢呼，纷纷解下红领巾，有的藏入口袋，有的抛向半空。最后是新团员入团仪式，华老师带领新团员面向团旗，进行庄严的宣誓。新团员名单中，有2班的王律良，3班的孙莺莺、马

五、崇明岛离队仪式

超阳、文若妮等人。颜晓潮对马超阳和文若妮入团,强烈不满,他坐在底下看着,心里自然不是滋味。

离队入团仪式之后,是 14 岁集体生日,学校为每桌准备了一个大大的鲜奶蛋糕。同学们插上蜡烛并点燃后,礼堂暂时关闭了灯光,响起了《生日歌》背景音乐,大家纷纷许愿。吹灭蜡烛后,同学们切开蛋糕进行分享,一些调皮的学生,开始往别人的脸上涂抹奶油,颜晓潮被李端、韦一峰抹了几下。吃蛋糕时,颜晓潮一直回头张望刘老师,见刘老板戴起了板材眼镜,刘老师在,他心里踏实些,因为在他心目中,刘老师最亲。

活动进入尾声,施容旭将《青春纪念册》发放到班级每位同学手里。颜晓潮拿到册子后,当场翻开来看了一下,上面写有耿校长的寄语和施老师的祝福。

回到小木屋,已是晚上 10 点。3 班的男生可能兴奋过度,熄灯后,马超阳、韦一峰、李端、楼智宇等人还在开"卧谈会",笑声、吵声不断。施容旭打着手电筒,来小木屋巡查过好几次,每次听到声音,都提醒学生不要喧哗,赶紧睡觉。最后一次是刘老师来的,当刘老师听见寝室还有声音后,厉声道:"现在几点啦?都 11 点了,还不睡?"

之后小木屋总算安静下来,此时只能听见乡间草地里的虫鸣声。

第二天早晨七点半,同学们听见外面的吹哨声,开始起床。

皮勇杰双眼惺忪，不停地打哈欠，像是没睡好。胡亚迪嘟着嘴，抱怨道："睡得一点儿都不好。"

紧接着，同学们到附近有自来水的地方去刷牙、洗脸，随后去食堂吃早餐。早餐是稀粥、馒头、鸡蛋和酱菜，典型的乡村特色。用餐结束后，大家在草坪上集合，华瑾老师拿着电喇叭说，上午去营地对面的东平国家森林公园游览，中午回营地进行自助烧烤活动，下午两点结营返程。

各班排着队，在班主任和搭班老师的带领下，前往东平国家森林公园参观。这座森林公园占地面积很大，比上海市区的共青森林公园要大得多。在东平森林公园内，师生们仿佛置身于天然氧吧和绿色海洋，这里空气新鲜，鸟语花香，树梢枝头不时传来鸟儿的叫声。

入园后，校方同意让学生们自由活动。颜晓潮和皮勇杰结伴走在一起，路上，他们碰见了王律良和傅睿祥。

"王兄。"颜晓潮喊道他。

"你看看，这是什么？"王律良用手指了指胸前佩戴的团徽，得意忘形地对颜晓潮说。

颜晓潮没有搭理他，跟皮勇杰继续往前走。走着走着，他们碰见了高胜全、刘辈才和简志萍三位老师。颜晓潮主动向老师们问好，刘辈才对颜晓潮说："前面的湖边有座蟹房，你们参观过了吗？没去的话，可以去看一看，房屋的外观造型很奇特，像一只螃蟹。"

五、崇明岛离队仪式

按照刘老师给出的路线，颜晓潮和皮勇杰继续往前走，来到了东平森林公园的标志性景点——蟹房。在那里，他们遇见了一些同学，三五成群，坐在湖畔的石凳上，在惬意地聊天。

中午，同学们回到营地，根据学校的安排，在野炊区开展了自助式露天烧烤活动。营地的工作人员，为学生们准备了鸡翅、鸡心、火腿肠、羊肉串、年糕等食材。每个班以小队为单位，可以分到一个用于烧烤的炭坑，学生们自己动手，燃火生烟，丰衣足食。文若妮很起劲，几乎全是她在烤。几个男生心急，想快点儿吃到烤肉，因嫌火势不够猛，韦一峰不知从何处讨来一杯汽油，直接倒入炭坑，火苗一下子窜出来。文若妮被吓了一跳，失声尖叫。她烤完一部分食材后，先分给同学们吃，并劝男生们不要哄抢。颜晓潮得到一串鸡翅，他嫌鸡翅的表皮烤得有些焦，咬了两口，发现里面没有烤熟，就扔掉了。

野炊结束后，同学们开始自由购物。在营地大门前，有崇明当地的农民在兜售特色农产品，其中最引人注目的就是甜芦粟。施容旭建议同学们可以买一些带回家，于是大家纷纷选购甜芦粟。颜晓潮也不例外，拿出10元零花钱，买了一捆。高胜全、刘辈才、简志萍等几位老师则在挑选崇明的金瓜和白扁豆。最后，同学们见施老师也买了两大捆甜芦粟。施容旭买甜芦粟，是想带回去给他的未婚妻倪敏尝尝家乡的味道。

两天的崇明岛活动，时间非常短暂，但也确实令人难忘。

芦粟依旧甜

下午，在草坪上举行了简短的结营仪式后，咸鱼中学初二年级全体师生乘坐公共汽车原路返回，先坐车到了南门港码头，然后乘船返回市区。从宝杨码头下船后，昨天来的那三辆46路"巨龙车"又等候在那里。

下午5点，颜晓潮回到了家中。爷爷见孙子平安归来，并带回了崇明的特产甜芦粟，忙称赞道："崇明的甜芦粟最有名，比甘蔗好吃。去崇明玩，不买甜芦粟，等于白去崇明。"

六、团课风波

初二下学期期中考试，班长兼团支部书记麻馨的语、数、外、物理四门主课的总分成绩，在全班排第 27 名，而颜晓潮是第 4 名。从初二下学期开始，麻馨的学习成绩就下降得厉害。成绩一直保持前十名的颜晓潮，对第一批入团的麻馨，心里自然不服气。前不久去崇明岛参加少先队离队活动，马超阳和文若妮也入了团。而这次期中考试的班级总分排名，文若妮第 6 名，马超阳第 9 名，颜晓潮超过了他俩。颜晓潮认为，班主任施老师在推优入团这件事上，做得根本不公平，所以他不想入团，也压根儿瞧不起那些已入团的班干部。现在的他，只想一门心思把学习搞好，争取初三毕业能顺利考上高中。

一个月后，简老师对 3 班的数学进行了一次阶段性摸底测验，成绩下来后，麻馨只考了 58 分，不及格，此事震惊了整个班级。那天，颜晓潮有些幸灾乐祸，因为他拿到下发的试卷，自己居然得了 87.5 的高分。

麻馨见到自己的试卷都哭了。放学后，她坐在座位上，目光呆滞,神情恍惚,迟迟不愿回家。文若妮、叶游军、高骏捷、程远鹏、王香媛等同学都纷纷前去安慰她,希望她放下思想包袱,振作精神,重拾信心,其中学习成绩好的程远鹏、叶游军还表示愿意帮她补习。

这时,施容旭走进教室,他听说麻馨的这次数学测验"挂红灯",特地前来。

"麻馨,上次期中考试,你成绩退步明显,落到二十几名,那一次我就找你谈过话,希望你作为班长、团支部书记,首先要把自己的学习任务搞好。这次,你数学测验又不及格,你让我说你什么好?俗话说,胜败乃兵家常事,希望你调整好心态,迎头赶上,如果接下来成绩还是一直这么不理想,你这班长和团支书的职务,我可能要重新考虑了。"施容旭站在麻馨的课桌前,直言不讳地说。

麻馨低着头,眼睛哭得有些红肿,在听完施老师的讲话后,她拿起纸巾擦了一下眼泪,并微微点了点头。

放学回家后,颜晓潮主动把数学测验的试卷交给父亲看,并要求父亲签名:"爸爸,这次数学测验,我考了87.5分,班级里最高也只不过94分,像我们的班长,这次还考了个不及格……"说完,笑了起来。

"不要骄傲,骄兵必败。"段银红在远处指了指儿子,提醒他,然后出门买菜去了。

六、团课风波

"你成绩好,我们做家长的,肯定开心。"颜泽光拿过儿子的试卷,翻看了一下,随后欣然拿起一支钢笔,在上面签了名。

"崇明人,崇明人。"颜家的后门敞开着,只听从外面传来一个陌生的中年男子声音。

那中年男子因摸不着正确的方向,竟一头跑进了颜家,在颜家后门口的厨房间里朝屋内喊道:"请问崇明人在吗?"

"崇明人在隔壁,48号。"颜泽光在房间里回答他。

"哦,不好意思。"那人退到了门外,向隔壁走去。

颜家是50号,在这里,48号和50号共用一扇后门。

过了一会儿,颜晓潮听见后门外传出声音,那对被叫作"崇明人"的夫妻,先是女的随刚才那人跑了出去,接着她老公跟在后面。颜晓潮站在家里的走廊上,可以望见隔壁那对夫妇的背影。颜晓潮记得,男的叫陆争贤,因为在后门口的公用邮箱,经常有给陆争贤的来信,地址是南福街善存里48号。

"爸爸,隔壁男主人,好像姓陆,叫陆争贤,陆菁家也姓陆,他们是不是亲戚啊?"颜晓潮好奇地问。

颜泽光正襟危坐地在房间内看报纸,他镇定自若地告诉儿子:"应该不是亲戚,只不过是同姓,碰巧而已,陆菁家是台州的。"

第二天早晨,颜晓潮起床,刷牙、洗脸完毕后,准备等会儿去上学。段银红从外面回来,给儿子买回了早点——大饼、油条和豆浆。

"晓潮,你都初二了,学校没组织你们入团吗?"颜晓潮冷不防被母亲问了一句,"你成绩这么好,老师怎么没叫你入团?我刚才去买早点,在弄堂里碰见王律良,他背着书包已经去上学了,我看见他胸前戴着团徽。"

"他是他,我是我。"颜晓潮咬了一口大饼,然后喝了一口碗里的豆浆,对母亲不屑一顾地说。

"你在学校要积极争取入团,"段银红认为儿子如果能在学校入团,是一件极其光荣的事,她作为家长脸上也有光彩,"上次我听你大姨妈说,杨奇立在学校也要入团了。"

被母亲这么一说,颜晓潮脆弱的自尊心受到了伤害,他当场拍了一下桌子,对母亲怒声吼道:"他们入团,是他们的事,跟我没关系。把书读好,考上高中,就可以了。"说完,愤然背起书包,转身扬长而去。

望着儿子远去的背影,段银红失望地叹息道:"唉,这孩子,真不懂事。人家成绩好的小孩,都会千方百计地争取入团。以后到了高中,你是不是团员,人家很看重的……"

到了学校,颜晓潮听说施老师推荐数学课代表程远鹏、小组长高骏捷和施芸轩三人去参加第三批团课学习,程远鹏是班里的学习尖子,每次期中、期末考试,总分都在班里稳居前三,在他面前,颜晓潮都自愧不如。

六、团课风波

放学后,班里举行了迎香港回归主题班会,教室内张灯结彩,悬挂着五颜六色的气球,洋溢着喜庆的氛围。这场活动,施老师让程远鹏和文若妮搭档主持。校党支部书记、校长办公室主任、教导主任等学校中层以上干部和年级组长高胜全、人事干部刘辈才等老师应邀前来观摩。颜晓潮见刘老师也来参加这次班会活动,有点小激动。刘老师仍像往常那样,戴起了板材眼镜。

第一个节目,是戴琴、童冬梅、高骏捷、叶游军表演的诗朗诵《紫荆花开》。接着,是歌曲《春天的故事》,由麻馨、孙莺莺、王香媛、晏佳婧等几位女生合唱;然后,是吴怡莲的女声独唱《东方之珠》……节目都围绕、紧扣喜迎香港回归这一主题,参与观摩的校领导和老师都对初二(3)班的这次主题班会给予了很高的评价。

接下来,进入香港回归知识问答的环节,主持人抽取班级同学的学号,被抽到的同学上台答题,答对者获赠纪念品,答错者需接受一次惩罚,或即兴表演一个节目。

程远鹏和文若妮两位主持人开始抽学号了,第一个抽到17号,是皮勇杰,当被问及香港是什么条约被割让给英国这样的历史知识题时,他支支吾吾答不出来,因不愿表演节目,于是接受了惩罚,被气球砸,引来其他同学哄堂大笑。第二个抽到的是36号谢燕芬,她回答出了"一国两制"的基本内涵这道题,获赠的小礼品是一个小熊。第三个,被抽到的学号是5号,是颜晓潮。

"根据《香港基本法》，香港保持原有的资本主义制度和生活方式，多少年不变？请作答。"文若妮现场读题，考问颜晓潮。

颜晓潮记得好像是一百年，便不假思索，脱口而出道："100年。"

"不好意思，回答错误，正确答案是50年。"文若妮公布答案。

全班一片倒喝彩声，原本自信满满的颜晓潮变得有些窘迫。

"接下来，你是表演节目呢，还是接受惩罚呢？"程远鹏征求他的意见。

"还是惩罚吧。"颜晓潮性格很爽快，因为他没有文艺细胞，什么节目都表演不来。

当文若妮拿出气球，刚准备放到颜晓潮的头顶时，猴急的颜晓潮便一下子抱住气球，主动用头撞上去，结果"啪"的一声，气球炸开了，里面的白色粉末未能撒到颜晓潮头上，反而溅了文若妮一身，观摩的同学们都笑了。

一节课的时间，短短45分钟，主题班会结束了，与会校领导和老师陆续离场。施容旭对班会活动进行了点评，他肯定了班干部和部分同学对这次活动的精心策划和充分准备，也对部分同学参与积极性不高提出了批评："这次活动，女同学普遍比较积极，男同学的参与热情还有待提高。像颜晓潮同学，题目

六、团课风波

没回答正确，就抱过气球一头撞上去，给人的感觉，没有绅士风度，希望以后在细节方面还是要注意一下。"

1997年暑假。

7月1日，香港正式回归祖国。那晚，颜泽光和段银红夫妇守在家里的电视机前，收看着香港回归的新闻直播。

颜晓潮对国家大事漠不关心，他硬拉着奶奶，要到后门外的弄堂里乘凉。蒋桂宝宠爱孙子，满嘴答应，随后祖孙俩将家中的躺椅搬了出去。

"香港回归，这么重要的事情，你怎么也不看看电视？很有可能开学以后，你们老师要你们写这方面的作文。"段银红在房间里边看电视，边对儿子说。

"不会的，我要和奶奶乘凉。"颜晓潮根本听不进母亲的话。

"你随他去，"颜泽光在旁边劝老婆，"我们看电视。"

颜晓潮和奶奶来到弄堂里，摆开两张躺椅，开始乘凉。住在隔壁的陆争贤，穿了一条短裤，在弄堂里的自来水水斗前洗澡。20世纪90年代的上海石库门，许多居民家里都没有卫生间，在酷暑天，男士们就在弄堂里洗澡冲凉。

颜晓潮见过陆争贤，知道他是隔壁的崇明人，因不熟悉，所以没有打招呼。

没过多久，上海市政府为庆祝香港回归，在夜空中燃放起了色彩斑斓的焰火。南福街善存里因地处闹市中心，紧邻南京路、人民广场，所以在弄堂里能听见焰火的声音，并能在比较空旷的地方看到在空中绽放的礼花。

"争贤，外面放焰火了，阿拉去看，快点。"爱凑热闹的龚福娣，喊道，随后夫妻俩出了门。"阿拉"是上海市区话"我们"的意思，崇明话的"我们"则说"吾俚"。龚福娣因在上海市区待久了，所以说着一口带有崇明口音的上海话。

开学后，颜晓潮升入了初三。

学校的任课老师变化情况很大，刘辈才因忙于学校人事工作，不再教语文，初三（3）班的语文课，改由退休返聘的薄老师教，英语老师也换了，换成了同样退休返聘的宣老师，正好一个老头、一个老太。宣老师曾在颜晓潮读预备班的时候教过他，想不到初三的英语还是由她来教，颇有点"回汤豆腐干"的感觉。施容旭对同学们说："初三最后一学年，学校派来经验最丰富的老教师，来教我们班，这是我们的荣幸，希望大家好好珍惜。"

初三上学期期中考试结束，年级组根据六个班级学生语文、数学、外语、物理、化学五门主课的总成绩，划分了提高班、平行班和补差班，每周除星期三、星期五外，每天放学后将学生跨班打乱，分别编入这三个班，进行补课。颜晓潮因总分在班级排第七名，很顺利地进入提高班。班长麻馨的成绩依然不理想，在班级排第22名，只能进平行班。施容旭估计，以麻馨

六、团课风波

现在的成绩,初三毕业参加中考,只能考取中专或者职校。

为了让麻馨安心学习、减轻她的班务工作量,施容旭准备把她的团支部书记一职分立出来,另由他人担任。同时,为了优化班级的民主管理,调动普通同学参与班级事务的积极性,施容旭又尝试推行轮值班长制度。一天下午放学后,因当天没安排补课,施容旭在教室内宣布了他的决定:"现在初三了,是同学们在初中的最后一个学年,大家要迎接中考,学习任务都比较繁重。但是,班委会和团支部的各项工作,还是应当正常开展。现在麻馨既是班长,又是团支部书记,工作任务太重,也不利于民主,所以我考虑再三,决定团支部书记一职由程远鹏同学担任,程远鹏在初三开学伊始刚入了团,希望程远鹏能把班级的团支部工作搞好,我们发展团员的工作还将继续,第四批听团课的名额又来了,我会权衡考虑,尽可能把机会留给各方面表现优秀的同学。麻馨的班长职务继续保留,但接下来,我们将试行轮值班长制度,每个小组,民主选举出一位同学,轮流担任一个月的班长,先从第一小组,也就是谢燕芬的这个小组开始,选举时间由谢燕芬确定,轮值班长协助班长开展工作。"

不久,第一小组的轮值班长经组员们的民主投票后选举产生,是李端。一节语文课上,薄老师喊"上课",叫"起立"的居然是李端,薄老师有些意外,便问了句:"怎么,现在班长换人了?"当从同学们口中得知真相后,薄老师笑言:"你们施老师年纪轻，有创新思路，其实这样挺好，有助于调动同学们参与班级管理的积极性，培养主人翁意识。"

一天放学后，施容旭通知颜晓潮，从下周起，每星期三放学后，去听团课，要连续听四周。颜晓潮表面上答应，但到了那天，却故意不去。华瑾在少年团校开班时，一连点了好几遍颜晓潮的名字，但都没得到回应。次日上学，颜晓潮来到班级后，团支书程远鹏马上过来问他："昨天上团课，你怎么没去？"颜晓潮假装糊涂，借口"忘记了"。事后，施容旭来找颜晓潮谈话，问他为何不去听团课，颜晓潮同样以"忘记"为理由进行搪塞。施容旭有点失望，朝他撇撇嘴，提醒道："下次，可别再忘记了。"颜晓潮佯装点了点头。

放学路上，王律良和傅睿祥碰见颜晓潮。

"昨天上团课，你怎么没去？华瑾点了你好几次名呢，"傅睿祥对颜晓潮说。这次，傅睿祥被高老师推荐去听团课。

"你这次进提高班了，"傅睿祥似乎有点儿羡慕颜晓潮，因为他进的是平行班，并说，"王兄也在提高班。"

"哈哈哈，"王律良跟颜晓潮对视，发出一连串的笑声，随后拍了一下颜晓潮的肩膀，与他共勉道，"争取考上重点高中。"

一星期后。

一天，中午放学，颜晓潮回家吃饭。在家门口，他见闻老师正巧路过，便热情地邀闻老师进屋坐坐。

六、团课风波

爷爷奶奶见闻老师来了，十分高兴，忙招呼闻老师坐，然后端茶倒水。奶奶请求闻梅珍道："闻老师，我们晓潮现在读初三了，麻烦你给他辅导一下英语，我们出补课费。"

"晓潮奶奶，我现在每个双休日，都在家里'开小灶'，专门给初三毕业班的学生补习英语，如果晓潮想来，就让他来好了，补课费就算了。"闻梅珍很客气地道。

"谢谢你，闻老师，你对我们孙子太好了。"奶奶感激道。

爷爷不好意思，对老伴说："下次我们给闻老师买点东西。"

"不要，晓潮爷爷，"闻梅珍阻止道，"晓潮读书很用功，我帮他补补课，也是应该的。"

随后，颜晓潮跟闻老师交谈起来。

"闻老师，还是你英语教得好，现在，宣老师教我们英语，她教得一点儿也不好，跟你根本不能比。"颜晓潮抱怨道。

"那当然，肯定我水平比她高，宣淑荃又不是从正规师范学校英语科班毕业的，她怎么能和我比？她是体校毕业的，应该是教体育的，后来也不知怎么搞的，学校领导居然让她教了英语，她英语的发音都不标准。"闻梅珍颇为自满地说，并关心地问颜晓潮，"最近你在学校情况怎么样，还好吗？"

"期中考试，班级第7名，进了提高班。"颜晓潮报喜道。

"第7名，那不错，恭喜你！"闻梅珍祝贺他。

"施老师还叫我去听团课呢，我不想去，对入团不感兴趣。"颜晓潮向闻老师吐露心迹。

芦粟依旧甜

"这入团没意思，学习成绩抓牢才是真的，"闻梅珍之所以会这么说，是因为她退休前，没评到中学高级教师的职称，心里对领导不满，"我现在双休日在家给别人补课，下次你直接来好了，反正我家，你也认识的。你成绩好，一个月来两次就可以了。"

颜晓潮点点头，对闻老师连声感谢。

学校的第二次团课，颜晓潮依然没去。

第二天，课间休息，参加第二批团课学习的应钰，见到颜晓潮马上对他说："昨天团课你怎么又没有去？施老师叫你到他办公室去一次。"

颜晓潮前往体育教研室，不过他心里早已做好了应对施老师的准备。

"施老师。"见体育教研室的门开着，颜晓潮在门口，边敲门，边向施容旭打招呼。

"你进来。"施容旭抬头望了他一眼，说道。

颜晓潮走到施容旭的办公桌旁，施容旭瞥了他一眼，没发火，只是责问道："怎么团课又没去听？"

"唉，又忘记啦！"颜晓潮再次找借口，装得还挺像。

"团课一共才四次，结束之后要考试的，你两次没去，还怎么跟得上节奏？"施容旭对颜晓潮深表失望。

"那就算了，"颜晓潮对此表现得相当无所谓，"只要一直能

六、团课风波

在提高班就可以了。"

施容旭冷笑了一下,道:"反正入团的机会,我给过你了,你不要,只好算了。能否进提高班,是要根据每次考试的成绩来定的。"

"我知道,"颜晓潮回应道,并信誓旦旦地表示,"下次期末考试,我一定争取留在提高班,初三毕业,一定考上高中。"

施容旭觉得颜晓潮这几句话,还算有点志向和抱负,便微笑着对他说:"希望你梦想成真,去吧。"

颜晓潮向施老师告别,转身回教室。

下午放学回家,段银红又跟儿子提起入团的事:"现在段振雄和杨奇立都是团员了,你怎么办?"段振雄是段银红的侄子,她哥哥的儿子。

"什么怎么办?"颜晓潮对母亲的话很反感,并透露道,"施老师叫我去听团课的,我没去!入什么团?我不想!"

面对儿子的回答,段银红气疯了,她唉声叹气道:"唉,你这孩子,真不懂事,人家小孩都知道上进,你却在倒退。"

颜晓潮本想发火,却克制住了,没再和母亲争论。

星期六下午,闻老师家。

颜晓潮来到闸桥西街10号门口,按响闻老师家的门铃,他是来参加英语补课的。闻梅珍正在家中二楼给两位初三女生补课,听见门铃响起,便放下手中的教辅书,下楼去开门。

"你来啦！"闻梅珍对颜晓潮道。

"闻老师，"颜晓潮喊了一声，然后递上一个包裹，"这是我爷爷叫我送给你的，一份小小的礼品，不成敬意，希望闻老师收下。"

"不要，不要，你拿回去。"闻梅珍谢绝，把礼品挡了回去。

颜晓潮执意要送，说："拿都拿来了，又不是什么贵重东西，只是一份心意，闻老师，您还是收下吧。"

闻梅珍见推辞不掉，只好恭敬不如从命："这次我就收下了，你回去代我谢谢你爷爷奶奶，下次不要这样。"

"嗯，好的。"颜晓潮会心地点点头。

闻梅珍放好东西，转身对颜晓潮说："你跟我上楼去吧，今天补课的还有两个人，都是女孩子，一个是温州人，一个是崇明人，你待会儿上楼的时候小声点儿。"

来到闻老师家的二楼，颜晓潮见圆桌的对面，坐着两位女生。他从书包里拿出文具、课本和练习册，做好了补课的准备。

"她们都在上海借读，一个温州的，一个崇明的。"闻梅珍向颜晓潮简单地进行了介绍。颜晓潮见眼前的两位女生都挺漂亮，大大的眼睛，一个齐耳短发，一个扎马尾辫，皮肤微显小麦色。

"施竖兰。"闻梅珍对扎马尾辫的女生说道，然后继续给她讲解题目。

颜晓潮仔细地打量了她们一番，觉得相比起来，这位扎马

六、团课风波

尾辫的女生比旁边的短发女生更漂亮，鹅蛋脸，而短发女生的脸稍微宽了点。他凑上去张望了一下马尾辫女生面前摆放的课本，只见上面写着她的姓名"施竖兰"。

联想到崇明姓施的人很多，自己的班主任施老师也是崇明人，颜晓潮马上问施竖兰："你也是崇明人？"

施竖兰没理睬他。闻梅珍嫌颜晓潮废话太多，对他大吼一声："快把英语书翻开。"

颜晓潮却不识相，厚着脸皮问道闻老师："她也姓施，是不是施老师的亲戚？"他心里猜想，这位施竖兰很有可能是施老师的亲戚，然后托闻老师帮忙补课的。

施竖兰对颜晓潮面无表情，一言不发。闻梅珍有些恼火了，对颜晓潮训斥道："你不要多管闲事，崇明地方大了，姓施的多了，难道都认识？"

"哦。"颜晓潮这才明白了闻老师的意思。

闻梅珍见颜晓潮有些心不在焉，便对他说："快点，抓紧时间，我们开始补课了。"

颜晓潮翻开英语课本和习题册。

闻梅珍让三位学生做模拟试卷中的英语听力部分，她亲自读题。颜晓潮基本上能听懂大意，顺利地从A、B、C、D四个选项中选出答案。温州女孩做得还可以，施竖兰有点儿跟不上节拍，她的英语基础实在太差，一点儿也听不懂，反应也慢。

闻梅珍读完听力试题后，见施竖兰做错的很多，有些还不会，空着没选,便告诉她:"施竖兰,你平时学英语,一定要多读,不开口读,是不行的。你不读,做听力题目就吃力。"

施竖兰接受了闻老师的批评,没说话,只是默默点头。

一个半小时后,补课结束。等两位女孩走后,闻梅珍一改刚才的严肃态度,对颜晓潮和颜悦色地说:"施竖兰跟施老师没关系的,我是通过别人介绍,先帮温州女孩补课,施竖兰是她介绍来的,她俩一起在上海借读。施竖兰在宝山区的一所体校里读书。学英语,一定要多读。"

七、 留在提高班

初三（3）班教室，早自习的铃声响起。

铃响过了五分钟，施芸轩背着书包才匆匆奔向教室。正巧遇到在教室门口来回踱步的施容旭。

"施芸轩，你怎么迟到了？"施容旭紧绷着脸，问她，"先在教室门口站着，给我讲清楚，到底是怎么回事？"

施芸轩捂住嘴，不停地笑，然后回答说："对不起施老师，路上堵车了。"

"你们不是都住得挺近吗？怎么要坐车？"施容旭反问道，他记得班上的学生，除个别住得较远外，绝大多数学生都住在附近的小区，步行十来分钟就能到学校。

"我搬家了，现在住在徐家汇那边。"施芸轩解释道。

"徐家汇？坐15路公交车就能到！"施容旭斜着头，反问施芸轩。施芸轩顿时脸红了，有些尴尬，不知所云。

施容旭耐着性子，苦口婆心地教导施同学说："知道路上会堵车，晚上就早点睡，早晨早些起床。别的同学不迟到，怎么就你迟到？你是小组长，并且还是要发展入团的同学呢，这影响多不好。"

施芸轩低着头，一直在偷偷地笑。

"你今天迟到了，你说该怎么办？"施容旭严厉地问。

施芸轩摇摇头，又笑了一下，表示不知道。

"严肃点！笑什么笑？"施容旭一下子提高了嗓门，把正在上早自习的同学吓了一跳，"别以为我们是本家，我就会宽容你，我对所有的学生，都一视同仁。今天，罚你做一天的值日。"

"嗯嗯。"施芸轩点点头，表示愿意接受处罚。

"进教室吧，"施容旭让施芸轩入座，然后回头对楼智宇说，"你把施芸轩加到值日名单里。"现在，轮值班长是楼智宇。

"嗯，知道了。"小楼答应道，随后用粉笔在黑板的值日生名单里写上了施芸轩的名字。

"安静！"施容旭走上讲台，拍拍手，示意大家别再讲话，"我再重申一下，上学不要迟到，谁迟到，罚做一天值日生。"

这时，闹心的上课铃声又响起，年过花甲的宣淑荃老师拿着讲义，走进了3班教室，施老师随即离开。

英语课上，坐在颜晓潮和文若妮后面，也就是最后一排的留级生武少枫，突然不安分起来，拿出一支圆珠笔，在颜晓潮和文若妮的背后乱划，他俩的校服上都留下了蓝色圆珠笔的墨迹。

在多次警告无效的情况下，颜晓潮终于忍不住发火，站起

七、留在提高班

身,离开座位,冲过去把武少枫打了一顿。因课堂教学秩序受到干扰,宣老师马上冲他们叫道:"你们后面怎么回事?"

下课后,宣老师把刚才英语课上发生的一幕告诉了施老师。施容旭遇见胡亚迪,让其赶紧通知颜晓潮,去一下他的办公室。

颜晓潮来到体育教研室,面对施老师的盘问,他道出了事情的原委,并称文若妮可以作证。这次,文若妮总算跟颜晓潮站在同一条战线上,她气急败坏地向施老师告状:"武少枫坐在后面,烦死了,一天到晚招惹我和颜晓潮,今天英语课,拿圆珠笔在我们的衣服上画了很多条墨迹。"

施容旭瞧了瞧他俩的身后,见校服上确实有几条圆珠笔的墨迹,顿时恼火了,他跑出办公室,在门口碰见王香媛,便对她说:"你叫武少枫来一趟我办公室。"

不一会儿,武少枫耷拉着脑袋,跟跟跄跄地来到体育教研室,施容旭立刻火冒三丈,大声训斥道:"你什么意思?读书不好好读,整天惹是生非。"旁边的文若妮被吓了一跳。

"你们先去。"施容旭让文若妮和颜晓潮先回教室,然后,在办公室里单独教育武少枫。

后面一节课的铃声响起,只见武少枫低垂着头、哭丧着脸回到教室。文若妮和颜晓潮见状,相互对视,会心一笑。

几天后,学校召开了一次家长会,主要内容是关于初三上学期期末考试的事情。

在初三（3）班教室，施容旭见到了久违的颜晓潮父亲，便告诉他："前几天在课堂上，你儿子跟坐在后面的同学打架。"

"我儿子怎么会跟别人打架？"颜泽光听后一愣，便问施老师，"究竟是怎么回事？"

"坐在你儿子后面的那个人，是留级生，那人确实不好，但你儿子也有点儿冲动，毕竟当时在上课。"施容旭对颜父说。

"哦。"颜泽光听后，回应道。

施容旭对颜晓潮在学习上寄予了厚望，便对颜父说："你回去跟你儿子说，他考上高中的希望是挺大的，希望他把班级前十名的成绩保持下去。"

"好的，我回去一定转告。"颜泽光表示。

随后，施容旭又来到皮勇杰的母亲面前，跟皮母交谈起来："你家皮勇杰这成绩怎么办？每次测验都不及格，这样的成绩，恐怕上技校都困难。"

"那怎么办？施老师，您帮我想想办法。"皮母六神无主道。

"到下学期再看吧，毕业前可能会分流。"施容旭道。

"什么叫分流？"皮母不解地问。

"可以不参加中考，直接去定向的技校参加劳动预备制技能培训，两年后推荐工作……"施容旭向皮母透露。

接着，施容旭又找施芸轩的父亲谈起话："你女儿最近上学经常迟到……我希望你女儿学习再努力一点，考上师大附中应该没问题……"

七、留在提高班

颜泽光开完家长会，回到家后，把施老师的意思向儿子传达了一遍，并提起儿子在课堂上打架一事。颜泽光颇为耐心地对儿子说："晓潮，施老师说，上次打架的事，是坐在你后面的同学不好，但你上课时跟同学打架，也不对。我听施老师的意思，他对你还是期望很高的。马上要期末考试了，希望你抓紧复习，争取下学期，你能继续留在提高班。"

这时，颜晓潮听见后门外传来隔壁崇明人的声音，出于好奇，他赶紧跑到房间外的走廊，朝后门口张望。

陆争贤站在后门口，手持一部"大哥大"，跟客户通电话。因屋内信号不好，所以每次拨打移动电话，他都要到室外。龚福娣在旁边问老公："电话拨通吗？"等陆争贤跟对方通完电话后，龚福娣又问老公："女儿明天回来吃饭吗？"

"晓潮，初三是冲刺阶段，快抓紧时间做功课，不要管闲事。"段银红见儿子站在走廊向外张望，在看热闹，便提醒儿子。

"我又没管闲事。"颜晓潮矢口否认，称只不过是随便看看，见外面没什么事，就返回客堂间了。

初三第一学期的期末考试，各科试卷的难度有所增加，学生们的成绩普遍不理想。颜晓潮也考砸了，总分在班级内的排名，落到了第12名。获悉名次后，他垂头丧气，回家后更是茶不思、饭不香，他担心下学期开学后，自己会被踢出提高班。

芦粟依旧甜

寒假前的最后一次返校结束后,颜晓潮走出校门,翻过闸桥,去了闻老师家。

"闻老师,这次期末考试,我没考好,英语只考了76分,其他几门课,成绩也不理想,我担心开学后,进不了提高班,"颜晓潮忧心忡忡,沮丧地对闻梅珍说。

"不会的,你不要过于担心,这次英语期末考试,据我所知,是挺难的,你考了76分,还算可以的,"闻梅珍安慰他,"再说,胜败乃兵家常事,不可能每次考试都得高分,总有起伏。我希望你不要有思想包袱,这次成绩不理想,下次争取考好点,中考还早呢,还有半年时间,你在我这里补课,我会尽力帮你。"

"嗯嗯,"听了闻老师这几句话,颜晓潮总算有所释然,"闻老师,寒假你还补课吗?我想来。"

"寒假你就不要来了,我要出去旅游,等开学后,具体什么时候补课,我会打电话通知你,"闻梅珍告诉他。

整个寒假,颜晓潮都没过好,担心开学后进不了提高班。一天,他终于鼓起勇气,拨通了施老师崇明家里的电话,想找施老师问个究竟。施老师家的电话号码,他曾写在黑板上,告诉全班同学的。

"喂,你好!"施母接起电话问。

"请问是施老师家吗?我找施老师。"颜晓潮在电话里礼貌

七、留在提高班

地说,他猜想对方应该是施老师的母亲。

施母说着一口地道的崇明话,颜晓潮的话她有点儿听不明白,于是把电话交给了老伴。

"你找施老师是吗?我是施老师的爸爸,"施父的崇明口音还轻些,颜晓潮基本上能听懂,"你是'蟹'人?"

颜晓潮终于听到崇明人说"蟹"了,就是"啥"的意思,他在电话里说:"我是施老师的学生,有点事情,想找施老师。"

"哦,你是施老师的学生啊?现在放寒假,施老师出去了,等他回来,我告诉他,"施父显得很有亲和力,"你叫'蟹'名字?"

"我姓颜,颜色的颜。"颜晓潮告诉施父。

"哦,好的,等施老师回来,我叫他打电话给你。"施父在电话里表示。

过了一会儿,约半小时,颜家的电话铃响起。颜晓潮估计是施老师打来的,便去接听。果然不出所料,确实是施老师来的电话。此时此刻,颜晓潮的心情,既激动,又忐忑。

"颜晓潮是吗?你打电话找我,有什么事?"施容旭问。

颜晓潮露出一副苦恼相,拿着话筒可怜巴巴地说:"施老师,这次期末考试,我在班里排第12名,不知新学期开学后,是否会被踢出提高班?我有点担心。"

"哎呀,"施容旭觉得颜晓潮太过焦虑,有点杞人忧天的样子,便劝他,"你没必要这么心神不宁,你学习上要求进步,是好事。但现在整个年级的成绩排名还没出来,这事,我现在也说不准,无法回答你。"

"下学期进不了提高班怎么办?"颜晓潮很纠结这个问题。

"进不了也没办法,分数面前人人平等,"施容旭给颜晓潮泼了一盆冷水,随后又安慰他,"不过呢,你也不必这么紧张,即使进不了,下学期的期中考试,你还有翻身的机会。总之,进与不进,最终的结果,一切等开学以后才揭晓。"

这天,施容旭正好带未婚妻倪敏回家,见他的父母。

"倪敏,你们准备什么时候结婚?"施母问准儿媳。

"你问容旭呀,"倪敏的表情略带羞涩,"他已经分到房子了。"

"房子分到啦!"施母激动地叫起来,简直不敢相信,随后她把目光转向儿子,意在向儿子核实这一情况。

"正在装修。"施容旭告诉母亲。

"那你们可以结婚啦!"施母开始催婚。

"容旭说,等他现在带的初三毕业班,毕业以后,再结婚。"倪敏笑着告诉施母。

"这不影响的吧?工作归工作,生活归生活,房子都分到了,还等'蟹'啊?"施母焦急地对儿子说。

施容旭看了一下倪敏,笑着安慰母亲:"等过完年,我和倪敏先去把结婚证办了,婚礼还是等我把毕业班送走后再考虑。"

"倪敏,"这时施父从屋外走进来,道,"今天你留在我们家

七、留在提高班

吃饭,都是自己人了,我杀一头羊。"说完,施父去宰羊了。崇明岛上的农户,很多人都散养白山羊,崇明的羊肉,可谓闻名遐迩。

趁父亲在切分羊肉、母亲在灶台生火的时候,施容旭挽着倪敏的手,两人肩并肩,来到家门口的农田散步。正值早春二月,当天的气温有点小热,十三度,施容旭指着眼前的一片庄稼,对倪敏说:"再过一段时间,春天就要来临了,这里的农田,又要绿了,我们这是在希望的田野上。"

倪敏会心一笑,然后侧着头,靠在施容旭宽大、坚实的肩膀上。夕阳落山,余晖四射,在金色晚霞的照耀下,两人逛着田园,憧憬着美好的未来,显得无比恩爱。

开学后,颜晓潮从 4 班的班主任、数学老师简志萍口中得知,这次寒假前期末考试凡五门主课总分在 400 分以上的同学,都能进提高班。颜晓潮总分 402 分,勉强过线,当他听到这个消息后,连蹦带跳,欣喜若狂。

学校中考前分流的名额已经下来,施容旭找到皮勇杰,跟他做思想工作,希望他面对现实,接受学校的分流安排,提前去技校报到,参加为期两年的劳动预备制技能培训。几天后,皮勇杰果真离开了学校。

一天放学前,施容旭在讲台上,向全班同学介绍着目前班级的情况:"我希望你们全力以赴,备战中考,因为时间确实不多了。这次,第三、第四批听团课的几位同学——施芸轩、高骏捷、应钰、童冬梅都光荣地加入了共青团,接下来,还有最后一批听团课的机会,希望参加的同学能珍惜。"施容旭说到"珍惜"二字时,特地将目光扫到颜晓潮身上。颜晓潮能明显地感受到,施老师这话是故意说给他听的。

"还有,施芸轩,既然你现在已经入团了,我希望你用团员的标准来严格要求自己,上学千万不要迟到,"施容旭公开点名施芸轩,并要求她,"对于反复迟到一事,你写一份检查,交给我。"

施芸轩遭班主任当众批评,感到无地自容,羞愧地低下了头。

放学后,颜晓潮回到家,马上打电话给闻梅珍报喜:"闻老师,这次好险啊,我在提高班的位置总算保住了!"

"我跟你说的吧,不用着急,"闻梅珍听到这一好消息,如释重负,松了一口气,替颜晓潮感到高兴,"还有,补课的事,你过几天来,还是跟之前的两个女同学。"

宝山区,泗塘新村,一住宅小区内。

施竖兰的母亲黄雪莹在一户家庭做保姆,房东待她还算不错,允许她利用每天上、下午空余的一个小时时间,去其他人家做钟点工,并腾出家里的一间房给她住。由于施竖兰在宝山区某体育学校读书,平时住校,周末放学,就跟母亲一起,住

七、留在提高班

在东家。东家房子三室一厅,东家的小孩只有 7 岁,不懂事,比较顽皮,同在一个屋檐下,施竖兰和东家小孩的矛盾也就随之产生。施竖兰文静内向,性格孤僻,她嫌房东的小孩太调皮、太吵闹,不仅影响她做作业、复习,而且还不时侵犯她的私人空间,随意动乱她的东西,为此对其母亲深表不满,认为母亲应该自己租房,不应该寄人篱下。竖兰母有自己的苦衷,她生活拮据,不想再多一笔租房的开支,她多次劝女儿对小弟弟要谦让,但脾气耿直的施竖兰听不进去。

一日,竖兰母正在拖地板,不料,两个孩子因琐事发生冲突,施竖兰当场发火,将房东的小孩推倒在地,小孩失声大哭。房东不在,黄雪莹慌张起来,赶紧上前将小孩搀扶起来,并当场批评女儿:"小兰,我跟你说过多少次,你是姐姐,要让着弟弟,你怎么不听?"

"他把我的化学书撕坏了,谁让他随便进我的房间翻我的东西?妈,我们为什么不能自己租房住?何必这样寄人篱下,看人脸色?"施竖兰对目前的生活状态很不满意,刹那间将积蓄已久的怨气都发泄了出来。

"租房子价格贵,房东给我们包吃包住,我还可以多干几户人家的活。小兰,妈妈这么辛苦,还不是为了你吗?否则,你读书的学费哪里来?"竖兰母向女儿解释。

"要住你住,我不想住,我回崇明去。"施竖兰感觉自尊心受到了伤害,她回头冲进房间,草草地整理了一下书包,又随手拎了一个马甲袋,放进几件替换的衣服,就夺门而出。黄雪莹欲阻拦女儿,但拦不住,见女儿负气离家出走,慌了神的她在后面连呼"小兰",却无济于事。

"喂,是施兆耕吗?"黄雪莹急得团团转,当即拿起房东家的电话,打给崇明竖河家里的老公,"女儿刚才跟房东的小孩吵了起来,我讲了她几句,她就不开心了,赌气拿着书包走了。可能会回崇明,我现在急得头爿也乌了。"崇明方言,把"头"说作"头爿","乌"是"笨、糊涂"的意思。

"我知道了,你跟女儿好好说嘛,毕竟女儿也大了。"施兆耕在电话里嫌妻子对女儿不够耐心。

这天,颜晓潮正好去闻老师家补课。

一进闻老师的家,颜晓潮只见温州女孩在,却没见到施竖兰,他便问:"闻老师,施竖兰今天怎么没来?"

颜晓潮的话,倒提醒了闻梅珍,她摘下老花眼镜,对温州女孩说:"施竖兰今天没来,到底怎么回事?"

"她好像跟她妈吵架了。"温州女孩回答道。

"我给她妈打个电话,小姑娘不来,我总有点儿不放心。"闻梅珍说完,走到电话机旁,这才发现忘了拿通讯录,便又转身拿通讯录和老花眼镜。

闻梅珍在电话机前,戴上老花眼镜,翻开通讯录,找了好一会儿,才找到竖兰母的电话号码。电话接通后,闻梅珍问:"请问是施竖兰的妈妈吗?我是闻老师。"

七、留在提高班

"哦，闻老师，你好，我跟你说，我家小兰今天跟房东的小孩吵了起来，我说了她几句，她就不开心了，赌气回崇明了。"竖兰母在电话里向闻梅珍述说实情。

……

"哦，小兰妈，情况我知道了，你放心，有什么事我会跟你及时联系的，"闻梅珍跟竖兰母通完电话，回头告诉温州女孩小兰的情况。

温州女孩的父母都是来上海做生意的，家境富裕，她对竖兰母亲的做法也看不惯，她替施竖兰说话道："小兰妈也不好，应该自己租房子，给小兰创造一个好的学习生活环境。"

"施竖兰跟她妈，是不是关系不太好？有次星期五她放学后在学校打排球，打到很晚，没回家，也没跟她妈说，她妈急得打电话打到我这里来。"闻老师说。

"好像是不太好。"温州女孩道。

施竖兰坐公交车，来到吴淞码头，买了开往崇明新河的船票。回到竖河家里后，她紧紧抱住父亲施兆耕，痛哭流涕。在她心里，还是爸爸最疼爱她，从不打骂她。心疼女儿的施兆耕不停地安慰女儿："小兰，你拗（崇明话'别'）哭，拗去上海了，就留在崇明，反正中考也要回崇明考的，就当是提早回来了。"

在南福街善存里，48号和50号后门外的弄堂里。

段银红在自家的自来水龙头下，洗着八个鸡翅。在一旁的龚福娣也在水斗前洗菜，就跟段银红搭讪起来。这是上海石库门弄堂里经常能见到的"买、汰、烧"情景。

"你买的是什么？鸡翅吗？这么多鸡翅啊。"龚福娣说。

"我儿子要吃炸鸡翅，先洗一洗，把血水洗掉，"段银红回答道，"我儿子今年读初三，马上要考高中了，他吵着说想吃炸鸡翅，就买一点，给他增加营养。"

"呵呵呵，"龚福娣笑了起来，"你也可以做可乐鸡翅的，先放酱油红烧，然后把可乐倒进锅里，我烧过，很好吃的。"龚福娣是个吃货，因为嘴馋，对各种美食都情有独钟。

"你买的是什么菜？"段银红见龚福娣也在洗菜，便凑过去望了一下，问道。

"草头，"龚福娣回答，"炒的时候，放点白酒，再把煸好的红烧大肠浇在上面，可以做成草头圈子。"说完，她情不自禁地大笑起来。

颜晓潮在屋内，听见后门外母亲和隔壁崇明人的对话。

"你儿子现在读初三啊？"龚福娣问，在得到段银红的肯定回答后，她说，"那比我女儿小一岁，我女儿现在读职校一年级。我女儿以前读书成绩很好的，就是不用心，从初二开始，就迷恋上了歌星，又爱上了化妆打扮，成绩就开始下降，中考时高中都没考上，唉。"

"你们家条件好，你老公赚得动。"段银红知道龚福娣的老

七、留在提高班

公是做生意的,手里有部"大哥大",钱一定不少赚。

"赚得动啥?现在生意也难做。"龚福娣叹道。她老公陆争贤在崇明自己办厂,从事模具加工,因客户大多在北京路五金街,所以便在这里租房。

"女儿呢?平时回来吗?"段银红随口问。

"不是天天回来,学校有住宿的,有时她想回来,就回来,今天在家里。"龚福娣告诉道。

颜晓潮在屋内突然听见隔壁48号有脚步声传出。龚福娣的女儿小花来到外面弄堂,对母亲说了什么,龚福娣赶紧随女儿进屋。颜晓潮看见龚福娣女儿的身影,穿一套水蓝色的睡衣睡裤,貌似身材不错。不一会儿,段银红回到屋内,颜晓潮便问母亲,刚才是不是跟隔壁崇明人在说话,又悄声问母亲:"崇明人的女儿,长得漂不漂亮?"青春期的他,开始关注起身边的同龄异性。

"人家家境好,爸爸是做生意的,不会看上你,你小小年纪,别想入非非,好好读书,才是真的。"段银红告诫儿子。

八、 初三毕业季

初三（3）班，体育课，在学校的室内操场。

体育委员金生健负责整队，让各排同学按"1、2、3……"依次报数，完毕后他向施老师报告。

"好，归队，"施容旭指示金生健，随后，他开始上课，"同学们，现在虽然是初三下学期了，我知道大家的学习任务都非常繁重，但我们的体育课，还是要上，我希望大家都能坚持锻炼，一是增强体质，缓解学习压力所带来的身心疲劳；二是体育也是一门必修课，中考前，我们每位同学都要参加体育测试，虽然只有10分，但是，如果不及格，你报考重点高中、重点中专、重点职校的资格就将被取消。好了，不多说了，这节课的内容，男生做引体向上，女生做仰卧起坐。女生仰卧起坐的垫子，金生健，你喊几个男生，帮忙去搬一下。女生这里，就由吴怡莲负责……"

金生健叫来几名男同学，一起去储藏室给女生搬来了十几个军绿色的棉垫，然后吴怡莲安排女生们开始练习仰卧起坐。

八、初三毕业季

根据施老师的要求,每位女生必须在一分钟之内完成20次以上。男生们则听从施老师的口令,聚集到了单杠前,准备练习引体向上。

体育委员金生健带头,在一分钟内,一口气完成了9个姿势标准的引体向上,到第10个时,他实在拉不动了,才落下单杠。施容旭竖起大拇指,表扬他:"好!这样能拿到90分。满分是10个,6个是及格线。"接下来,马超阳完成了8个,高骏捷做了6个,一个个似乎都挺厉害。轮到颜晓潮了,因为他比较胖,双臂二头肌力量不够,勉强完成了一个,第二个就不行了,悬在半空中费力地蹬腿好几次,都无法把身子撑上去,引来班里男生的一阵哄笑。

"不及格。"施容旭告诉掉下单杠的颜晓潮。

颜晓潮知道自己引体向上不行,便问施容旭:"施老师,我能否也做仰卧起坐?"话音刚落,男生们对他又是一阵讥笑。

"你是女生吗?如果你是女生,我同意你做。"施容旭冷冷地回答道。同学们笑声又起,颜晓潮挠了挠头,样子有些窘迫。

"你这样吧,如果引体向上实在拉不起来,可以换成双臂在单杠上悬吊一分钟,吊满也算及格。"施容旭向颜晓潮建议道,见他愿意一试,便把他托举到单杠上。

颜晓潮双手紧紧抓住单杠,屈臂悬空,但只坚持了10几秒,他就坚持不住了,双腿直颤抖,没多久就从单杠上落下。施容旭无奈摇头,失望地对他叹道:"唉,重点高中你还是不要考了，考一般高中吧。"

放学后，颜晓潮在校门口，碰见了王律良和傅睿祥。

"你引体向上能拉几个？"傅睿祥问了句。

"拉不起来，勉强做两个，施老师说，中考前的体育测试不及格，重点学校都不能考。"颜晓潮说。

"我也拉不起来，但可以在单杠上悬吊一分钟，施老师就算我及格了。"傅睿祥得意地告诉颜晓潮。

"我吊不了一分钟，"颜晓潮毫不掩饰自己的这一弱项，"只要能考上高中就行，管它重点不重点。王兄，你呢，引体向上，能撑起来吗？"

王律良尴尬地笑道："跟你一样。"

"那你考重点高中怎么办呢？"颜晓潮有些替他担心。

"体育测试，又不是单单引体向上这一项，可以自选项目的，10分只要拿到6分，及格就行，一般都会让你通过的。"王律良已了解过相关情况，早有思想准备。

转眼，迎来了期中考试，初中阶段校内的最后一场考试。

颜晓潮担心自己考得不理想，在决胜的关键阶段，被踢出提高班。最后一门化学考试，颜晓潮的试题早已做完，但有一道题，他拿不准，卡住了。题目是这样的，根据化学符号，写出相对应的名称，其中一题，到底是氧化硅还是二氧化硅呢？颜晓潮这下犯难了。为了拿到高分，他竟一时犯糊涂，耍起了

八、初三毕业季

小聪明。他见坐在前面的胡亚迪早已完成了试卷,并且侧转过身,背靠着墙壁,在想心事,便假装咳嗽,以引起胡亚迪的注意。

在胡亚迪回头的瞬间,颜晓潮翻过试卷,用圆珠笔在试卷背面写了很大的一行字"是氧化硅咳嗽一下,二氧化硅咳嗽两下",以此向他求助。谁料,胡亚迪却没有反应,颜晓潮的作弊未能得逞。更糟糕的是,这一幕,被站在教室后面负责监考的1班班主任、物理老师苏娅菲看得清清楚楚,她当场未吱声,颜晓潮还以为没事。

谁料,考试结束前五分钟,苏老师走到颜晓潮的跟前,突然对他说:"你刚才跟别人交头接耳什么?等下考试结束,不要走,留下来。"颜晓潮见自己的作弊行为败露,有些惊慌失措。

考试结束,同学们纷纷交卷,颜晓潮交卷后,苏老师再次提醒他"不要走"。颜晓潮留下来后,乞求苏老师原谅,连声向苏老师说"对不起"。想不到,平时一脸温和的苏老师,此时却毫不留情,对颜晓潮冷冷地说:"不要跟我说对不起,对不起的人是你自己,既然事情已经做出来了,那么该怎么处理就怎么处理。"说完,苏老师捧着厚厚的一摞试卷,面无表情地走出教室。颜晓潮挠了挠头,心想自己这下彻底完了。

上午考的化学是最后一门考试,当天下午照常上课。当中午颜晓潮走进教室时,同桌文若妮通知他,施老师让他去一趟办公室,颜晓潮心里早就有数,已经做好了接受处罚的准备。

"施老师。"颜晓潮来到体育教研室后,佯装镇定。

"我为什么喊你来?知道吗?"施容旭问他。

"知道,"颜晓潮低下头,认错态度很好,其实他是希望老实交代、争取宽大处理,"今天化学考试,我作弊了。"

"考试前,考场的纪律,我都跟你们反复强调过多遍的,你有什么好问的呢?这是一个人的品行问题,懂吗?"施容旭对颜晓潮大失所望。

"我知错了,我愿意接受处罚。"颜晓潮向施老师坦白。

"还好这是学校自己组织的考试,如果是参加中考,你这样,会有什么后果?想过吗?"施容旭还是本着教育、挽救的方针,没责骂颜晓潮,"你回去写份检查吧,写好后交给我,写得深刻点。"

离开施老师的办公室后,颜晓潮长长舒了一口气,总算没有请家长,否则这事被父母,尤其是母亲知道的话,定要挨揍了。颜晓潮放学回家后,瞒过家人,到阁楼上偷偷写好了检查,第二天一上学,就交给了施老师。施容旭拿过检讨书后,只瞄了一眼,然后什么也没说。颜晓潮仍有些担心,怕提高班的资格被取消。不过事已至此,再想也无济于事了,一失足成千古恨,还是听天由命吧,他这样安慰自己。

几天后,期中考试成绩揭晓,颜晓潮各门课考得还算不错,化学考了83分,老师并没有因为他作弊而给他零分,施容旭也没在班级和其他公开场合提起这件事,影响似乎在慢慢淡化。

八、初三毕业季

又过了两三天，班级的总分排名出来了，颜晓潮名列全班第10名，还是有希望继续留在提高班的。

初三年级召开家长会，传达毕业前考生填报志愿和备战中考的相关情况。

家长会上，施容旭走到颜泽光面前，告诉他："这次期中考试，你儿子在考试时与别人交头接耳，差点儿算作弊。你回去后提醒一下你儿子，以后千万别再发生这种事情，否则将前功尽弃。"

"好的，施老师，谢谢你！"颜泽光意识到问题的严重性，"这作弊可不是件小事，他回家后也没对我们说，这事，我一定会批评教育他的。"

家长会结束，回到家后，颜泽光特地就期中考试作弊一事，询问儿子："晓潮，今天开家长会，你们施老师跟我说，这次期中考试，你与其他同学交头接耳？"

"嗯。"颜晓潮见此事瞒不过父亲，只好低头承认。

"要死了，你考试作弊啊！"段银红在旁边对儿子惊叫起来。

"这次施老师算帮了你，没算你作弊，你自己心里有数，以后千万不能这样了。"颜泽光耐心地教育儿子。

"知道了。"颜晓潮还算知错就改，虚心接受家长的批评。

"这次家长会，主要内容是中考填志愿的事……"颜泽光向儿子传达起家长会的精神，段银红凑上来，竖起耳朵仔细地听着，比起老公，她对儿子的学业更关心。

几天后，施容旭给学生们下发了中考的志愿表，要求每位同学回家后认真填写，并在规定时间内上交。颜晓潮回家后，拿出志愿表，跟父母商量，准备填报志愿。

根据志愿填报的规定，每位考生，最多可填15个志愿，按高中、中专、职校、技校的顺序，依次填写，除了高中以外，必须填报"三校"，三种类型至少各填报一所。颜晓潮一门心思想考高中，对于那些中专、职校、技校，他不屑一顾，但又必须填写。由于"三校"的那些专业，他看了老半天，没一个是喜欢的，于是冥思苦想，不知道填什么好。对于高中，是否填报市重点，他也很纠结。段银红十分关心儿子的前途，一直在旁边跟他商量、探讨，并不时给予儿子建议。母子俩的有些想法不一致，难免起争论。

"我看，高中填一所区重点就可以了，市重点就算了吧。"颜晓潮征求母亲的意见道，其实他不想填报市重点高中，一是担心自己考不上，二是即使考上了，也怕今后跟不上。

"市重点还是填着，万一你考上了呢？就算考不上，填着也不妨碍，后面还有区重点和一般高中呢。"段银红力劝儿子，她做家长的，总希望孩子能进更好的学校。

"那就填吧，"颜晓潮想想母亲的话，也有道理，但接下来，他为填报"三校"发愁，"这中专、职校、技校，该怎么填呢？我看来看去，好像没有一个专业，是我喜欢的。我想学偏文科

八、初三毕业季

一些的专业,可这里面尽是些乱七八糟的专业,都是偏理科的,什么会计、计算机、汽修、物流,唉……"说完,他连连摇头。

"旅游管理还可以嘛。"段银红见儿子拿不定主意,便建议道。

"也不怎么喜欢。"颜晓潮仍不满意。

"那么物业管理呢?这个应该是偏文科的。"段银红指着志愿表说,她正为儿子的捉摸不定而心急如焚。

"物业管理?是做什么的?"颜晓潮对这个专业毫不了解。

段银红也答不上来,皱了皱眉头,自言自语说了一句:"唉,你这孩子,填个志愿真让人费心。不知道现在隔壁崇明人在吗?在的话,倒是可以去问问崇明人,他们女儿去年也填过志愿的。"

"这事问他们干吗?他们知道些什么?"颜晓潮认为母亲的想法不靠谱,当即表示反对,"我还是去问刘老师吧,我好久没跟刘老师联系了。"说完,他拨通了刘老师家的电话。

"喂,刘老师,你好!我是颜晓潮,自从初三你不教我们后,已经很久没跟你联系了。"颜晓潮在电话里一阵寒暄。

"是的。你最近怎么样?"刘辈才客气地问。

"在填中考志愿呢,"颜晓潮回答道,然后直奔主题,"刘老师,我想请教你一下,这中考的志愿,除了高中外,必须填报中专、职校和技校,但是,我看了看招生学校的目录,这些'三校'的专业,我没有一个喜欢,那该怎么办啊?怎么填?

颜晓潮打这个电话，原本是想博得刘老师的同情，并给予他真挚的建议，没想到，却招来刘老师的一顿批评："你没有一个专业喜欢，那你以后考大学，怎么办？每所大学，不管是本科还是专科，都是分专业的。我劝你，还是想清楚，必要时，跟你的父母商量商量，多听听家长的意见。"

刘老师的回答，令颜晓潮有些失望，他谢过刘老师，然后无趣地挂了电话。最终，他为交差，硬着头皮，填报了一所中专的物业管理专业、一所职校的旅游管理专业和一所技校的汽修专业。他根本不喜欢汽修专业，但他相信自己的成绩还不至于差到只能考上技校。

"总算填完了，真够累的，"段银红见儿子填完了所有志愿，总算松了一口气，但还不忘提醒他，"你把志愿表放在书包里，明天去学校别忘了交给施老师。"

第二天，颜晓潮去上学。到教室后，见同学们纷纷将填好的中考志愿表交到施容旭手中，他也不例外，从书包内小心翼翼地拿出志愿表，递给施老师。

这天，段银红没去单位上班，而是请了公休假，在家忙家务。她到水斗前洗菜，见隔壁的龚福娣也在水龙头下忙活，便跟她闲聊起来。

"你女儿去年也填过志愿吧？"段银红问龚福娣。

"嗯，要填16个志愿，"龚福娣点头回答，边淘米边说，

八、初三毕业季

"我女儿没考好,只考进职校。"

"我儿子昨天志愿刚填好,填志愿,真够烦的,我儿子想考高中,但中专、职校、技校也必须要填,他这个专业不喜欢,那个专业不喜欢,我被他烦死了。"段银红抱怨道。

"唉,没办法,"龚福娣叹了一声,感慨道,"现在小孩读个书,爹妈忙得团团转。你们生的是儿子还好啦,像我,是女儿,小姑娘长大了,开始爱漂亮了,整天打扮,追明星,一天到晚问我要零花钱,买衣服,买化妆品,买歌星的唱片……"

这时,住在48号后厢房的邻居齐忠琰的妈妈得知颜晓潮填报中考志愿的事,忙从里面的公用厨房走出来,对段银红说:"你家晓潮志愿填好啦?我家齐忠琰,后年也要升初三了,到时候肯定也烦的,小孩能否考得上高中,还是个问题呢。"

俗话说"三个女人一台戏",齐母本可加入她们的讨论,但因龚福娣和齐母两人在厨房、走道、电表等事情上一直有矛盾,素来关系不和,所以当齐母走出来的时候,龚福娣似乎不想见到她,马上端起米锅,急匆匆地进了屋。

"你们齐忠琰读书成绩这么好,肯定能考上重点高中的。"段银红笑着向齐母夸道。

"那不一定,"不知齐母是谦虚,还是心里没底,总之不敢说大话,"我家小孩,很粗心。唉,反正还有两年时间,随他去。"

中午,颜晓潮放学回家吃饭,奶奶为他炒了一碗青菜,并蒸了两根香肠,他坐在客堂间里,一荤一素两个菜,就着米饭,吃得津津有味。

由于梅雨季节快要到了,天气闷热,为了让室内通风,奶奶敞着后门。只听从后门外传来脚步声,颜晓潮回头一瞧,是隔壁的崇明人。

龚福娣用商量的口气对蒋桂宝说:"老阿姨,我是隔壁的崇明人,不好意思,借你家的电话用一用,可以吗?我给女儿打个电话。"

奶奶是个慈祥又热心肠的老人,二话没说,就答应了,她指了指家里的电话机,对龚福娣说:"你打好了。"

龚福娣走到颜家的电话座机前,拨通了寻呼台的电话:"您好,麻烦你帮我呼一下387495,叫对方马上回电。"接着,她回过头,问祖孙俩:"你们家的电话号码是多少?"奶奶记不住号码,一旁的颜晓潮脱口而出,将电话号码告诉了龚福娣。随后,龚福娣将号码告诉了寻呼台。20世纪90年代的上海,许多市民使用寻呼机。

"你们在吃饭啊?"龚福娣等待回电之际,跟颜家祖孙搭讪,随后又问奶奶,"你家老爷叔呢?"

"老头子今天到同事家去做客了,他们退休工人聚会。"蒋桂宝告诉她。

这时,颜家客堂间里的电话铃响起。龚福娣估计是女儿打来的，便上去接听。

"喂，今天你回家吗？你有一些衣服在家里，没带去……"龚福娣在电话里跟女儿陆雅花（昵称"小花"）说。

不一会儿，龚福娣跟女儿通完电话后，转过身，找颜家奶奶继续闲聊。

"老阿姨，谢谢你！"龚福娣向蒋桂宝表示感谢。

"没事，"奶奶非常亲切随和，"你坐一会儿。"

龚福娣婉言谢绝，笑道："不了，刚吃好饭，站一会儿，身子动动，否则越来越胖。我女儿的衣服忘在家里，没带去学校……"龚福娣很疼爱她的女儿小花，女儿现在上职校，平时住校，为了方便联系，她给女儿买了个寻呼机。

"你是崇明人？"颜晓潮在旁问龚福娣。

"是呀。"龚福娣爽快地回答。

"我老师也是崇明人。"颜晓潮随口说了句。

"你老师也是崇明人？"龚福娣接着问，"你老师是崇明什么地方的？"

颜晓潮并不清楚，只好摇头道："崇明什么地方，我倒不知道。"

"老阿姨，这是你孙子啊？"龚福娣问蒋桂宝。

"嗯，"蒋桂宝点点头，"他出生五天后，就一直由我领着。现在他中午回家吃饭，等会儿要去学校上课的。"

龚福娣走上前几步，凑近了些，掩嘴小声对奶奶说："我发觉,你儿媳妇,跟隔壁那个胖胖的女人,关系挺好的,我看她们平时在后面的自来水龙头边,挺谈得来。"

蒋桂宝和段银红婆媳关系一直不好,奶奶听到龚福娣提起她的儿媳妇,忙眨眨眼、摆摆手,示意别说。龚福娣一下子明白过来,笑着问了一句:"你们关系不好是吗?"奶奶对她点点头。

"哪个胖胖的女人?"颜晓潮倒是很好奇。

龚福娣压低声音,告诉颜家老少:"就是住在我家隔壁的那个胖胖的女人,你们都喊她齐家姆妈。"

"哦,齐忠琰的妈妈,是吗?"颜晓潮一下子反应过来,齐母确实很胖。相比之下,眼前的龚福娣只能算是体态丰满。

"对的,你声音轻点儿。"龚福娣将右手的食指竖于嘴前,"嘘"了一声。

齐母跟龚福娣的房东陆家姆妈关系不错。因颜家婆媳不和,她俩在立场上都是站在段银红这边的,在背后一直指责其婆婆的,所以蒋桂宝对她们的印象不怎么好。现在,龚福娣来颜家说齐母的不是,蒋桂宝感同身受,连连摇头,应和道:"没什么好说的。"

龚福娣向颜家奶奶抱怨起齐母:"隔壁那个齐家姆妈,一直跟我争抢公用部位,厨房、走道,她把她的东西堆得满满的。她老公一副弹眼落睛的样子,凶得要命。这里的房子,我是租的,每个月要付房东租金,她住我房东的房子,就是她家楼上

八、初三毕业季

的那间阁楼,却一分钱不用出……"

颜晓潮很想听龚福娣继续说下去,但见墙上的挂钟,时候不早了,为防止下午上学迟到,他只得起身向奶奶告辞,然后背起书包离开了家门。

"我孙子读书去了,他马上要毕业了。"奶奶告诉龚福娣。

"我知道,上次他妈在水龙头边碰到我,告诉我的,说在填志愿,"龚福娣回应道,并继续数落着齐母,"隔壁那个胖女人,好几次,抄电表,都多算我的钱,房东的另一间阁楼,她儿子住在那里,她儿子每天写作业要写到很晚,房东的三间房,其中两间是我租的,我老公现在在崇明,女儿平时住学校,我晚上出去打麻将,家里很少开电灯,她却平摊,把三分之二的电费算在我头上,现在我每个月要多出很多冤枉钱……"龚福娣说话的声音越来越大,不巧被刚进后门的齐母听见。

"她这人小气,喜欢贪小便宜,脑子精得很。"奶奶捂着嘴,把齐母的底细悄声透露给龚福娣。

"老阿姨,你和老爷叔现在打麻将吗?我是去第三弄,跟'大前门'的老婆打的,"龚福娣兴致勃勃地说,"我们打的是'清混碰'。"龚福娣聊起打麻将的事,特别来劲,她知道颜家奶奶跟隔壁几位老人,也经常聚在一起打麻将。

"我们是老年人,都是'垃圾和',小输赢。"奶奶告诉龚福娣。

芦粟依旧甜

九、 隔壁崇明人

5月底,学校举行中考体育测试,因一些项目可以自行选择,颜晓潮便挑选了自己比较擅长的跳绳、抛铅球这两个项目,引体向上是男生必选的项目,他显然是无法及格的,最后分数平均下来,总分10分,他拿到了6.5分,体育成绩总算过关,可以报考各类重点学校。

6月下旬,中考在紧张的序曲声中拉开帷幕,考试共三天,同学们需要参加语文、数学、英语、政治和理化合卷在内的五门科目考试,其中语、数、外各120分,政治60分,理化合卷100分,再加上体育10分,总计530分。经过三天紧张而又忙碌的奋战,在最后一天走出考场的那一刻,颜晓潮如释重负,他感觉还可以,进高中应该有希望。

15天后,中考成绩公布,考生们可以通过电话,进行自助查分。颜晓潮怀着忐忑不安的心情,在家拨通了电话,查询的结果,他考了462.5分。参照历年投档分数线,他的这个成绩,介于区重点和普通完中之间。当颜晓潮在电话里听到自己的这

九、隔壁崇明人

个分数时,他高兴得连蹦带跳。在屋内的段银红听闻儿子考了462.5分,亦颇感欣慰。

颜晓潮立刻打电话给刘老师和闻老师,向她们报喜。闻梅珍在电话里向他表示了祝贺:"祝贺你!考取高中肯定没问题。"刘辈才恭喜他道:"你这分数挺高的,花鸟中学基本没问题。"

段银红因在弄堂里洗衣服,便将儿子中考成绩告诉了在旁边干活的齐母:"齐家姆妈,我儿子这次中考,成绩出来了,他考了462.5分,按照去年的分数线,可以进花鸟中学,就不知道区重点尚法中学有希望吗?因为今年的分数线还没出来,要到7月中旬才知道。"

"能进花鸟中学,已经挺好了,"齐母回应道,并说,"你家晓潮读书算用功的,不用父母操心。"

坐在一旁择菜的52号秦家阿婆听见段银红在说她儿子考高中的事,便插话说:"你家晓潮考高中的成绩出来啦?是不是考上了尚法中学?"

"秦家姆妈,成绩今天刚出来,分数线还没公布,要到7月中旬,估计只能进花鸟中学,尚法中学是区重点,有点儿危险。"段银红笑着告诉秦家阿婆。

"花鸟中学不错,楼上萧家好公的孙女,以前就是在花鸟中学读的,我儿子以前是在尚法中学。"秦家阿婆说。

这时,龚福娣从屋内走出来,到弄堂里收晾晒的衣服,刚才她已听见段银红的话,便问:"怎么,你儿子的成绩出来了?

芦粟依旧甜

考得挺好是吗？"

"还可以，高中应该没问题。"段银红答道。

中考成绩公布后，施竖兰考上了崇明县体育学校，算是职业高中。为答谢闻老师，施竖兰的父母施兆耕、黄雪莹，特地带着女儿，买了水果和营养品，来到市区，前往闸桥西街，来感谢闻老师。

"闻老师，"竖兰母带着浓重的崇明口音，捧上礼品，"小兰考进了崇明县体校，前段时间，你一直帮她补课，辅导英语，我们实在过意不去，今天特来看望你，表示一下感谢。"

"哎呀，天这么热，你们还特地跑一趟，破费什么呀？"闻梅珍觉得竖兰母太客气了，为不辜负对方家长的一片心意，她不好意思拒收礼品，只好收了下来，"小兰妈，下次不要这样。小兰喜欢体育，能考上体校，也算实现了她的心愿。"

施竖兰被闻老师说得有些难为情，腼腆地低下了头。竖兰父在一旁说："我女儿英语一直不好，幸亏闻老师辅导，这次中考，英语总算及格了，考了77分。"

"这是小兰自己努力的结果，"闻梅珍告诉竖兰父，接着问施竖兰，"温州小姑娘考得怎么样？自从成绩出来以后，她还没给我来过电话。"

"她回温州考的，听说考得一般，她爸妈准备出钱让她上私立高中。"施竖兰轻声说道。

九、隔壁崇明人

竖兰母听了笑道:"我们是没有这样的条件。女儿争气,我们父母也高兴。"

"来,进屋坐一会儿。"闻梅珍见他们一家三口一直站在门口,便招呼道。

"不了,闻老师,我们还有点儿事要去办。"竖兰父谢绝了闻老师的好意。

"闻老师,我们今天还有事情,你忙,我们先走了。"竖兰母笑着跟闻梅珍解释。

闻梅珍见他们准备走,便将他们送至门外,并挥手告别道:"那你们慢走,我不送了,以后有空来玩。"

陆争贤从崇明回到上海市区,因北京路五金街的一家商店,购买了他崇明厂里生产的一批轴承,为了签合同,他急匆匆地赶回来。谈完生意后,他在房子里休息。这次他来,没空着手,而是给老婆、女儿带来了家乡的土特产甜芦粟,带了好几斤。

"小花呢?放暑假了,怎么还没回来?"陆争贤见女儿不在,便问老婆。

龚福娣啃着一根甜芦粟,把芦粟的碎渣吐在手里,然后回答老公:"她跟同学出去玩了,说明天回来。"

"明天一早我要回崇明。"陆争贤道。

"怎么刚刚来,又要回去?"龚福娣不解地问。

"我回去,叫厂里发货,这次北京路那家五金店,买了我一大批轴承,这次赚得还不少呢。"陆争贤这一笔生意做成,很高兴。

龚福娣见老公生意上有奔头,心花怒放道:"随便你,你要回去就回去。"

"我还有一件事,要跟你商量一下,"陆争贤话锋一转,随后谈起正经事,"我姐陆引娟,前几天在崇明跟我说,我姐夫沈富炳,也准备来上海做生意,要租房子。我想,现在小花不经常回来,这里楼上、楼下两间房,你一个人住,也浪费。你看,我们住楼下,把楼上让给我姐和姐夫住,行吗?房屋租金,大家各出一半。"

龚福娣对她的姑姐陆引娟,看不太惯,但想到上面的阁楼空着,为节省房租,便同意了:"也好。他们什么时候搬来?"

"他们现在还在崇明,估计要到下个月,8月份。"陆争贤不紧不慢地说。

"我随便。"龚福娣对此表现得一脸无所谓,其实她并不太欢迎。

第二天,龚福娣又去了隔壁颜家。

"上次借你们家电话用,很难为情,今天带点儿我们崇明的甜芦粟给你们吃。"龚福娣身穿一套粉红色的睡衣裤,手里拿着五六根青绿色的甜芦粟,来到颜家客堂间,把甜芦粟往他家饭桌上一放。

九、隔壁崇明人

爷爷颜永仁咧开嘴笑着,显得很高兴,对龚福娣说:"我孙子最喜欢吃你们崇明的甜芦粟。"

"是给你孙子吃的呀,"龚福娣快人快语道,"我老公昨天从崇明带来的。"

"谢谢,谢谢!"奶奶蒋桂宝一个劲地向她道谢。

"你老公回来啦?"爷爷问龚福娣,他听说她老公最近一直在崇明忙生意上的事。

"昨天来的,今天早上又回崇明去了,接到一笔大生意。"龚福娣说到这里,高兴得忍不住"咯咯"笑起来。

"这下你们发大财了。"爷爷故意调侃龚福娣。

龚福娣又笑了一声,然后说:"老爷叔,不好意思,再借你家的电话用一用,我要打给我女儿。"

"好,你打。"爷爷对龚福娣很客气,热情招呼。

在征得颜家人同意后,龚福娣像上次那样,先拨通了寻呼台的电话:"麻烦你叫陆莹靓回个电话。"紧接着,她回头问了颜家的座机号码,并告诉了寻呼台。正在阁楼上休息的颜晓潮,听见龚福娣喊她女儿"陆莹靓",但不知道怎么写。十分钟后,小花回电,颜家电话铃声响起。只听龚福娣接起电话,对女儿大声嚷道:"你什么时候回来……"

等龚福娣打完电话,离开后,爷爷唤着阁楼上的孙子:"晓潮,快下来,吃甜芦粟。"

颜晓潮见龚福娣已走,便下了阁楼,来到客堂间,拿起饭

芦粟依旧甜

桌上的一根甜芦粟,津津有味地啃皮吃起来。奶奶在旁不忘提醒孙子:"当心划破嘴,这皮很锋利的。"

傍晚,小花回来了,还带了两个平时一起玩的男青年,其中一个叫黄兴凯,正在和她谈恋爱,另一个是黄兴凯的哥们儿。只不过两人的关系,她还未向父母公开,只是跟母亲说,都是好朋友。

小花三人出门时的脚步声、谈话声,惊动了隔壁颜家。颜晓潮看到小花穿着一套淡绿色的连衣裙,那两名男青年,打扮有些前卫,都染着黄发,一袭紧身黑衣。

"进去吧,不要看热闹了。"段银红看了一会儿后,摸了一下儿子的头,说道。

这时,爷爷也望见门外的情景,然后回到客堂间对儿媳说:"崇明人的女儿回来了嘛!崇明人跟我们挺亲热的,有机会我去问问,说不定她女儿跟我家晓潮刚好配对。"

段银红认为这是不可能的,便嘲讽公公道:"人家不要你孙子的,今天人家带了两个小伙子来,说不定早就名花有主了。"

被爷爷这么一说,颜晓潮忙问爷爷:"崇明人和她的女儿叫什么名字啊?"

"男的姓陆,叫陆争贤,女的和她女儿叫什么名字不清楚,有机会我问问看。"爷爷掩着嘴,对孙子神秘地笑道。

九、隔壁崇明人

家住善存里第三弄的"大前门"的老婆,来喊龚福娣去打麻将。只听龚福娣在外边弄堂对"大前门"老婆喊道:"来了,来了,我进屋去拿个皮夹子,马上来。"这皮夹子,是上海话"钱包"的意思。

"隔壁崇明人又出去打麻将了,"段银红听见外面的声音,在房间里嘀咕道,见儿子在旁边,便对儿子说,"那崇明人福气是好,老公养着她,她只要玩玩麻将就可以了,心思都扑在麻将桌上,对女儿不管不问,虽然女儿以前读书很好,但后来高中都没考上。"

大前门是绰号,他的全名叫侯前门,因平时吝啬,只抽最便宜的"前门牌"香烟,所以弄堂里的人,都喊他"大前门"。他无正当职业,长期混迹于社会,吃着低保。他的老婆倒是长得眉清目秀、身材高挑、风姿绰约。现在,夫妻俩为了生计,早晨在弄堂里摆摊卖馄饨、包子,晚上一有空,就打麻将。

在大前门家,一张麻将桌摆在屋子中央,四人制"方城大战"开局。

"发财。"大前门的老婆嘴里叼着一根香烟,甩出一张牌,她不抽"大前门",而是抽比较高档的"红塔山"。

"碰,"龚福娣手里的一副牌,有三张"发财",她将四张"发财"全部碰齐后,按打麻将的规矩,需从"方城"末尾的"杠头"再补摸一张牌,谁知这张牌一摸,她手中的牌就和了,"杠头开花,清一色!"龚福娣激动地摊下了牌。

其余三家，只得乖乖付了钱。龚福娣见赢了牌，兴奋地大笑起来，连连叫道："手气好！手气好！"

接下来，只听"哐当、哐当"的声音，麻将桌边的四人开始重新洗牌、砌牌。

大前门的老婆边洗牌，边对坐在她上家的龚福娣说："最近你运气是好，老公做生意，也赚到。"

"哈哈哈，"龚福娣笑喷了，对大前门的老婆说，"你家大前门也一样，现在早上做早饭生意，钱也赚足了。"

"没有，没有，我们是小本生意。"大前门的老婆自谦地笑道。

7月初，咸鱼中学的初三毕业典礼在松江佘山景区隆重举行。

毕业典礼，由德育主任左教导主持，耿校长上台做了热情洋溢的讲话，然后同学们齐声高唱《毕业歌》。

仪式结束后，校方安排学生们自由活动，景区内临时建造了一个水上乐园，由于天气炎热，许多同学拿着学校统一发放的乐园券，进园嬉水。

"走喽，走喽，去游泳了。"施容旭高兴地嚷着，他是体育老师，自然喜欢运动。

"我们去吗？"韦一峰一副兴高采烈的样子，问身边的李端、马超阳、高骏捷等人。

九、隔壁崇明人

"走呀。"马超阳乐道。

"走。"几位男生异口同声,说完,直奔水上乐园。

颜晓潮不会游泳,也不喜欢疯,对水上乐园不感兴趣,他把学校发的乐园门票折叠起来,塞进了裤子的口袋。他不知道这里有什么地方好玩,只想随便逛逛。

走了没多久,颜晓潮在路口,遇见了文若妮。文若妮主动上前跟他搭讪,问道:"颜晓潮,你这次考得好吗?"

"462.5分。"颜晓潮告诉她。

"哇,你考得好高啊,"文若妮惊讶道,随后装出一副快哭出来的样子,双手捂住脸,可怜兮兮地说,"我这次考得很差呢。"

"你多少分?"颜晓潮问她。

"不要问了,不要问了,呜呜。"文若妮对于自己的中考成绩,羞于启齿。

"那就不问了。"颜晓潮不喜欢她那副做作的样子,然后径直往前走。

不一会儿,颜晓潮碰见了迎面走来的王律良和傅睿祥,相互之间打起招呼。

"王兄,你考得怎么样?"颜晓潮关心地问。

王律良有些神气活现,昂着头,道:"485,怎么样?"

"哇,这么高!"颜晓潮简直不敢想象,竟然比自己足足高出了20多分。

芦粟依旧甜

"王兄成绩一向挺好的,"傅睿祥在旁边说,"颜兄你也不错,花鸟中学应该可以进,王兄么,肯定进物知。"他所说的"物知",即物知中学,是区内唯一一所市重点高中。

在景区逛了一个多小时,颜晓潮差不多走到了出口处,那里有座凉亭,只见班里的许多同学都坐在亭子内,闲聊着,他见施老师也在,施老师的头发有些湿,显然是刚才去游泳了,他便走上前,也到凉亭内歇息。

同学们都毕业了,此时,施容旭跟学生们的关系,已变得像朋友一般。只听施容旭对坐在旁边的孙莺莺、戴琴、叶游军、王香媛、程远鹏等同学说:"我们班,这次中考考得相当不错,可以说是全年级最好的,49名同学参加中考,考上高中的总共有16位,差不多三分之一了,我们班团员人数也是最多的,有12名,像吴怡莲、应钰、童冬梅,都是赶在最后一批入的团。"

施容旭见颜晓潮走来,便抬起头问他:"你去游泳了吗?"

"没有。"颜晓潮摇摇头。

"你这次考了多少分?"施容旭又问。

"462.5。"颜晓潮告诉他。

"嗯,很好,"施容旭向他投来赞许的目光,"你志愿里填花鸟中学了吗?如果填的话,我保证你进。"

颜晓潮点点头,腼腆一笑。

施容旭抬腕看表,见快到集合的时间,便起身通知周围的同学:"集合了!"同学们纷纷起身,朝出口处走去。

九、隔壁崇明人

路上，高胜全、简志萍和苏娅菲等几位老师与施容旭汇合，高胜全走到施容旭身边，操着山东口音的普通话对他说："小施，你要回去办婚礼了吧？"

"等放暑假，回崇明去办。"施容旭告诉年级组长。

"这次你们班，考上高中的人数最多，我们班只有14个人。"4班班主任简志萍羡慕施容旭。

"我们班更少，只有11个人。"苏娅菲自叹班里学生不争气。

施容旭故意保持低调，默不作声，边走边笑。

"马上要做新郎官了。"高胜全对施容旭调侃了一句。

"恭喜恭喜，双喜临门。"简志萍接着说。

"呵呵呵。"老师堆里发生一串笑声。

"等开学后，请你们吃喜糖。"施容旭向同事们表示。

白天，在善存里第五弄，也就是颜家后门外的那条弄堂。

颜家爷爷在后门口，碰见龚福娣，问："你女儿叫什么名字？"颜永仁故意找借口，其实他是在帮自己孙子打听，看看能否将孙子和她女儿撮合成一对。

龚福娣在这里租房，人生地不熟，很想有个比较谈得来、能帮得上忙的邻居，以后万一遇到什么事，也好有个照应，她对隔壁这对老夫妻印象不错，觉得可以信赖，便很大方地告诉道："老爷叔，我女儿叫陆雅花，我们都喊她小名'小花'。"龚福娣说这话的时候，在屋内的颜晓潮听得清清楚楚。不过，晓潮心中有些疑惑不解，怎么上次她打电话时，喊女儿的却是另一个名字。

"哦，小花姆妈。"颜家爷爷恭维道。

龚福娣笑了起来，说："老爷叔，怎么这么客气？你就喊我'崇明人'好了，没关系的。"

"那哪儿行？"爷爷不同意道。

这时，大前门的老婆有事跑来找龚福娣，龚福娣便跟她往弄堂口方向走去。爷爷回到家后，告诉孙子，隔壁崇明人的女儿叫"小花"。颜晓潮很开心，表示自己刚才在屋内已经听到了。

等龚福娣、颜家爷爷都走开后，齐母在水斗边，轻声地对段银红说："这崇明人怎么跟你家公婆，关系这么好？"

段银红瞥了齐母一眼，蔑视道："他们就这样，喜欢管闲事。"

齐母一笑。

不一会儿，段银红干完家务活，回到屋内，儿子这次中考成绩不错，为了奖励儿子，准备带他去人民公园附近的一家哈德士自助餐厅吃午饭。20世纪90年代，自助餐刚刚兴起不久，去吃自助餐，在当时是一件非常风光和体面的事情。

母子俩换好衣服，就出发了。路过总弄堂时，只见龚福娣和大前门的老婆正坐在小区花坛边的石凳上，聊着昨晚打麻将

九、隔壁崇明人

的事。

母子俩步行了 20 多分钟,来到了位于国际饭店对面、人民公园旁边的哈德士自助餐厅,每位 39 元,以薯条、炸鸡为主,各类餐食无限量自取,就餐限时 90 分钟。颜晓潮第一次吃自助餐,抱着"吃回本"的想法,他端起盘子,用食品钳夹了很多鸡腿、鸡翅和薯条。段银红见儿子一下子取这么多食物,怕他暴饮暴食吃伤身体,便劝道:"你少拿点儿,等吃完了再取,吃的时候慢一点,细嚼慢咽,当心撑坏胃。"

暑假,施容旭带新婚妻子倪敏回到了崇明,在老家举行了简单而又热闹的婚礼。农村的婚宴,都是自己家烧的土菜,自己家摆酒席。婚礼当天,施家亲戚和村里邻居都前来赴宴,总共有十几桌,施母忙里忙外,乐得合不拢嘴,施父当场开封了一坛陈年崇明老白酒,斟满玻璃杯,作为新郎家长,向各位来宾献上祝福:"祝我当老师的儿子和媳妇今后生活美满、家庭幸福、事业有成、桃李满天,也祝今天前来参加婚礼的各位亲朋好友幸福安康、阖家欢乐、万事如意!"

施父话音刚落,现场响起了酒杯敲击桌面的声音,外面燃放起了鞭炮、高升,婚礼的喜庆气氛瞬间达到了高潮。

十、想念施老师

"陆菁,半年过了,你去帮我把下半年的房租钱收一收。"陆家姆妈边整理着家中橱柜里的衣服,边吩咐女儿说。

"是去南福街善存里吗?"陆菁问母亲。

"是啊,房子租给了一户崇明人,"陆家姆妈是苏州人,一口地道的吴侬软语,"你去了之后,顺便代我问候一下隔壁的老邻居。"

"好的,我等一会儿就去。"陆菁很孝顺,对母亲是百般依顺。

陆菁出门后,换乘了两辆公交车,才来到南福街善存里48号她家的老房子,这是她从小长大的地方。

善存里第五弄内,邻居们见陆菁回来了,颇为高兴,纷纷围上前去,跟她攀谈,询问她和她父母的近况。

"颜家姆妈。"陆菁见到蒋桂宝后,跟她打招呼。

"陆菁,好几年不见你了,今天怎么来了?"蒋桂宝笑容满面地问她。

十、想念施老师

"我妈叫我来收房钱,"陆菁回答道,随后问,"你家晓潮呢?"

"在家里,开学读高中了。"蒋桂宝告诉陆菁。

"唉,时间过得真快,都长这么大了,"陆菁感慨道,接着,她见隔壁52号的秦家阿婆在,便喊道,"秦家姆妈。"

"陆菁,很久没见面了,"秦家阿婆坐在一张竹制的靠椅上,有些小小的激动,"你妈现在还好吗?"

"嗯,挺好的,她叫我代她问候一下你们老邻居。"陆菁笑称。

众邻居笑起。

"陆菁,你儿子现在也很大了吧。"住在48号底楼前厢房的聂家姆妈问陆菁。

"聂家姆妈,"陆菁先问候了对方,然后说,"儿子开学读初中了。"

"好快啊。"聂家姆妈觉得时光飞逝。

陆菁问聂家姆妈:"崇明人在吗?我来收房钱。"

"我帮你去喊,"聂家姆妈说完,随即转身进后门,朝里面不停喊道,"崇明人,你房东的女儿来收房钱了。"

龚福娣闻讯,急忙拿着钱包,从屋里走出来。她来到后门口,把下半年的租金悉数付给了陆菁。

"你们也姓陆啊?这倒挺巧的,我们也姓陆。"陆菁亲切地对龚福娣说。

龚福娣笑了笑,道:"我不姓陆,我老公姓陆。"

"哦,"陆菁明白过来,又问,"你们在崇明什么地方?我以前插队落户,也在崇明。"因为有过在崇明农场插队的经历,所以陆菁见到家里的崇明房客,一种亲近感油然而生。

"我们是长江农场,你是什么农场?"龚福娣问房东女儿。

"我是前进农场。"陆菁答道。

"陆菁,我记得你是在崇明插队的,你跟魏诚,就是在崇明农场里认识的,那时你妈还嫌魏诚家里穷,不同意你们俩的婚事,魏诚第一次上门时,你妈还把他赶出去,这事幸亏有阿娘,阿娘对你真好,"颜家奶奶在旁插道。她说的魏诚,是陆菁的老公,阿娘,是浙江黄岩人,是陆菁的奶奶,他们家管祖母叫"阿娘"。陆菁的奶奶和母亲,婆媳之间关系非常糟糕,蒋桂宝十分看不惯陆家姆妈对婆婆的态度。阿娘跟蒋桂宝同龄,因阿娘结婚早,18岁时就生下陆菁的父亲,后来陆菁的父母结婚也早,所以他们陆家是四代同堂,而陆菁的儿子比颜晓潮小没几岁。

"呵呵,"陆菁听了颜家奶奶的述说,不禁笑起来。此时,她眼前浮现出20多年前在崇明前进农场插队当知青的经历。当年,在农场同一连队的魏诚,拼命地追求她,经常在傍晚夕阳快下山的时候,摘来田里的甜芦粟,送给她吃。陆菁干了一天的农活,身心劳累,但只要吃到魏诚送来的甜芦粟,清凉甘甜的汁水沁入心脾,一天的疲倦仿佛瞬间就消失了。陆菁年轻时

十、想念施老师

很漂亮，在当时农场里是知青们口中津津乐道的美人，追求者众多。最后，陆菁拒绝了其他的求爱者，唯独被魏诚的真诚所打动，毅然接受了家境贫寒的魏诚。农场里的其他知青，都对他们这一对羡慕得五体投地。回忆起崇明，陆菁的心中有一种挥之不去的情愫，她发自内心地对龚福娣说："你们崇明的甜芦粟，倒是真的挺好吃的。"

"哈哈哈，"龚福娣笑出声来，本来不大的眼睛，眯成了一条线，"有机会，你再去我们崇明玩，下次你再来收房钱，提早告诉我，我带几斤甜芦粟给你吃。"

"呵呵，"陆菁被龚福娣的话给逗笑了，"这倒不用麻烦，我只是随便开玩笑的。"

龚福娣突然想起一事，告诉陆菁说："我崇明的姑姐下个月要搬来，跟我们一起住，房钱她跟我一人一半，我先跟你说一声。"

"你们自己亲戚住，没关系的。"陆菁爽快地同意道。

老邻居渐渐散去，龚福娣也回屋了。陆菁收完房钱，临别前，去齐家小坐了一会儿。陆家和齐家向来关系不错，以前陆家住在这里时，跟齐家的交往最密切。

"你家齐忠琰呢？"陆菁见齐母的儿子不在家，便问齐母。

"到他大姨家里去了，"齐母回答，然后压低声音，向陆菁告状道，"你们房子租给那个崇明人，她天天晚上出去打麻将，半夜三更才回来，回来后可能是肚子饿了，就在厨房里做消夜吃，厨房间里的声音响得很，吵得我晚上都睡不好。"

陆菁听得出，齐母跟龚福娣的关系不好，但她不便当面评论什么，只是淡然一笑。

齐母对龚福娣的意见还远远不止这些，今天陆菁来，她心想机会难得，便索性将龚福娣的其他事和盘托出了："我楼上你们的那间小阁楼，你妈答应给我儿子暂住，崇明人就心生嫉妒，在背后到处跟邻居说，我住你们的房子一分钱都不用出。"

"唉。"陆菁叹了声气，摇了摇头。

8月初，颜晓潮接到花鸟中学的高中录取通知书。几天后，他根据通知书上的时间，去了位于人民广场西侧的花鸟中学报到。花鸟中学是一所完中，既有初中部，又有高中部，不像咸鱼中学，只是初级中学。这所中学因坐落在花鸟市场旁边而得名，其教学实力在全区而言，仅次于区重点尚法中学，在普通中学里可谓是首屈一指。

报到当天，颜晓潮怀着既兴奋又紧张的心情，来到了新教室。班里的新同学，他基本上一个也不认识，唯独初中同班同学胡亚迪，成了他的高中同班同学。他自然跟胡亚迪坐在了一起，然后等待着新班主任的到来。他心目中的高中班主任，最好是能像刘辈才那样的中年女教师，和蔼、慈祥，对学生们有亲和力。

不一会儿，新班主任走进教室，打开了教室里的所有日光

十、想念施老师

灯。颜晓潮定睛一看，是位 20 多岁的男青年，年纪跟施老师差不多，不免有些失望。事已至此，无法改变，他只盼着高中的班主任能跟施老师一样，关心他。胡亚迪对高中班主任也不满意，嘴里轻轻嘀咕了一句："唉，怎么又是个男的？"

新班主任站到讲台上，开始进行自我介绍："我姓任，叫任东，任务的任，东方的东，是你们这个班的班主任，我教英语……"

胡亚迪坐在底下，有些犯困，开始打哈欠。颜晓潮始终振作着精神，在听任老师的讲话，不过他心存疑虑：自己跟高中的班主任任老师，能相处好吗？自己是否会受到任老师的喜欢？

"我们班一共 49 名同学，其中团员 35 人……"任东在讲台上说。

"你入团了吗？"胡亚迪轻声问了一下旁边的颜晓潮。

颜晓潮摇摇头。胡亚迪叹了一声，为自己没能在初中时入团而感到遗憾。

"明天晚上 6 点，要开家长会，希望各位同学通知自己的家长，请家长准时到学校。从 8 月 17 日起，我们要进行为期十天的军训，军训期间统一住校……"任东在讲台上继续说。

颜晓潮听说要参加军训，而且要住校，心里有些不是滋味，毕竟从小到大，他从没有离开过家里，他有点担心对学校的集体生活无法适应。

"高中只有短短的三年时间，从现在开始，希望同学们为高考做好充分准备,因为我们所剩的时间不多了。"任东在讲台上瞪着一双大眼睛,目光炯炯有神,表情颇为严肃。

颜晓潮感觉教室里的气氛有些沉闷和拘束,心想:中考才刚结束,怎么就开始提到高考了?他在潜意识中,觉得任老师有些严厉,不太好相处。但是,他仍对任老师抱着希望,毕竟读初中时,他刚开始跟施老师相处得也不融洽。

回家后,颜晓潮的心情不咋样,就简单地通知了父母,明天晚上要开家长会。段银红跟丈夫商量了一下,决定还是由颜泽光去。

第二天晚上,颜泽光去花鸟中学参加了家长会。回家后,他告诉妻子,也顺便说给儿子听:"晓潮的班级,是重点班,都是中考成绩比较好的人。"

颜晓潮听说自己进了重点班,脸上绽放出微笑,有些沾沾自喜,看来是虚荣心在作祟。接着,他问父亲:"爸爸,你碰到任老师了吗?他叫任东,教英语的。"

"碰到了。"颜泽光回答。

"高中的班主任是教英语的啊?"段银红听后很激动,她认为英语是主课,很重要,英语老师做班主任,有利于学生提高英语成绩。

"唉,又是个男的,小青年。再说,我不太喜欢英语老师做班主任。"颜晓潮对新班主任很不满意。

"他们任老师,相貌挺好。"颜泽光告诉妻子,他认为任老

十、想念施老师

师身材瘦高,浓眉大眼,皮肤白皙,看上去英俊潇洒。

"同样是年轻的男老师,相比起来,我感觉还是施老师好,现在有点儿想念施老师。"颜晓潮对父母吐出心里话。

"任老师的相貌要比施老师好。"颜泽光无意间对儿子说了一句。

"现在开始说施老师好了,"段银红对儿子不满道,并批评他说,"初中时施老师让你入团,你为什么不入?"

颜晓潮一时语塞,无言以对,陷入沉思。现在班里49位同学,其中有35名团员,想想自己现在不是团员,来到一个团员占绝大多数的新集体里,难免会有一点儿自卑的心理情绪。

"你们任老师说,过几天就去学校军训了,希望你做好准备,该整理的东西,赶快整理起。"颜泽光将家长会的精神传达给儿子。

"妈,这是我收来的房钱。"陆菁回到娘家,把从龚福娣那里收来的下半年房租交给了母亲。

陆家姆妈收下钱,问女儿:"碰到老邻居了吗?"

"都碰见了,那天颜家姆妈、秦家姆妈、聂家姆妈都在,"陆菁笑着回答,"不过小齐姆妈,对崇明人好像有点儿意见。"

"唉,"陆家姆妈叹了声气,"上次小齐姆妈跟我打过电话的,向我反映崇明人经常晚上出去打麻将,很晚才回来,回到家里,半夜三更的,在厨房烧消夜吃,吵得小齐姆妈难以入睡。

还有，跟小齐姆妈抢走廊里的公用地方。这人，也真是的，一点儿不识相，再这样，我房子不租给她了。"陆家姆妈跟齐母的关系非同寻常，她自然听信齐母的一面之词，戴着有色眼镜看别人。

陆菁不想掺和这些乱七八糟的事，她告诉母亲："崇明人说，从下个月开始，她的亲戚要搬进来，说房钱她和亲戚，一人出一半。"

"什么亲戚？"陆家姆妈警觉起来，问女儿。

"听崇明人讲，是她的姑姐。"陆菁告诉母亲。

"姑姐是她自己亲戚，住住也就算了，如果她擅自将房子转租给别人，我是绝对不会同意的，"陆家姆妈板起脸，严肃地道，"我过几天跟小齐姆妈联系一次，问一下，到底是什么情况。"

颜晓潮参加了花鸟中学高一新生为期十天的军训，住校九天，不能回家。炎炎夏日，酷暑难当，每天的军事训练，相当枯燥乏味，由于场地有限以及出于安全方面的考虑，学校没有让学生进行射击训练和学习擒拿格斗，军训的唯一内容，就是队列操，整天在烈日下暴晒，部队教官不停地喊着"向左转""向右转""向后转"和"起步走"等口令。经过几天的相处，颜晓潮发现班主任任东并不是一个容易相处的老师，他对学生很严格，为了班级的面子，为了使班级在全年级的会操评比中

十、想念施老师

不拖后腿,他在学生训练时,一直站在旁边训斥学生。颜晓潮因动作慢,姿势不准确,被他说了好几次。军训的日子真难熬,有次在学校大会堂坐着听国防教育报告时,颜晓潮根本没仔细听,而是在想心事:一是期盼军训早点结束,二是怀念初中时的生活,想念施老师。

盼星星,盼月亮,终于盼到了8月26日,当天上午10点,军训结束。因距离9月1日开学还有四五天时间,颜晓潮决定回到家后,彻底放松一番,好好休息一下。现在进入高中后,他对初中老师的思念,变得一发不可收拾。花鸟中学也有初中部,花鸟中学的一些老师,既教高中,也教初中,颜晓潮多么希望自己初中的老师,能继续教他啊。他有闻老师和刘老师的电话,于是,他打电话过去。

"闻老师,我是晓潮,我考进了花鸟中学,前几天在军训,今天刚回家,过几天就要开学了。"

"花鸟中学,挺好的。"闻梅珍勉励他。

"闻老师,你可以教高中英语吗?"颜晓潮问。

"高中英语,我没教过,因为我们学校一直是初级中学,不是完中,高中老师要本科学历,我只有大专。"闻梅珍对他说。

颜晓潮对闻老师的这个回答,有些失望,因为他想,如果闻老师可以教高中,以后英语碰到不懂的地方,还可以继续请教她。"现在毕业了,我才觉得施老师真的挺好的。"颜晓潮吐出心里话。

"是的,"闻梅珍的语气很肯定,"青年教师里,你们施老师,绝对算好的,人很正派、老实。"

"嗯,"颜晓潮对此予以认可,"那施老师可以教高中吗?"他似乎希望施老师能继续做他的高中班主任,哪怕是体育老师也行,因为他对现在的班主任任老师没什么好感。

"这我就不清楚了,"闻梅珍在电话里表示,然后告诉颜晓潮一件事,"我听说,施老师结婚了,他老婆也是崇明人,叫倪敏,也在我们学校教书,教英语。"

"哦,"颜晓潮有些惊讶,因提到崇明,他不禁想起施竖兰,便问,"闻老师,在你这里补课的那个崇明人——施竖兰,她现在什么情况?"

"哦,施竖兰啊,她考进了崇明的体育学校,刚放暑假时,她父母带她,到我家里来过一次,"闻梅珍告诉颜晓潮。

跟闻老师通话结束后,颜晓潮又拨电话给刘老师。

"晓潮吗?你好!"刘辈才接到颜晓潮的电话,很高兴,她关心地问,"你去花鸟中学报到了吗?"

"去了,军训都结束了,再过几天就开学了。"颜晓潮说。

"你们班这次中考成绩全年级最好,施老师很欣慰,"刘辈才告诉颜晓潮,"施老师以后呢,也不太会再做班主任了,毕竟体育老师是副课老师,因为作为教师,不管教主课还是副课,至少要有三年做班主任的经历,这是教育局规定的。这段时光,对施老师来说,也是他人生中最难忘的一段插曲。"

十、想念施老师

"听说施老师结婚了,是吗?他老婆也是崇明人,也是我们咸鱼中学的老师?"颜晓潮为了核实闻老师的消息,便问刘老师。

"是的,"刘辈才笑出声来,问,"你是怎么知道的?"

"是闻老师告诉我的。"

"闻梅珍,是吗?"

"嗯,对的,"颜晓潮说完,又急着问,"刘老师,我问你一件事,像中学老师,是不是初中和高中都能教?像我现在的花鸟中学,初中和高中都有,有些老师既教初中也教高中。像咸鱼中学,只有初中,那么咸鱼中学的老师,能否教高中?闻老师说教高中要有本科学历。"他突然对这个问题变得很感兴趣,想问清楚。

刘辈才笑了一下,很专业地回答道:"高中老师,可以教初中,但初中老师不能教高中,高中和初中都能教的老师,学历必须达到本科以上,持有高中教师资格证。"

"那么,刘老师,你能教高中吗?"颜晓潮追问道。

"不可以,我的学历是大专,只能教初中语文。"刘辈才说。

颜晓潮听到刘老师也不能教高中,情绪显得很低落,他又问:"施老师可以教高中吗?"

"施老师可以的,"刘辈才在电话里铿锵有力地说,"施老师是本科生,可以教高中。"

"我现在很想念施老师啊,要是他继续教我,那该多好。"

这是颜晓潮的肺腑之言。

刘辈才又笑了,劝慰说:"唉,晓潮,这事没有可能性,你就别多想了。你今后有空多去学校看看施老师。"

颜晓潮把自己埋藏已久的一桩心事告诉了刘辈才:"刘老师,跟你说件事,初三的时候,施老师叫我去听团课,我没去,因为我不想入团,因为我那时觉得施老师对班干部和女同学偏心,现在离开了施老师,我想想也挺后悔的。要是再去看施老师的话,会有点儿难为情。"

"嘿嘿,"刘辈才笑了,她觉得颜晓潮有些天真、单纯,"首先,施老师不是那种人,他对每一位学生,都是公平的;第二,你初中没入团,高中还有机会,高中学生入党都可以,别说入团了;第三,这种小事,你不用放在心上,我相信施老师不会介意的。"

再过几天,就要开学了,颜晓潮对仅剩的几天暑假非常留恋,希望抓住假期的尾巴,利用最后的时间充分休息。他硬拉着奶奶,要一起去后门口乘凉。奶奶宠爱孙子,自然二话不说就答应。于是,祖孙俩搬着躺椅,来到了弄堂里。

坐了没多久,龚福娣从屋里走出来,到弄堂里收晾晒的衣服。如今,颜家祖孙跟她已非常熟悉,便畅谈起来。

因想念施老师,颜晓潮现在对崇明越来越有感情,对崇明越来越感兴趣,这恐怕就是爱屋及乌吧,于是他问龚福娣:"小

十、想念施老师

花妈,你们住在崇明什么地方?"

"长江农场,我老公是长江农场的,我娘家是新河,"龚福娣爽快地回答他,"怎么,你去过我们崇明?"

"去过,以前学校搞活动,去过一次,"颜晓潮又问,"你是不是姓施?你们崇明姓施挺多的。"

"我不姓施,我姓龚。"

"叫龚福娣是吗?"颜晓潮脱口而出。

龚福娣欣喜地问:"你怎么知道我的名字?"

"我有一次看见后门口的信箱里,有你的信。"颜晓潮告诉小花妈。之前好几次,他都在后门口的公用信箱里,看见别人寄给龚福娣的信,信封上面的地址是南福街善存里48号。

"你上次不是说你的老师也是崇明人吗?"龚福娣对颜晓潮的这句话印象还挺深,一直记得。

"嗯,我初中的班主任是崇明人,姓施。"颜晓潮说。

"你老师是崇明哪里的?"龚福娣问。

"我现在初中毕业了,开学读高中了,碰不到施老师了,如果以后有机会,我碰见施老师,我一定问他。"颜晓潮也很想知道,施老师是崇明哪里人。

"好的,你问好了告诉我,"龚福娣边收衣服边说,等收完最后一件衣服,她问颜家奶奶,"老阿姨,你今天没打麻将吗?"

"没打,老头子去打了,"蒋桂宝摇摇头,笑眯眯的,然后竖起大拇指,指了指旁边的孙子,对龚福娣说,"我孙子再过几天，要读高中了，趁他这几天还没开学，多陪陪他。"

"我发现，你家晓潮，跟你很亲的。"龚福娣笑着恭维道。颜晓潮心里却纳闷，小花妈是怎么知道他名字的，不过他也没多问。

"他出生没几天，就一直由我领在身边，带到现在，"蒋桂宝每次说起带孙子的事，总掩饰不住心里的高兴。可老人的这番话，被坐在屋子里的媳妇听见了，段银红对此颇为不满，嘴里嘀咕道："难道我们父母就不管小孩吗？"

这时，龚福娣的女儿小花从屋里走出来。这次，颜晓潮算是看清楚了小花的脸。小花是出来晾衣服，颜晓潮有点儿不好意思和她搭讪。等小花回屋后，颜晓潮在奶奶的耳边悄悄说了一番，要奶奶问一下小花妈，她女儿的大名。蒋桂宝照着孙子的意思，问了。龚福娣回答颜家奶奶说："我女儿小花，大名叫陆雅花。"

"好像上次你到我家打电话，你喊她什么陆莹靓？"颜晓潮终于按捺不住了，刨根问底起来。

"她身份证上的名字是陆莹靓，她办身份证时自己改的，以前是叫陆雅花，"龚福娣大方地告诉颜晓潮。

原来如此，颜晓潮这下知道了，没再吭声。

突然，龚福娣想到老房子拆迁的事，便问蒋桂宝："老阿姨，你们这条弄堂，会不会动迁？有没有听到动迁的消息？"

蒋桂宝摇摇头，道："应该不会吧，没听说。我不希望拆迁，

十、想念施老师

一旦拆,搬得很远。这里是市中心,黄金地段。"

"这倒也是,"龚福娣认为颜家奶奶的话也有道理,接着她说出问这事的原因,"我爸在杨树浦那边,有一套自己的房子,也跟这里一样,是石库门老房子,现在我爸和我弟弟的户口都在里面,听说要拆迁,不过还没正式接到消息,如果拆迁的话,我准备把我们一家三口的户口都迁过去。其实那边,我们也可以去住的,就是地方太小,跟弟弟、弟媳妇挤在一块儿,总归不太方便。这里呢,就像老阿姨说的,地段好,我老公做生意容易,因为他的那些客户,都在前面的北京路五金街上。再说,这里房租也便宜,一个月只有150元钱。"

"150元啊?便宜!"蒋桂宝回应道,"你租了一上一下两间了,150元不贵。"

"唉,便宜是便宜,缺点就是没有外窗,光线暗,一年四季照不到太阳,"龚福娣叹道,但总的来说,她对这里还是挺满意的,"不过呢,我在这里租了也快两年了,现在弄堂里的人也熟了,平时一起打打麻将,暂时还不想搬,等我女儿职校毕业了再说。"

颜晓潮现在似乎很喜欢这个住在隔壁的崇明人,对她家的感情也与日俱增,当他听见小花妈说暂时不搬时,心里暗暗高兴。

"再过几天,我崇明的姑姐,就是我老公的阿姐还有他姐夫要搬来,他们住楼上,我和女儿还是住楼下,"龚福娣把这事告诉颜家奶奶,"这样也好,我每个月房钱可以省掉一半。"

"你姑姐也是来上海做生意?"蒋桂宝随即问。

"她不做生意,她老公来做生意,"龚福娣说,"不过,他们来了也烦,这里的煤气、自来水都只有一个,要两户人家合用……"她在为省下房租感到庆幸的同时,也对和姑姐能否融洽相处心怀一丝担忧。说完,她拿起晾衣钗,转身进屋了。

"小花妈像不像无锡的姑妈?"等龚福娣回屋后,颜晓潮问奶奶。无锡的姑妈是爷爷在外工作时认的干女儿。

"不像。"奶奶蒋桂宝摇头。

十一、 小花姑妈搬来

大前门夫妇,白天在弄堂里摆摊,卖早点,最近,又别出心裁地做起了小笼包。孙子一直爱吃小笼包,从小就喜欢,颜永仁得知后,马上告诉孙子弄堂里有卖小笼包的消息。颜晓潮嚷着要吃,爷爷立刻就去给孙子买。在颜永仁心里,孙子是"小皇帝",只要孙子开口,凡是他能办到的,都会满足。颜家爷爷常常在别人面前自嘲,称这没办法,是"隔代亲"。但他的儿媳妇对此意见很大,认为爷爷这是在宠小孩,是溺爱,会把孩子惯坏的。

颜晓潮想吃弄堂里的小笼包,还有一个原因,就是小花妈经常跟大前门的老婆打麻将,两人关系不错,买大前门的小笼包,也算是亲近小花妈的一种方式吧。

爷爷来到弄堂里的点心摊前,对大前门的老婆说:"买一客小笼,给我孙子吃。"

"好的,老爷叔,你稍等,小笼包正在蒸,"大前门的老婆为了做生意,对弄堂里的顾客都是非常客气,她见眼前的老头面熟，便问，"你是不是住在崇明人隔壁？"

"对的，对的，"颜永仁点头笑道，"她跟我们关系不错的，经常来我家里玩。你们经常在一起打麻将的，我知道。"

"现在也天天一起打麻将的，"大前门的老婆说，随后见小笼包蒸好了，便叫老公，"前门，给这位老爷叔一客小笼。"

"好的，来了，"大前门边端蒸笼边道。颜家爷爷把饭盒递了上去，随后付了钱，大前门熟练地将蒸笼里的小笼包一个个夹到饭盒里，动作很快，一气呵成，小笼包一个都没破皮。

"老爷叔，当心烫，"大前门把饭盒还给颜永仁，并给他发了一支香烟，"吃了好，再来。"

爷爷买好小笼包回家，打开饭盒盖，小笼包还热气腾腾的，一共12个。颜晓潮兴高采烈地拿来筷子和碟子，随后往碟子里倒了些米醋，开始吃起来。"嗯，好吃，比南翔的味道好。"晓潮用筷子夹起一个，蘸了蘸醋，吹了一下热气，放到嘴边，轻轻咬破一点面皮，然后吮吸着里面的肉汁，觉得汁多味鲜，连声称赞。

"大前门还给我发了根香烟，说吃了好再来。"爷爷高兴地告诉老伴。

"爷爷，你吃一个。"颜晓潮说。

"我不吃，给你奶奶吃吧，"颜永仁说。接着，颜晓潮夹起一个小笼包，稍微蘸了一下碟子里的米醋，轻轻吹散了热气，

十一、小花姑妈搬来

送到奶奶嘴里。蒋桂宝为防肉汁四溅,小心翼翼地吃着,吃进嘴里时,不住地点头,赞不绝口:"嗯,味道好!"

"喜欢吃,下次再去买,"爷爷拿打火机点燃了刚才大前门发的那支香烟,边抽边说,"大前门的老婆知道我们住在小花妈的隔壁,因为她一直跟小花妈打麻将的。大前门也是有福气,老婆既能干又漂亮。"

这时,正巧龚福娣走进颜家。"我孙子说,小花妈非常好,他说你名叫龚福娣,以后我就喊你福娣,不喊小花妈了。"爷爷跟龚福娣逗趣说。

龚福娣笑起来,两条眉毛弯得像月牙,道:"随便你喊我什么,都可以。"

"小花妈,来吃小笼包,这是在大前门的老婆那里买的。"颜晓潮招呼龚福娣,拿起筷子想让她尝一个。

"味道很好。"奶奶在一旁推荐。

"不吃,不吃,"龚福娣摆手谢绝,然后凑上前往盛小笼包的饭盒里张望了一下,回过身说,"我知道的,摊位摆在弄堂里的,上次我买过一次,给我女儿吃,我女儿说不好吃。"

"坐一会儿。"爷爷招呼龚福娣。

"不坐,家里忙着,"龚福娣婉拒,然后对爷爷说,"老爷叔,你家里有老虎钳吗?有的话,借我用一用,用完马上还给你。明天我姑姐要搬来。"

"有的,我找一下。"爷爷说,然后就去翻工具箱了。

芦粟依旧甜

"你姑姐明天就搬来了?"奶奶问龚福娣。

"嗯,明天上午,"龚福娣回答道,然后发起牢骚,"烦得要死,我现在要把上面的阁楼腾出来,东西都搬下去。"

爷爷为龚福娣找到一把老虎钳,递给她。

"谢谢,老爷叔!"龚福娣接过老虎钳,十分高兴,"我先去了,用完还给你们。"说完,转身离去。

颜晓潮觉得小花妈确实长得有点儿像无锡的姑妈,又对奶奶说了一遍。爷爷在旁没听清楚,便问老伴,孙子刚才在说什么。奶奶笑着对老伴说:"他说小花妈,跟你无锡的干女儿像。"

爷爷摇摇头,道:"不像。"

奶奶却承认道:"我刚才仔细看了下,倒是有那么一点儿像的,眼角挺像。"

颜晓潮终于觉得奶奶说对了,激动地上前抱住奶奶。

第二天上午,陆争贤的姐姐陆引娟、姐夫沈富炳搬来了。

颜家爷爷非常热心,主动前去帮忙,帮他们搬东西。龚福娣向沈富炳、陆引娟夫妇介绍道:"这是隔壁的老爷叔,人很好的,热心肠,我有什么事,他总帮忙。"

"你好,老爷叔。"陆引娟操着一口浓重的崇明话,向颜永仁问候道。

"你好,你是小花的姑妈,对吗?"颜家爷爷问。

"是的,陆争贤是我弟弟,小花是我侄女,"陆引娟向颜永

156

十一、小花姑妈搬来

仁自我介绍道,并引荐身旁的丈夫,"这是我老公。"

"小花姑父,你好!"颜永仁上前跟沈富炳握了握手,并掏出衬衣口袋里的烟盒,给对方递了一根香烟。

"老爷叔,谢谢!"沈富炳笑容满面地接过香烟,见爷爷拿出打火机,便嘴叼香烟,凑了上去,把烟点燃,"以后我们和老爷叔就是邻居了。"

颜永仁开怀地笑起,给自己也点燃了一根烟,道:"我就住在隔壁,50号底楼,你们有空来玩。"

"好的,好的。"沈富炳吸了一口烟,吐出烟圈后连声答应。

这时,在屋内的颜晓潮听见后门外有声音,知道是隔壁崇明人的亲戚搬来了,忙跑出门,到弄堂里看热闹。只见小花的姑妈,长得土里土气的,一头短发,身材矮小,脸蛋稍胖,小花的姑父,也土气,但身材魁梧,人高马大。

"这是我孙子。"颜永仁向沈富炳、陆引娟夫妇介绍道。

颜晓潮忙跟他们打招呼:"小花姑妈、小花姑父。"

"嗯,小伙子,你好!"沈富炳朝颜晓潮点头笑了笑,因初次见面,相互还不熟悉,未做深入交谈。

"哦,老爷叔的孙子这么大啦,"陆引娟瞧了瞧颜晓潮,随后对颜永仁说,"小佾胖乎乎的,你们肯定给他吃得很好。"崇明人把"小孩"叫"小佾"。

"就一个孙子,当然要给他吃好的,否则怎么长这么大?"颜永仁笑眯眯的,并特别提到,"我孙子最喜欢吃你们崇明的甜芦粟。"

"呵呵,"陆引娟笑出声来,"这芦穄,吾俚崇明多的是,不稀奇,许多农民在田里都种,过路人可以随便吃。"

这时,奶奶蒋桂宝来到后门口,颜永仁忙向他们介绍:"这是我老太婆。"随后,蒋桂宝跟小花的姑父、姑妈相互打了招呼,算是认识了。

那天,沈富炳、陆引娟夫妇的儿子沈济青也来了,帮父母一起搬家。颜晓潮见他们的儿子戴副眼镜,看上去很斯文,身材像父亲,长得人高马大。秦家阿婆瞧见后,便对他们夫妇说:"这是你们儿子啊?这么大了。"

"我儿子像他爹,人高,快一米八了。"陆引娟乐呵呵地笑道。

"读大学了吧?"秦家阿婆问。

"还没,开学后读中专三年级,这几天,在学校里军训。"沈富炳告诉秦家阿婆。

突然,龚福娣从屋里走出来,找陆引娟,陆引娟赶紧进屋。忙碌了一上午,东西差不多都搬好了。就这样,沈富炳、陆引娟夫妇开始了在这里的新生活。

午后,龚福娣去大前门家里打麻将,陆引娟为了熟悉这里的环境,来到后门旁的公用厨房实地查看,并准备在煤气灶上熬一锅粥,正巧遇上了隔壁齐母。

十一、小花姑妈搬来

"小齐姆妈,你好!"陆引娟主动跟齐母打招呼,"以后我们就是邻居了。"陆引娟先前听见聂家姆妈喊她"小齐姆妈",便跟着喊。

齐母觉得龚福娣的姑姐,嘴巴比龚福娣甜,比较懂礼貌,会做人,便笑着对她说:"你烧粥啊?"

"嗯,我烧点粥,"陆引娟边说,边将饭锅往已点燃火的煤气灶上一放,然后悄悄问齐母,"是不是我弟媳妇对你有意见?"她搬来前,曾听龚福娣讲过跟齐家关系不好的事。

"唉,"齐母叹了声气,摇摇头,笑道,"算了,不说了。"

陆引娟对龚福娣的为人处世不太欣赏,便对齐母发表自己的看法:"俗话说,邻里好,盖金宝。邻居之间,大家和和气气,没必要为了小事斤斤计较。我弟媳妇这个人啊,就是气量太小。"

这时,聂家姆妈也来到厨房,她问陆引娟:"你们搬好啦?"

"阿姨,你好!"陆引娟颇有礼貌地跟聂家姆妈打招呼,"一个上午,都搬好了,幸亏我儿子帮忙。"

"你儿子呢?"聂家姆妈不见她儿子,便问。

"到学校去了,这几天学校在军训,今天上午是特地请假来的。"陆引娟说。

齐母回屋后,家中电话铃响起,是陆家姆妈打来的。

"小齐姆妈,崇明人的姑姐,今天搬来了吗?"陆家姆妈向齐母打听情况。

齐母掩着嘴,对着话筒,小声说道:"上午刚搬来,这崇明人的姑姐,人倒还可以,看上去要比崇明人拎得清。"

"上次陆菁去,把你们的事都跟我说了,我就跟陆菁说,这崇明人要是再这样,我房子就不租给她了,"陆家姆妈说这话时,表情严肃,她和齐家一直关系很好,"小齐姆妈,我不在这里,你帮我做个有心人,如果崇明人家里发生什么事,你及时打电话给我。"

"好的,好的。"齐母一口答应。

开学第一周的星期五,下午只有两节课,班主任任东在放学前,向全班学生下达了一个通知,要求各位同学回初中母校,把学籍转出的证明开出来。任东在讲台上说:"今天是星期五,就早点儿放学吧,大家利用下午的空闲时间,去以前就读的初中,把证明开好,下星期来交给我。"

随着班主任的一声"放学",同学们立即飞奔出教室。颜晓潮刚背起书包,走到教室门口,胡亚迪就急着跟上来,喊住他。

"你去不去咸鱼中学?"胡亚迪问。

"去,"颜晓潮回答,他自从进入高中后,感觉跟班里的同学到现在还不太熟悉,高中课程的难度,也比初中大了不少,上课时的许多内容、知识点都听不懂,反正对适应高中的学习毫无信心,心里空荡荡的。现在胡亚迪像是要和他结伴同行,这样一路上也有个说心里话的人,于是他欣然问胡亚迪,"你去吗?如果去的话,我们一起走。"

十一、小花姑妈搬来

"好呀,一起走。"胡亚迪答应道。

不一会儿,两人走出了校园。

"正好去看看施老师,"颜晓潮流露出对初中班主任施容旭的想念,"我觉得,施老师,要比现在的任老师好。"

可是,胡亚迪却说:"老师都差不多。"

步行了约半小时,他们总算回到了阔别数月的初中母校咸鱼中学。开具学籍转出证明,需要去学校教导处办理。想不到他们来到教导处后,门口挤满了同样前来办证明的昔日同班同学。大家都很惊讶,怎么会这么巧,都在今天,不约而同地回到了母校。颜晓潮见到了金生健、孙莺莺、高骏捷、童冬梅、施芸轩、晏佳婧等人。老同学见面,除了相互问候、打听彼此目前的情况外,还有就是去看望施老师。"我们一起去看施老师吧。"孙莺莺提议,同学们都热烈响应。童冬梅现在跟颜晓潮、胡亚迪就读于同一所学校,也是花鸟中学,只不过她在高一(2)班,颜、胡两人都在高一(5)班。

"听说你们 5 班是重点班。"在前往体育教研室的走廊上,童冬梅羡慕地对颜晓潮和胡亚迪说。

"都一样的。"因为不适应高中的学习,颜晓潮对此已没了自豪感,他扫了一眼童冬梅,见她胸前戴着团徽,心里有些失落。

大家来到体育教研室,见到了施老师,大家都格外高兴。施容旭见一下子来了这么多同学,激动的心情溢于言表,他忙

芦粟依旧甜

问:"你们今天怎么都来了?"

好几位同学告诉施老师,今天回母校是办理学籍转出证明。

"现在都办好了吗?"施容旭关心地问大家。

"办好了。"同学们异口同声地说。

"来,快坐。"施容旭一边招呼学生,一边拉出了办公室仅有的几张靠背椅,可椅子不够,剩下的几位同学表示,不用坐了,旁边站一会儿就可以。

接着,施容旭跟刚送走的毕业班学生畅快地交谈起来。颜晓潮话语不多,傻傻地靠在门旁边的墙上,注视着施老师,饶有兴致地听着同学们跟施老师的闲聊,他把对施老师的敬爱、感恩都藏在了心底。

金生健现在考入了体育师范,五年后毕业,可直接分配至小学从事体育教师工作,他跟施老师的话题最多。

"我现在读五年,毕业后直接是大专,"金生健告诉施老师,随后转身对旁边的同学说,"不像你们,三年以后还要参加高考,万一考不上、考得不好,还要复读。"从金生健的话语里,听得出他对自己的现状很满意,并流露出一丝骄傲之情。

"呵呵,"施容旭听到金生健的情况,颇为他感到欣慰,笑着对他说,"不错,你以后,跟我就是同行了。"

"不过,读体育师范,平时的训练比较辛苦,初中男生都是跑1000米,你们有些人还跑不动,我们体育师范生,每天要跑3000米,唉,我现在人都瘦了好几斤。"金生健风趣地说着他

十一、小花姑妈搬来

的故事，施容旭和同学们都笑了起来。

"你妹妹现在怎么样？她今天怎么没来？"施容旭问。

"她考进了卫校，以后做护士。"金生健告诉施老师。

"胡亚迪、颜晓潮，还有童冬梅，"施容旭叫着他们三个人的名字，问，"你们三个，都是花鸟中学，是吗？"

三人同时点头。

"都在一个班吗？"施容旭接着问。

"我和胡亚迪是一个班，童冬梅在隔壁班。"颜晓潮总算有机会跟施老师说话了。

"孙莺莺、施芸轩，你们俩都在尚法中学，是吗？"施容旭问。

"对的，"孙莺莺点头，然后问施容旭，"施老师，我们什么时候，班级可以组织一次同学聚会啊？"

"你组织呀，你以前不是组织委员吗？"施容旭幽默地说，办公室笑声四起，平心而论，他倒是希望今后能搞同学聚会，等笑声散去后，便说，"等你们放寒暑假吧，时间你们定，到时候提前通知我就行，如果需要借学校的场地，我可以负责搞定，有空我问问麻馨，让她牵头，毕竟她以前是班长嘛。"

"麻馨现在在哪里？"孙莺莺问。

"麻馨在商业会计学校，读的是会计专业，中专，"施容旭告诉孙莺莺，随后惋惜地叹道，"唉，她没考好，自从初二开始，她的成绩就一直不理想。"

顿时，办公室变得鸦雀无声。施容旭望见眼前的施芸轩，便故意逗她："你现在怎么样？进了高中，还迟到吗？"

旧事重提，在场的同学都笑了。

孙莺莺故意开玩笑，说："她军训的时候还迟到呢。"

同学们的笑声更大了，施容旭也忍俊不禁地笑起来。施芸轩被说得很尴尬，捂住脸，不停地晃头，叫道："你们不要说了。"

"我们军训如果迟到的话，教官会让迟到的人在旁边站着。"晏佳婧告诉孙莺莺。

"嗯，我们也是。"孙莺莺回应道。

"你现在在哪里啊？"施容旭突然问晏佳婧。

"我在外贸职校，学物流。"晏佳婧说。

"哦，对了，"施容旭这才想起来，今天来的同学中，还有一个个子高高的高骏捷，便问他现在在什么学校。高骏捷先是愣了一下，片刻才缓过神来，有点结巴地告诉施老师："我也在花鸟中学。"话音刚落，又是笑声一片。

"花鸟中学的怎么这么多？"施容旭疑惑了一下，然后看着眼前的同学开始数数，"1、2、3、4，今天一共来了八位，花鸟中学的占了一半。你们花鸟中学的体育教研组组长叫袁仁贵，我认识。"

听见施老师认识花鸟中学的老师，颜晓潮心里振奋了一下。

难得重逢，施容旭抬腕看表，见还有时间，便与在场的同学继续聊了一会儿。他聊到吴怡莲，说她在旅游职校，初三时，

十一、小花姑妈搬来

教大家语文的薄老师,现在被旅游职校聘任,继续担任吴怡莲的语文老师。颜晓潮听后非常羡慕,他想,要是施老师能继续教他体育,做他高中的班主任,该多好。又谈到文若妮,施老师说她中考没发挥好,家人出钱,让她在浦东高桥的一所私立高中就读,学费很贵,每天上学也很远。

不知不觉,到了下午五点半,夕阳西下,同学们都要回家了,施容旭也准备下班。在同学们相继离开体育教研室后,颜晓潮突然杀了个"回马枪",他走到施老师的面前,问:"施老师,我听刘老师说,你能教高中,是吗?"

"嗯,高中体育,我可以教的,"施容旭回答道,并轻轻摸了一下颜晓潮的头。此刻的颜晓潮,一股暖流涌上心头,感动得差点儿落泪。

"施老师,你家在崇明什么地方?"今天难得跟施老师见面,颜晓潮不想错过这次机会。

"新民。"施容旭想了一下,最后还是告诉了颜晓潮。

"新民,我知道,"颜晓潮顿时神情激动,"就在新河和长江农场的中间。"原来,施老师的家,离小花家很近。

"你怎么知道的?去过?"施容旭问。

"没有,我是看了地图才知道。"颜晓潮回答道。随后,见天色已晚,夜幕徐徐降临,他只好依依不舍地跟施老师道别。

颜晓潮离开咸鱼中学,回到家里,已是傍晚六点,他见后门外的第五弄甚是热闹,好像都是隔壁崇明人一家的声音。

小花带男朋友黄兴凯回来了,这次她向母亲龚福娣摊牌,承认自己正和他谈恋爱,龚福娣很溺爱女儿,得知此事后,并未责备女儿,只是对眼前的这个瘦弱小子,没有多大好感,同时担心他给不了女儿幸福的未来,但一想到女儿心甘情愿、死心塌地,便没吭声,她不想干涉女儿的恋情。相反,倒是陆引娟见侄女才17岁,就交了男朋友,很看不惯,并对弟媳妇教育孩子的方式啧啧不已。

"你看,小花在吃甜芦粟,"颜永仁站在家中的走廊上,望见后门口的小花,便说给孙子听。颜晓潮闻讯,忙来到爷爷的身边,向后门口张望,只见染着黄头发的小花啃着甜芦粟,她旁边站着一个小子,也染着黄发,两人很亲密。这时爷爷对孙子说,"这小花,头发染得这么黄,像什么样?谈的男朋友,瘦得像只猴子。"

"小花不好看。"颜晓潮对爷爷摇头说,他不喜欢女孩子打扮得妖艳。忽然,他听见弄堂里传出龚福娣的声音,好像在跟女儿说话,便疾步跑出去。

"小花妈,"颜晓潮对龚福娣喊道,小花被突然冒出来的颜晓潮吓了一跳,颜晓潮对小花没兴趣,"今天我碰到我们施老师了,他说他是新民的。"

"新民,就在我们旁边。"龚福娣对颜晓潮说,由于她正忙着女儿的事,似乎没什么心思搭理颜晓潮。

十一、小花姑妈搬来

陆引娟在旁,用颜晓潮听不太懂的崇明话,不知问了龚福娣一句什么,龚福娣回头告诉姑姐:"他的老师也是崇明人。"

"哦,老师也是崇明人,"陆引娟自言自语了一句,随后对颜晓潮说,"晓潮,你不是喜欢吃吾俚崇明的芦穄吗?我送去了,在你亲爷那里。"崇明人把"爷爷"喊作"亲爷"。

听说陆引娟给家里送了甜芦粟,颜晓潮赶紧又奔回了屋。一进屋,颜晓潮就向爷爷要甜芦粟,颜永仁差点儿把这事给忘了,见孙子要吃,他忙从电冰箱里拿出甜芦粟,告诉孙子:"这是小花姑妈送来的,你碰到小花姑妈,一定要谢谢她。"

这时,段银红听见弄堂里秦家阿婆和陆引娟的对话,得知秦家阿婆在澳洲的女儿大妹头要来上海探亲,便告诉了家里人。想不到,颜晓潮听说隔壁秦家的大妹头要来,霎时变脸,冒出一肚子的火气,因为以前大妹头来的时候,有一次颜晓潮和她的儿子查维一起玩耍,查维调皮,一不小心摔跤,额头上肿起了乌青块,大妹头不分青红皂白地责怪颜晓潮,使他蒙受了委屈,故恨透了大妹头。颜晓潮马上告诫爷爷奶奶,等大妹头来后,不准他们和秦家阿婆打麻将,扬言要在这段时间内狠狠"制裁"秦家。两位老人疼爱宝贝孙子,不得不屈服于孙子的压力,答应下来。

陆引娟回到阁楼上,对侄女早恋有些生气,丈夫沈富炳尽管也看不惯,但认为老婆没必要把情绪放脸上,不然亲戚之间难免结怨,便劝老婆说:"哎呀,小孩子嘛,随他们去。"

十二、对门三星老太

大妹头带着儿子查维,从澳洲悉尼乘飞机赴上海,开始了为期半月的探亲之旅。回国后,大妹头就住在娘家。秦家阿婆见到自己7岁的小外孙,黄头发,蓝眼睛,煞是可爱,乐得合不拢嘴。查维在弄堂里玩耍时,引来了不少邻居的围观,他们纷纷逗着"小外国人"玩,秦家阿婆说:"小孩是混血,妈妈是中国人,爸爸是澳大利亚人。"

颜晓潮在屋内,听见声音,不想出去,因为他不想看见大妹头,并不忘提醒爷爷奶奶,最近不准和秦家阿婆打麻将。

"知道了,你说过一遍就可以了。"蒋桂宝仿佛有些不高兴,噘起嘴巴,嫌孙子太啰唆。

"不去,不去。"颜永仁笑着附和孙子,他听见外边弄堂里传来大妹头的声音,便不时向后门口张望,果真见到了正在第五弄跟聂家姆妈说话的大妹头。爷爷情不自禁地对家人说,"这大妹头,是不像话,穿得像什么样?头发又烫又染,两只耳环那么大,崇洋媚外。"

十二、对门三星老太

颜晓潮觉得爷爷说得好，顿时高兴得一蹦三尺高，然后上前热烈地拥抱爷爷，高呼："爷爷万岁！"

陆引娟拿着一张竹椅，坐在弄堂里织毛衣，她见到查维，觉得这小孩非常可爱，便跟在一旁择菜的秦家阿婆搭讪。

"阿姨，这外国小孩挺好玩。"陆引娟对秦家阿婆说。

"呵呵。"秦家阿婆高兴地笑起来。

"这次你女婿来了吗？"陆引娟面带微笑地问。

"女婿以前来过一次，这次没来，"秦家阿婆回答说，见大妹头在身旁，便向陆引娟介绍道，"喏，这就是小孩的妈妈，我女儿。"

"你好。"陆引娟跟大妹头打招呼。

"你好，"大妹头走到陆引娟跟前，见有点儿面生，便问，"你是新搬来的吧？我以前好像没见过你。"

"我是在这里租房子的。"陆引娟笑着告诉大妹头。

秦家阿婆向女儿解释说："他们是崇明人，是阿娘家里的房客。阿娘去世了，这里的房子空了出来，陆菁妈就租给别人了。"

"陆菁的阿娘去世了啊？"大妹头有些惊讶，问母亲。

"哦，对的，阿娘是我们房东的婆婆吧？"陆引娟问秦家阿婆，她之所以知道，是听隔壁聂家姆妈说的。

这时，龚福娣从屋子里走出来，找姑姐有什么事。她早听说隔壁秦家阿婆远在澳洲的女儿要来，现在真的来了，还带了一个"小外国人",她正好凑热闹。

"阿姨,你小外孙很好玩的,"龚福娣望着查维,见小孩相貌迥异,顿时乐开怀,眉开眼笑地问查维,"几岁啦?"

"7岁。"秦家阿婆告诉她。

"查维,"大妹头喊道儿子,"看见人,应该怎么叫?"

"阿姨。"查维抬头望了一眼龚福娣,用流利的中文说道。

龚福娣被逗笑了,上去摸了一下查维的头,说:"这孩子真可爱。"

颜晓潮听见从第五弄传来龚福娣跟秦家母女对话的声音,便嗤之以鼻:"这小花妈,怎么会去跟大妹头说话?"

"别人说话,难道不可以吗?"段银红在房间里边熨衣服,边反问儿子。

"反正我是不会跟大妹头这种人见面的,"颜晓潮心里有些来气,并叹息,"唉,可惜,这段时间,我无法去后弄堂了。"

不一会儿,齐母来到了弄堂里,跟秦家阿婆和大妹头见了面,随后逗了一下查维。龚福娣不想见到齐母,扭头进了屋。陆引娟见弟媳一副生气的样子,跟齐母对视会心一笑。

"大妹头,不好意思,我儿子英语作业里有一道题,不会做,想请教你一下。"齐母有些难为情地说。

"没关系,你叫你儿子来问我好了。"大妹头说话倒爽快。

"好的,谢谢你,我去叫我儿子。"齐母说完,便转身回屋,

十二、对门三星老太

把儿子喊出来。

齐忠琰拿着英语作业本,来到弄堂里,请教大妹头。大妹头看了下题,把答案告诉了小齐,并向他讲解相关的语法。事后,齐母客气地向大妹头致谢,大妹头有点骄傲地说:"我英语,肯定比你儿子学校的英语老师好,毕竟我一直在国外。"

"难道你不是中国人吗?"颜晓潮在家里,听见大妹头的话,心里对大妹头更加厌恶。段银红却批评儿子:"人家齐忠琰,知道不懂就问。你不是说高中英语很难吗?你英语有不懂的地方,趁大妹头在,也好去问问她。"

颜晓潮突然火冒三丈,嗓音高了八度:"这种人,是香蕉人,还自以为了不起。这次,我要狠狠制裁她!只要她待在上海一天,我就绝不允许爷爷奶奶跟秦家打麻将。"

谁料,颜晓潮在家的这番言论,却被在弄堂里水斗前洗衣服的齐母给无意间听到了。

在52号秦家对面的66号底楼,住着一位崇明老太太,年逾古稀,头发花白,身体清瘦,但精神抖擞,她是崇明三星镇人,嫁到上海市区已有数十年,逢年过节,会回崇明老家,她有一个儿子如今住在崇明,她本人至今乡音未改,既会说上海话,也能说一口地道的崇明话。

三星老太几年前搬来此地居住,跟对门邻居秦家阿婆算比较熟的,她见秦家阿婆的澳洲小外孙来,便跑到弄堂里来凑热闹，陪"小外国人"玩了好一阵子。不经意间，她听见坐在旁边的陆引娟也是崇明口音，感觉遇上了老乡，便欣喜地上前询问。

"俫（崇明话'你'）也是崇明人？"三星老太问陆引娟。

"吾俚是在堡镇，"陆引娟见三星老太说着崇明话，亲切感油然而生，"阿姨，你也是崇明的吧，崇明蟹地方？"

"吾俚是三星，我嫁到上海来，已经有30多年了。"三星老太心情激动地告诉陆引娟。

"你现在还经常回崇明吗？"陆引娟问。

"我小儿子在崇明，经常回去，"三星老太说，"我就住在66号，你有空来玩。"

"好的，算碰到老乡了，"陆引娟笑道，"我老公来上海做生意，我弟弟、弟媳妇也在这里租住，每月房钱，我和我弟媳，一人出一半。"

这时，龚福娣来到弄堂里，听见三星老太说着崇明话，有些诧异。陆引娟忙向三星老太介绍道："这是我弟媳妇。"

"阿姨，你好！你也是崇明的啊？"龚福娣问候三星老太，随后笑道，"我见过你好几次了，你住在对面，但我不知道你也是崇明人。"

午后，住在50号二楼的萧家好公，吃过饭后，准备拉老邻居到他家里打麻将。

十二、对门三星老太

他先是去了隔壁52号的秦家。

"大妹头回来啦?"萧家好公问秦家阿婆。

"萧家伯伯,你好!"大妹头主动跟萧家好公打招呼,并说,"你来喊我妈打麻将是吗?"

"你儿子呢?"萧家好公问大妹头,"混血儿聪明,好玩。"

"吃好饭,去阁楼睡觉了。"大妹头回答。

秦家阿婆已做好了去打麻将的准备,对萧家好公道:"在你家打是吗?你先去,我上个马桶,马上就来。"20世纪90年代,上海石库门大多数家庭没有抽水马桶,用的都是拎式木马桶。

萧家好公通知了秦家阿婆后,又来到了颜家。在颜家后门口,他喊着蒋桂宝。

"颜家姆妈,去我家打麻将。"萧家好公说。

"不打。"蒋桂宝摆手谢绝,她怕答应以后,孙子要闹。

"干吗不打?"萧家好公不解地问。

"这几天我头晕,想休息。"蒋桂宝借口说。

"你家老头呢?喊你老头子打嘛。"萧家好公提议。

"我老头出去了,"蒋桂宝婉拒。其实颜永仁没有出门,正坐在客堂间里,他和孙子听见后门口传来的对话,相互对视,眨眼笑了笑。

"唉,这下没人了呀。"萧家好公见"三缺一",麻将打不成了,急得直跺脚。

"不是有你老太婆吗？"蒋桂宝问。

"还缺一个呢。"萧家好公说，接着他返回52号，去跟秦家阿婆商量。

秦家阿婆已经端着搪瓷大口茶杯，正准备前往萧家。在48号和50号后门口，她撞见萧家好公，听说颜家爷爷、奶奶都不打，便纳闷道："这颜家姆妈到底怎么搞的？为什么不打了呢？"

"她说头晕，老头子又出去了，"萧家好公说，并对秦家阿婆出主意说，"叫你女儿大妹头嘛。"

"大妹头不行，她下午要陪儿子出去玩。"秦家阿婆说。

"那怎么办啊？现在只有我、你和我老太婆三个人。"萧家好公眼看下午的这场牌局就要泡汤，顿时愁眉苦脸。

这时，龚福娣从屋内走出来，她见隔壁几位老人想打麻将却凑不齐人数，便问萧家好公："怎么？你们打麻将没人吗？"

"崇明人，你来嘛！你来的话，四个人正好。"萧家好公对龚福娣道。

龚福娣正准备去大前门家打麻将，忙摆手谢绝："不来，不来，我有打麻将的地方。"

等龚福娣走后，秦家阿婆对萧家好公说："你去叫崇明人干吗？她要打大麻将的。"上海话的"大麻将"，是指麻将的输赢大。

陆引娟听见隔壁一群老人打麻将缺人，想到自己以前在崇明也经常打麻将，已经好久没摸过麻将牌了，手也痒痒的，于

十二、对门三星老太

是自告奋勇对萧家好公和秦家阿婆说:"你们'三缺一'是吗?我来怎么样?"

"你是谁?"萧家好公不认识陆引娟。

秦家阿婆在一旁说:"这是崇明人的姑姐,刚搬来。"

"哦,你好,那就一起来,"萧家好公摆出一副热情的样子,欢迎陆引娟加入他们的麻将队伍,"我们老年人,主要是怡情。"

"我也只是解解闷。"陆引娟认真地说。

见麻将搭子凑齐,萧家好公笑了起来。

虽然崇明的麻将打法,跟上海市区的有些不一样,但陆引娟经过一个下午的适应,玩得还挺乐,跟萧家好公、好婆和秦家阿婆等邻居,也一下子变得熟悉起来。

在大前门家,龚福娣跟大前门的老婆等人一起打麻将。

"咦,我怎么少了一张牌?"龚福娣发现自己手上的牌只有12张,便立即伸手去摸一张,"我刚才一个花没杠,要做相公了。"

"哎哎哎,"坐在龚福娣对面的桑家老太不悦了,敲着桌子,欲制止龚福娣,"崇明人,你少摸一张牌,现在做相公就只好做了,怎么可以补?打麻将这点规矩,难道不懂吗?"

"怎么叫不懂打麻将规矩?我刚刚忘记摸了,现在补摸一张,有什么不可以?"龚福娣扯高嗓门,反驳道。

"都像你这样,岂不是乱套了?"桑家老太回敬称,并告诫龚福娣,"你已经做相公了,不可以补。"

"有什么不可以?你难道没忘记的时候?"龚福娣不买账道。

两个人在麻将桌边争吵起来。

"好了,好了,都少说两句,不要吵了。"大前门的老婆作为东道主,出面劝和。

桑家老太的声音低了下来,但心里还是有些不服气,嘴里嘀咕了一句:"以后,我不会再跟你打麻将。"

"谁要跟你一起打?"龚福娣顶撞了一句。

"都少说两句,"大前门的老婆再次劝说她俩,并小声对桑家老太说,"这次算了,就让她补一张吧,下不为例。"

"哼。"桑家老太没再说什么,但摇头表示不满。

另一搭子梁国军也出面劝了她们几句,争吵声总算停下来。

花鸟中学进行了一次高一年级英语学科的摸底测验,颜晓潮觉得高中各学科的难度比初中增加了不少,对高中英语的许多知识点,都难以掌握,所以测验的成绩很不理想,只考了62.5分,在整个班级排名倒数第十。

班主任任东喜欢成绩好的同学,对颜晓潮,他一直不待见。除了英语外,颜晓潮的数学、物理、化学的测验成绩也不理想。重点班学霸如云,他对高中的学习失去了信心,每天上学情绪都很低落。

放学后,班级团支部举行团组织生活,整个班,49位同学,

十二、对门三星老太

只有 14 位不是团员。在团组织生活正式开始前,团支部书记唐彬,逐个通知非团员离场。

"颜晓潮,你不是团员,你现在可以放学走了。"唐彬走到颜晓潮的课桌前,敲了敲桌子,提醒他。

颜晓潮见坐在第一排的胡亚迪已经背起书包,起身离开,他也只好整理书包离开教室。

回到家,由于学习成绩不理想、班主任不喜欢、不是团员等诸多因素,颜晓潮的心情一落千丈。当他拿着英语测验试卷交给母亲签名时,又遭到母亲劈头盖脸的一顿臭骂。

"英语怎么考得这么差?你现在整天心里在想什么?精力不花在学习上!"段银红狠狠批评儿子。

"妈妈,"颜晓潮反感母亲这种说话的方式,"高中的英语比初中难多了,我已经很努力了,我们班是重点班,高手如云,我跟不上,又有什么办法?"

"班主任是英语老师,这是有利条件,你不懂,为什么不去问?"段银红责问儿子。

"哎呀,不是不懂,高中的英语,许多都是习惯用法,没规律可循,我不知道要问什么。"颜晓潮叹气,对此深表头痛。

"隔壁大妹头来了,你英语不懂干吗不去问?人家齐忠琰,碰到不懂的地方,就去问大妹头。你在背后跟人家大妹头怄气,叫你爷爷奶奶,不要去跟秦家阿婆打麻将。你以为你做的事情,别人不知道吗?告诉你,世上没有不透风的墙。"段银红对儿子道。

当天上午，齐母在弄堂里的水斗前淘米时，偷偷告诉秦家阿婆，颜家爷爷、奶奶之所以这段时间不肯打麻将，是因为他们的孙子对大妹头有意见。秦家阿婆听见后，当场骂了一句："这老头老太，就会听孙子的话。"她们在弄堂里的悄悄对话，恰巧被正在家里厨房干活的段银红听见。

"知道就知道了，怕啥？"颜晓潮对此不以为然。

蒋桂宝听见他们母子的吵架声，获悉孙子英语测验成绩不理想，便为孙子出主意道："晓潮，你英语不懂，不妨去问问闻老师。"

闻老师不能教高中，颜晓潮对奶奶的这个办法不看好，但他还是抱着试试看的心理，拨通了闻老师家的电话。

"闻老师，高中英语比初中英语难多了，没有规律可循的语法，很多都是词汇的习惯用法，难以识记。"颜晓潮打电话向闻梅珍抱怨道。

闻梅珍在电话里说："是的，习惯用法多。"

"闻老师，我现在高中英语有不懂的地方，能否请教你呢？"颜晓潮问。

"你来问，是可以的，但我对高中的英语教材不熟悉，你最好还是去问你现在的英语老师。"闻梅珍回答说。

颜晓潮早料到，高中英语学习的事，指望不上闻老师。但要让他去问任东，他不想，觉得跟现在的这个班主任很不投缘，

十二、对门三星老太

无话沟通。他很怀念初中的快乐时光,万分想念施老师,他为自己不是团员,每次班级过团组织生活都被团支书请出教室的情形而感到难过,也为自己初中时赌气不肯入团而后悔,他决定找个合适的机会,写入团申请书,争取入团。

半个多月后。

龚福娣在后门口的水斗前洗菜,碰见秦家阿婆,便问:"你女儿和外孙呢?怎么好几天没看见了?"

"回去了,回澳大利亚去了。"秦家阿婆告诉她。

"这么快就回去啦?"龚福娣有些出乎意料。

她们的对话,被在屋子里的颜晓潮听见了。颜晓潮为了确认大妹头是否回澳洲了,便向母亲求证。段银红不耐烦地对儿子说:"回去了,就你最烦,多管闲事,没事惹事。"

不一会儿,龚福娣来到颜家。

"我没事,就来看看你们,怎么好久都没见到你们?"龚福娣对颜家奶奶说。

"坐一会儿。"蒋桂宝客气地招呼龚福娣。

"老阿姨,你最近没打麻将吗?"龚福娣笑着问。

"没打,休息。"蒋桂宝淡定地说。

这时颜晓潮走上前,告诉龚福娣:"小花妈,确实是很久没看到你了,最近我一直没去弄堂里,因为隔壁秦家的女儿大妹头回来了,我不想看见她。"

"已经走了,我刚才听她妈说,"龚福娣告诉颜晓潮,并觉得他的话有些令人费解,"我觉得他们还可以嘛。"

随后,蒋桂宝问龚福娣,最近是否去打麻将。谁知,一谈到打麻将的事,龚福娣一肚子的火气,她向颜家奶奶讲述了那天在大前门家打麻将时、跟桑家老太吵架的经历,她愤愤不平地道:"这种人,再也不想跟她一起打麻将了。"

颜晓潮听见龚福娣吐槽桑家老太,便对她说:"小花妈,我觉得,你跟桑家老太,好像长得有点儿像。"

"不像的。"龚福娣矢口否认道。

等爷爷外出买菜回家的时候,龚福娣已经走了。颜永仁告诉老伴和孙子,他刚才在回来的途中,在弄堂里,遇见桑家老头,跟他提起崇明人,称崇明人有点像日本人,日本人许多名字后面都带有郎,崇明人也是,也都爱叫什么郎。颜晓潮认为桑家老头在瞎说,因为他从没见过崇明人名字后面有"郎"的。

"爷爷,小花妈跟桑家老太,两个人长得好像有点儿像。"颜晓潮跟爷爷道出自己的感受。

颜永仁想了一下,点点头,承认道:"是有点儿像。"

"刚才小花妈来,我跟她说,她长得有点儿像桑家老太,她为什么不承认?"颜晓潮告诉爷爷。

颜永仁觉得孙子太过天真,道:"她们两个人有矛盾的,刚才桑家老头都在跟我说,崇明人不好。"

"爷爷,奶奶,"颜晓潮突然想起什么,"大妹头回澳大利亚

十二、对门三星老太

了，从今天开始，取消对秦家的制裁，你们要打麻将就继续打吧。"

见孙子一副傻劲，爷爷抿嘴一笑。

高一上学期期中考试，颜晓潮各门功课的成绩都不理想，总分在全班排第 38 名，任东忙把颜晓潮的父亲请到了学校。仿佛三年前，施容旭请颜父到校的那一幕又重新上演，只不过班主任从施老师换成了任老师。

"颜晓潮爸爸，你看看你儿子这次期中考试的成绩。"任老师晒出了成绩单，给家长过目。

颜泽光看了儿子的成绩单以后，觉得各门功课的分数都比较低，才勉强及格，便对任东老师说："任老师，现在小孩上高中了，我们家长的文化水平都有限，高中的课程，我们无法辅导，你看，这怎么办……"

"不懂，叫他来问老师呀，"任东冷冷地甩出这句话，并提醒颜父，"高中三年很快，像你儿子这种成绩，高考能否考上大专都难说。"

"你听见了吗？不懂，要及时问老师。"颜泽光对儿子说。

站在旁边的颜晓潮，装模作样地点了点头。

离开学校后，在回家的路上，颜泽光推着自行车，儿子跟在他旁边，父子俩肩并肩前行。

"你这次考试，各门成绩虽然都及格了，但都六七十分，太低。我知道，你现在进的是重点班，班级里成绩好的同学多。"颜泽光对儿子说，他对儿子的学习成绩要求没那么苛刻。

见父亲还算理解自己，颜晓潮原本紧张的心情一下子放松了许多，他回头笑着对父亲说："爸爸，你看今天的情形，跟三年前，我读初一时，施老师把你叫到学校的那次，像不像？只不过，我觉得施老师要比任老师好。"

"老师都一样的，都喜欢成绩好的学生，"颜泽光告诉儿子，"你之所以觉得施老师好，是因为你在初中时的成绩还可以，如果你把成绩提高了，你也会觉得任老师好的，一样道理。"

"我看未必。"颜晓潮摇摇头，他对任东丝毫没有好感。

回到家，一走进客堂间，颜晓潮就看见爷爷在和萧家好公、秦家阿婆、小花姑妈打麻将，奶奶和小花姑父则坐在一边观看。

颜晓潮见到秦家阿婆，表情有些尴尬。蒋桂宝为了缓和气氛，佯装批评孙子道："晓潮，你喊阿婆呀，怎么变得这样不懂礼貌，连阿婆都不喊了？"

"秦家阿婆。"颜晓潮被奶奶这么一说，只好主动上前喊道。

"晓潮，放学回来啦？"秦家阿婆像什么事都没发生过一样。

随后，颜晓潮又和小花姑父、姑妈打招呼，并感谢小花姑妈上次送来的甜芦粟。

"小伙子，你好！"沈富炳笑容可掬。

颜晓潮顿时感到，他现在和小花姑父、姑妈的关系不像以前那么陌生了。

十二、对门三星老太

期中考试结束后,花鸟中学高一年级学生秋游,目的地是苏州乐园,时间定在星期五。

星期四下午放学后,任老师走进教室,在讲台上强调了第二天秋游的纪律和安全注意事项,他说:"讲句老实话,这次学校安排的秋游,是出上海市的,我真的非常担心外出时的安全问题。所以请各位同学切记,自由活动时最好三五结伴,有问题及时向我报告。"

回到家,颜晓潮把书包掏空,放进了面包和矿泉水,跟家人称明天学校组织秋游去苏州乐园。段银红让儿子多带些零食,被颜晓潮当场拒绝。颜永仁听说孙子明天去苏州乐园,显得很高兴,他跟孙子讲述了苏州乐园的具体位置和从上海出发的行车路线,因为爷爷退休后曾在苏州工作过一段时间,他对苏州很熟悉,也很有感情。

一天的秋游,花在路上的时间就有三四个小时,因为沪宁高速公路上堵车是家常便饭。在苏州乐园,颜晓潮和胡亚迪一直结伴同行,他觉得这里并没有什么特别好玩。相反,对崇明岛,他现在有着一股强烈的向往之情。他打算秋游结束之后,趁双休日,坐船去崇明看一看。

十三、独自去海岛

从苏州乐园回来的第二天，正好是星期六，颜晓潮不上学，在家休息。

上午，颜晓潮早早地起了床，刷牙洗脸，他正打算着，今天独自去一次崇明，再去心目中向往已久的崇明岛看一看。毕竟，距离上次去崇明岛，已事隔一年多。

突然，颜晓潮听见后门口传来小花姑妈的声音，他飞快地跑出去，想打探一下屋外发生了什么事。

"晓潮。"陆引娟正在和三星老太唠着家常，见颜晓潮出来，便喊他。

"倷是蟹人？"颜晓潮望着眼前一位头发花白的老太，用刚学会的崇明话问她。他的崇明话，没人教，一是经常看电视里的上海滑稽戏演员如何说崇明话，二是留心听隔壁崇明人的日常交谈。

"吾（我）是崇明老太婆。"三星老太用崇明话笑着回答他。颜晓潮有点儿将信将疑，认为这位老太可能是在跟他开玩

十三、独自去海岛

笑,她不一定真的是崇明人。

谁料,坐在弄堂里择菜的陆引娟却告诉颜晓潮:"这位老阿姨也是吾俚崇明的。"

"倷是崇明蟹地方?"颜晓潮又问三星老太。

老太回答道:"三星镇。"

"三星镇,哦哦,知道。"颜晓潮经常在家看崇明的地图,脑海里对这个地方有印象,好像在崇明岛的西部。

陆引娟笑了,告诉三星老太:"他是隔壁老爷叔的孙子,非常喜欢吾俚崇明。"

接着,陆引娟和三星老太继续用家乡方言攀谈,颜晓潮听见小花姑妈说:"人家说吾俚崇明,一句老话,金油车桥银堡镇,铜新开河铁浜镇。"随后,她故意问颜晓潮,有没有听过这句话?颜晓潮不知,摇头。陆引娟笑了,对三星老太说:"像他肯定没听到过,油车桥在哪里,恐怕他都不知道。"

霎时,颜晓潮的脸红了,感到有些无地自容,看来自己对崇明的了解还非常缺乏,这更加坚定了他重游崇明岛的决心。于是,他回到家中,跟家里人说了声"出去一下",随后揣着昨天秋游爷爷奶奶给他的 30 多元零花钱,独自踏上了前往崇明岛的路。

从市区出发,坐船去崇明,共有三个码头:吴淞、宝杨和石洞口,对岸的崇明岛也有三个码头:南门港、堡镇和新河,

芦粟依旧甜

究竟从哪个码头出发，到达哪个码头呢？颜晓潮思忖着。最终，他还是选择去吴淞码头，然后坐船去新河。因为，他感觉吴淞码头离市区最近，家里附近也有直达的公交车，崇明新河是小花妈的家，而且离施老师的家——新民也特别近，既然只有一天时间，不可能跑遍岛上所有地方，就直接去新河看一下算了。

公交车18路换51路，经过一个多小时的车程，颜晓潮于上午11点抵达了吴淞码头，接着在售票处买好了开往崇明新河的船票。船票不贵，只有7元钱。

颜晓潮坐的是快艇。他原以为快艇很快，十几分钟便能到达崇明，想不到真的坐下来，也要将近一小时。

下船后，由于初来乍到，人生地不熟，颜晓潮顿时没了方向感。出码头不远后，他看见公路两旁都是农田，随着刚才下船客流的渐渐散去，周边连个人影都没有，只剩下他孤零零的一人。当然，码头旁边有公交车站，他看见了驶往长江农场的新江线班车。

颜晓潮本想乘坐新江线，去长江农场兜兜风，但又担心时间来不及，会耽误返回上海市区的班船，于是他放弃了去长江农场的念头，仅在离码头不远的新河逛了一圈。他想买崇明的甜芦粟，可是，他走了很多路，脚掌都磨出了泡，也没看见甜芦粟的踪影。

崇明总算来过了，这次是第二次了，也算过足瘾了，还是早点儿回到码头坐船返回市区吧，毕竟出门时未跟家里人说明

十三、独自去海岛

去向,怕家人为他担心,颜晓潮这么想。在返回码头途中,他看见公路旁的农田上,有几个小学生在玩耍,那些小孩穿的校服,跟自己以前的校服一样。他心里感叹:崇明毕竟属于上海。

回到新河码头后,颜晓潮立即购买了返回吴淞码头的船票。船票6元,比来时还便宜。买完票,他步入候船室,坐在靠椅上休息。乘船的人不多,宽敞明亮的候船大厅,只有几个座椅上有人,感觉空荡荡的。

班船来了。

颜晓潮手持船票,通过检票口,顺利登上渡轮。船跟来的时候不一样,来时是快艇,现在返航时是车客渡轮,怪不得船票要便宜一些。

这是颜晓潮平生第一次乘坐车客渡轮,这种渡轮的造型比较独特,船的中央载车,上面客舱内载人。船内面积很大,能容纳十余辆大小不等的汽车。此时的船上,卡车、轿车、面包车,各种车型应有尽有。乘客走出船舱后,可以来到二层的甲板,眺望江面。这次来崇明,虽然行程短暂,但使颜晓潮对崇明有了进一步的感性认识,也开阔了眼界。

船开了,激起层层波浪,渐渐远离新河码头,向江心驶去。颜晓潮从甲板回到客舱,找到一个座位,休息了一会儿。车客渡轮的票不对号,乘客可以随意找位置坐。

突然,颜晓潮眼前一亮,觉得客舱内一个小姑娘有些面熟。

定睛一看,这不是在闻老师家补课的施竖兰吗?施竖兰也认出了他。没想到,以前对他一声不吭的施竖兰,居然还认得他,还主动跟他说话。此时的颜晓潮,心里别提有多激动了。

"施竖兰?"颜晓潮问,见她点头,便自报家门,"我曾在闻老师家补课,叫颜晓潮。"他怕施竖兰忘记,特意提醒道。

"我知道。"施竖兰缓缓地说。颜晓潮感觉她说话的声音还挺响亮的,不像以前那么腼腆、害羞。

颜晓潮见施竖兰身旁站着一对中年夫妇,朴实的农民模样,猜想是她的父母,便问:"这是你的爸妈吗?"

"嗯,是的。"施竖兰点头道。

"小兰,是你同学?"竖兰母伸手搭住女儿的肩膀,轻声问道。

施竖兰转过头告诉母亲:"他也在闻老师家补过课。"

"哦。"竖兰母朝女儿点点头,然后对颜晓潮微微一笑。

颜晓潮觉得施竖兰挺漂亮,不免有些心动,但又不敢直接说,他为了赢得对方父母的好感,忙向他们打招呼:"叔叔阿姨好!"

竖兰母比较客气,微笑致意,竖兰父却木无表情,听见颜晓潮的问候,仅象征性地点了点头。

颜晓潮仔细打量施竖兰的父母,她母亲瘦瘦的,穿一套紫罗兰色衣裤,脚蹬一双白色平跟皮鞋,她父亲穿一件藏青色的夹克衫,身材结实粗壮。这时,他唯一联想到的人就是隔壁的

十三、独自去海岛

小花姑父、姑妈,觉得他们跟施竖兰的父母在气质上有相似之处,给人的印象都是典型的崇明农村人。

"听说你考进了崇明的体校?"颜晓潮问施竖兰。

"嗯。"施竖兰点了点头。

"那温州女孩呢?听说去读民办高中了?"颜晓潮抑制不住内心的激动,想方设法跟施竖兰交谈。竖兰母在旁边不停地笑,竖兰父呆呆地站一边,什么反应都没有。

"我不清楚,现在不联系了。"施竖兰回答。

颜晓潮本想跟施竖兰多聊几句,能在船上邂逅,也算是一种缘分,但他又怕说得太多,引起她和她父母的误会,接下来想要问的话,刚到嘴边,又咽了下去。

不一会儿,施竖兰一家三口去客舱的另一端找空位坐,消失在颜晓潮的视线中。颜晓潮本想在下船之前找施竖兰再聊几句,谁知,直到下船,他也没有找到机会。

船靠岸,乘客们依次排队下船。颜晓潮好不容易在密密麻麻的人群中又见到了施竖兰一家,却因隔得远,无法交谈。出码头后,因人流密集,施竖兰一家消失得无影无踪,他的心头掠过一丝遗憾。

颜晓潮回到家时,天色已暗,马路边亮起了一盏盏路灯,小区弄堂深处则漆黑一片。

"你去哪里了?爷爷急死了!"颜永仁见孙子回家,心急如焚,对他大声吼道。

颜晓潮不以为然,撇嘴笑笑,告诉家人:"我去崇明了。"

坐在房间内看报纸的颜泽光马上把头探出来,对客堂间里的儿子说:"我猜到你去崇明了。"

爷爷长叹一声,责怪孙子道:"你这小鬼,本事大的,竟一个人跑到崇明去,这么晚才回来,害得我急出半条命。"

颜晓潮认为爷爷的话言重了,不想去理会,却笑着问父亲:"爸爸,你怎么猜到我去崇明的?"

"因为你对崇明有感情。"颜泽光回答。

"快吃饭吧,肚子饿了吧?"奶奶对孙子说。

"小花妈呢?今天在家吗?"颜晓潮来到饭桌前,边拿勺子盛饭,边问爷爷。

"在,"爷爷拖长了声音,嫌孙子有点儿淘气,不过马上又透露了一条好消息给他,"今天我碰到小花妈,她告诉我,过几天小花爸就要来了。"

颜晓潮已经很久没见到小花爸了,要是他真的来了,相互认识一下,也不错。

吃过晚饭,颜晓潮打电话给闻老师,告诉她,今天他去崇明玩,在回来的船上,巧遇了施竖兰和她的父母。谁知,闻梅珍接听这个电话时,可能家里有事,有些漫不经心,只是敷衍道:"自从上次他们一家来过我这里后,就没什么联系了。"

挂了电话,颜晓潮去洗脸,只听隔壁传来沈富炳的声音,

十三、独自去海岛

他不停地喊着"小花、小花",像是喊侄女有什么事。

晚上八点,电视剧《罪犯与女儿》准时播出,段银红很喜欢这部剧,每天晚上都看。因为是周末,加上期中考试刚结束,没什么作业,颜晓潮也坐到电视机前,一同收看。该剧的片尾曲叫《流浪歌》,段银红称赞这首歌非常好听,颜晓潮觉得片中的小姑娘长得有点儿像施竖兰。

几天后。

"晓潮,小花爸来了。"颜家爷爷对孙子说。

颜晓潮定睛一看,果然是小花爸。以前,他见过小花爸,久别重逢,便上前热情地喊道:"小花爸,你好!"

"我孙子。"颜永仁向陆争贤介绍道。

陆争贤笑了笑,点点头,说:"我知道,以前见过。"

正在厨房间烧菜的龚福娣,来到弄堂里,对颜家爷爷说:"老爷叔,今天中午你来我家吃饭,你和我家争贤喝酒。"

"好的,"爷爷高兴地答应,并开起玩笑,"去喝你们崇明的老白酒。"

"老白酒家里有,争贤从崇明带来的,"龚福娣乐得合不拢嘴,并再次提醒,"老爷叔,那说好了,中午你一定要来。"

"老爷叔,不要客气,大家都是邻居,以后有事还请多多照应。"陆争贤同样热情地邀请道。

恭敬不如从命,就这样,中午颜家爷爷去了隔壁,与陆争贤、沈富炳喝酒。吃完回家后,爷爷告诉老伴和孙子,称小花爸和小花姑父的酒量都不错,并说崇明老白酒没啥喝头,酒精度数太低,口味偏甜,像是在喝糖水。由此可见,爷爷的酒量是相当好的。

下午,龚福娣去大前门家打麻将,陆争贤一个人在家。颜晓潮在屋内,听见后门口传来小齐父母和陆争贤的对话声。

齐父扯高嗓门,对陆争贤道:"事情斤斤计较,就没意思了……"

齐母继续说:"你最好跟你老婆说一声,这里是公用地方,不要什么东西都往这里堆……"

陆争贤对齐父齐母挺客气,赔笑着说:"是呀,大家都是邻居,没必要为了一点小事,伤了和气。等我老婆回来,我跟她说。"

此时,龚福娣正在大前门家,跟大前门的老婆、梁国军等人,兴致勃勃地打着麻将。

"你老公回来了?"大前门的老婆边出牌,边问龚福娣。

"嗯,昨天到的,"龚福娣回答,她见梁国军甩出一张"二索",忙喊道,"碰!"碰完后,她打出了一张"三洞"。

谁知,龚福娣的"三洞"一打,梁国军手里的牌和了,他兴奋地叫起:"三六洞,清一色!"

"今天手气怎么这么差?"龚福娣埋怨道,然后付钱给梁国

十三、独自去海岛

军。他们麻将桌上使用圆形的塑料牌子作为代币,代币分不同颜色,每种颜色代表不同价格,整场麻将结束后再根据代币的数量结算。

"你老公赚得动。"大前门的老婆故意调侃龚福娣,认为她输几个钱,只是小菜一碟。

"赚个屁,"龚福娣向来说话比较粗俗,她边洗牌边说,"他这次回来,我还没问他呢,不知道最近生意到底是赚还是亏。"

晚上,吃晚饭的时候,陆争贤和龚福娣吵了起来,吵得很凶,一直吵到弄堂里,陆引娟和颜家爷爷闻讯后急忙去劝架。

起因是这样的:龚福娣下午打麻将输了钱,回家后心情不爽。陆争贤为缓和老婆跟隔壁齐家的矛盾,劝龚福娣跟邻居搞好关系,引来老婆不满。在得知老公最近生意亏本后,顿时十分恼火,失去了理智,演变为一场夫妻间的恶吵。

龚福娣一遇上不顺心的事,就会破口大骂。现在,她显然把老公当作了出气筒,肆无忌惮地漫骂老公,从屋里,一直骂到户外。

起初,陆争贤选择了忍耐,一声不吭,任凭老婆发泄。但骂到后来,他心里的窝囊气实在憋不住了,便发起火来,拿起厨房里的一把菜刀,警告道:"你再骂我,我就杀了你。"

陆引娟担心出事,急忙上前拦住弟弟,欲夺过他手里的菜刀。颜永仁则拉住龚福娣,劝她体谅一下老公。弄堂里围观的邻居很多，颜晓潮也奔到外面看热闹，聂家姆妈出来劝架，对他们说："不要吵了，都消消气吧，女儿都这么大了。"

龚福娣被爷爷劝回屋，但仍不买账地说："我要跟陆争贤离婚。"

"不要瞎说，小花知道后不会答应的。"爷爷希望龚福娣冷静点，多为女儿考虑。

此时，陆争贤手里的菜刀已被姐姐陆引娟夺下，他狠狠地回击老婆道："离就离。"

"争贤，不要这样。"爷爷劝慰站在不远处的陆争贤。

原本不想管闲事的沈富炳，也走了出来，劝他们夫妻说："不要吵了，有事回屋好好商量。"

不久，争吵平息，围观的邻居渐渐散去，颜晓潮回到家中，只听母亲段银红说："这龚福娣凶得要死，怪不得老公要杀她。"

十四、初中同学聚会

高一第一学期期末考试结束，颜晓潮的成绩一般，在班级排第 36 名。他在这个重点班里，丝毫找不到优越感，跟任老师的关系也不好，班上绝大多数同学都是共青团员，班级团支部开团组织生活会，他又被排除在外。他开始考虑入团，但因学习成绩不好，怕不够资格，所以几次想提出申请，到最后都打了退堂鼓。

马上要放寒假了。假期前的一次返校，班团支部书记唐彬向班里的团员依次收取团费，当来到颜晓潮跟前时，他突然想起，说了句："哦，你不是团员。"说完便离开了，去收下一位。唐彬这句不经意的话，却使颜晓潮陷入深深的自卑，想入团的愿望再次被唤起。他终于鼓足勇气，走到唐彬身后，轻轻地拍了拍他的肩膀，问："如果我想入团，可以吗？"

唐彬正在收团费，见颜晓潮想入团，便转过身，告诉他："可以呀，团组织的大门，是对每位青年敞开的。假如你想入团的话，就回去写入团申请书。"

"任老师会同意吗?"颜晓潮有点儿担心。

唐彬一时半会儿也不知道怎么回答他,便说:"你先回去把入团申请书写了再说,写好后交给我。马上要放寒假了,等开学后再交给我吧。"

"哦,那我回去再考虑下。"这事到了节骨眼上,颜晓潮又觉得麻烦,他没自信,显得非常犹豫。

放学回家的路上,颜晓潮遇到了隔壁班的童冬梅。

"下星期一,上午十点,在咸鱼中学王沙路分校,举行初中同学聚会,麻馨前几天通知我的,你去不去?"童冬梅问颜晓潮。

"去。"颜晓潮点头道,很久没见施老师了,正好趁这次机会去看看他。

童冬梅笑盈盈地说:"麻烦你通知胡亚迪。"

"好的。"颜晓潮答应道。

"到时候见。"童冬梅边说,边向他挥手告别。

两天后的下午,在颜家客堂间内,爷爷、陆引娟、萧家好公、秦家阿婆四个人,围坐在方桌边,饶有兴致地打着麻将,奶奶和沈富炳在一旁观看。

颜晓潮已经放寒假了,他外出后回到家,没在客堂间逗留,直接上阁楼休息去了。此时,屋内传出爷爷和小花姑父、姑妈的交谈声,他们在议论那天晚上小花父母吵架的事。

十四、初中同学聚会

"我弟弟,脾气好,换作别人,早跟她离婚了。"陆引娟胳膊朝里拐,帮弟弟陆争贤说话。

"小花妈,人是好的,性格直爽,就是有点儿小孩子脾气。"颜家爷爷当着陆引娟的面,中肯地评价龚福娣。

"是的,人很直爽,"沈富炳在旁边回应爷爷,"就是这脾气,是臭了点儿。"

"有点脚高脚低。"奶奶在旁插道,意思是嫌龚福娣不够稳重。

"老阿姨,你讲对了。"沈富炳觉得颜家奶奶表述得恰如其分。

"四七万,和了。"颜家爷爷见萧家好公打出一张"四万",便摊下了自己手中的牌。

"唉,今天到底怎么回事。"萧家好公见自己又输牌,唏嘘不已。

"我本来还准备碰呢。"秦家阿婆拿出牌中的两张"四万",给众人过目。

接下来,客堂间的方桌上,响起了一阵洗牌声。

"老爷叔,再玩几天,我们要回崇明过年了。"陆引娟边洗牌,边告诉颜家爷爷。

"这么早就回去啦?"爷爷问。

"不早了,今年过年早。"沈富炳解释说。

"你们跟小花爸妈一起回去?"爷爷再次问。

陆引娟边砌牌边说:"我们先回去,我弟弟和弟媳妇什么时候回去,现在还不知道。"

"老爷叔,过年,到我们崇明去玩。"沈富炳热诚地邀请道。

"好,我有空一定去,"颜永仁答应下来,随后摸了一张牌,欣喜道,"又和了!"说完,立刻摊下了手中的牌。

"这么快就和了。"萧家好公大惊失色。

接下来,又是一阵洗牌声。陆引娟笑呵呵地对爷爷说:"今天老爷叔的手气真好!"

当天傍晚,快吃晚饭的时候,颜晓潮和他的父亲颜泽光,因家中琐事,发生了争执。紧接着,一场父子俩的吵架,又演变为祖孙间的冲突。

事情是这样的,颜泽光作为曾经上山下乡、去江西插队落户的"老三届"知青,一直以来养成了勤俭节约的生活习惯,但有时候,他节俭得有些过分,显得寒酸,与时代格格不入,儿子已经上高中了,高中有新的校服,可颜泽光却要儿子在寒假里穿初中的校服,认为初中的校服还是半成新,放着不穿就浪费了。颜父的这种做法,自然引起儿子的极度反感,父子俩一开始的谈话,气氛就相当不友好。

"晓潮,你现在放寒假了,在家里,不去学校,你初中时的几件校服,可以继续穿。"颜泽光在整理衣柜时,对儿子说。

颜晓潮对父亲的这种想法感到不可思议,无法接受,于是

十四、初中同学聚会

大声反驳道:"都高中了,怎么还穿初中的校服?"

"我是说,你现在放假了,在家里穿。"颜泽光解释道。

想不到颜泽光的话,激起了儿子的愤怒,颜晓潮冲着父亲发火道:"穿什么穿?不穿,就是不穿,高中生还穿初中的校服,天大的笑话,亏你想得出来!"

爷爷听见他们父子俩的争吵声,没有了解清楚情况,只觉得孙子对他父亲讲话的态度很不好,于是批评孙子:"晓潮,你跟你爸说话,态度好一点,哇啦哇啦的,像什么样子?"

明明是父亲没道理,爷爷却不分青红皂白地袒护父亲,颜晓潮心里愤愤不平,他立即朝爷爷发脾气:"你去问问我爸,不要来指责我,到底谁不对?他刚才说的那番话,你以为他还有理吗?"

"我叫你对你爸态度好点。"爷爷重复了一遍,强调说。

"怎样才算态度好?"颜晓潮怒不可遏,对爷爷咆哮起来。

"你这小鬼,怎么没良心的?"爷爷对孙子失望道。

争吵声惊动了隔壁邻居。一些邻居纷纷前来围观,齐父当场指责颜晓潮对长辈忤逆不孝,陆引娟和龚福娣也出来了。陆引娟劝道:"他是你亲爷,他平时那么疼爱你,有话好好说。"

蒋桂宝走出来,拉住老伴劝道:"你进去,不要理他,随他去。"陆引娟安慰在屋内过道上的爷爷:"老爷叔,你先进屋去,不要生气,他是小倌,不懂事情。"

龚福娣之前一直在旁边呆呆地看着,什么话也没说,现在总算上前劝了一句颜晓潮："你有话,跟你爷爷好好说。"

"我走,好吧。"颜晓潮不想再吵,决定离家出走。尽管奶奶苦劝孙子回家,但无济于事,颜晓潮还是头也不回地就走了。此时,外面的夜空,正下着细雨。

颜晓潮在苏州河边转了一圈,不知不觉,来到了闸桥西街。他本想去闻老师家,在门外听见屋内闻老师跟家人说话的声音,但最终还是没敲门,心想在心情低落的时候,还是不要去打扰闻老师了。

外面的雨,越下越大,颜晓潮没有带伞,也无处躲雨。他走着走着,心中的怒火渐渐平息,头脑也慢慢冷静下来,仔细考虑了一下,还是回家吧。

回到家,他的头发和衣服已被淋湿,段银红朝儿子骂了一句:"你今天在作死!"

蒋桂宝心疼孙子,悄悄地对颜晓潮说:"你拿干毛巾把头发擦擦,换件衣服,赶快吃晚饭吧,爷爷上阁楼睡觉去了,今天你千万别和爷爷再吵了。"

这个时候,颜泽光可能意识到今天自己言行的不妥,他没有再批评儿子,而是一改之前的态度,心平气和地对儿子说:"刚才的事情,到此结束。希望你以后碰到不顺心的事,先冷静下来想一想,有没有发脾气的必要。今天的事,我不怪你。"

第二天早上,颜晓潮醒来,起床后刷牙、洗脸,准备去咸

十四、初中同学聚会

鱼中学王沙路分校,参加初中毕业后的首次同学聚会。他非常想念施老师,今天总算可以见到久违的施老师了。

颜晓潮起床时,爷爷去菜场买菜了,祖孙俩没碰见,也算少了一丝尴尬。他跟奶奶说了声,今天要去看望初中班主任施老师,然后就匆匆出了门。

步行十几分钟,颜晓潮来到了咸鱼中学王沙路分校。这里原是王沙路小学,因该小学被撤并,校舍空了出来,经区教育局研究,划拨给了咸鱼中学,设立分校,专供预备和初一年级学生就读。目前,施容旭任教预备班,就在王沙路分校上班,分校的占地面积比总校大,有露天操场,得知同学们要聚会,他特地把场地安排在此,选择了一间宽敞的教室。

颜晓潮到得比较早,他踏进分校的大门,刚走到教学楼时,昔日的文艺委员吴怡莲就在门口迎接了,吴怡莲将他引导至聚会的教室,只见班长麻馨坐在教室门口的签到桌前,吴怡莲对颜晓潮说:"你签一下到。"

颜晓潮拿起放在课桌上的一支圆珠笔,在签到簿上写下了自己的大名以及现在就读学校的名称。

麻馨发给颜晓潮一张印有数字14的粉红色小纸条,并告诉他:"这是奖号,你拿好,等会儿抽奖。"

颜晓潮谢过老班长,将小纸条放入口袋,欲进教室。这时,吴怡莲想起什么事,上前喊住他:"不好意思,今天同学聚会,每人要交10元钱,麻烦你交一下。"

"哦，好的。"颜晓潮爽快地从口袋里掏出一张10元纸币，递给吴怡莲。

"嗯，谢谢。"吴怡莲收了钱，然后将钱交给麻馨，让麻馨登记。

"施老师呢？"颜晓潮问她们。

麻馨说："施老师有事离开一会儿，你先找位置坐。"

颜晓潮见同学们已经陆陆续续到了，并三三两两地坐着，有的在聊天，有的在打扑克牌，还有的在下象棋、飞行棋，看来施老师为这次同学聚会是做了精心准备的，不仅提供场地，还找来几副游艺棋供同学们娱乐。他随便找了张空椅，悠闲地坐下来。

童冬梅见颜晓潮来了，向他点点头，然后问他："你通知胡亚迪了吗？他今天来吗？"

"我通知他了，他说没空。"颜晓潮回答。

不一会儿，颜晓潮见文若妮走进了教室，她穿得很时髦，风衣皮靴，显得比初中时成熟许多。文若妮签完到，见到了老同桌颜晓潮，主动跟他打招呼。童冬梅回忆起他俩初中时为了课桌上的"三八线"而吵得不可开交的事，忍不住笑出声来。

"你现在好吗？在花鸟中学是吗？"文若妮关心地问颜晓潮。

"嗯，花鸟中学，"随后他问文若妮，"听说你在高桥读书啊？"

"嗯，高桥民办实验中学。"

十四、初中同学聚会

"远吗?"在颜晓潮的印象中,高桥离市区很远。

"远,"文若妮拖长了声音告诉他,"要换三辆公交车才能到,我每天早晨六点半就出门了。"

来的同学越来越多,教室里开始热闹起来,人声鼎沸。

突然,麻馨向大家宣布:"施老师来了!"

只见施容旭信步走进教室,身材似乎比以前发福了一些。颜晓潮迎面走上去,问候道:"施老师!"

施容旭笑着向颜晓潮点点头,并轻轻拍了一下他的肩膀。不多久,他转身对麻馨说:"馄饨的馅料准备好了,你们几个,帮忙包一下,中午就吃馄饨。"说完,他走出教室。片刻,他端了一个不锈钢的大盆进来,里面盛着菜肉混合的馄饨馅料。吴怡莲紧随其后,拿来了包馄饨用的筷子和面皮。

"来,大家先去洗手,然后一起包,中午吃馄饨。"施容旭动员同学们。

颜晓潮闲着没事,也加入包馄饨的行列。包馄饨,颜晓潮还是会的,以前在家时,奶奶曾经手把手教过他。

昔日班级里的"皮大王"李端,没参与包馄饨,而是在旁边看热闹,跟几个正在包馄饨的女生谈笑风生。突然,李端问颜晓潮:"你现在的班里,是不是有个女生叫杜星薇?"

"有的,"颜晓潮有点儿纳闷,便问,"你怎么知道的?"

"她是我邻居。"李端告诉颜晓潮。

大家聚精会神地包着馄饨。一会儿,施容旭从外面走进教室，对正在包馄饨的同学们说："包了多少？你们把包好的先给我，我等下去厨房煮。"施容旭见颜晓潮包得挺认真，便当着同学的面，轻轻拍了一下他的肩膀，鼓励道："包得挺好，等下多吃几个。"颜晓潮受到施老师的表扬，心里暖洋洋的。

开饭了！中午，同学们聚在教室里，吃着热气腾腾的馄饨。馄饨是施容旭借分校食堂的锅亲自煮的。麻馨、吴怡莲等人为同学们准备了吃馄饨用的一次性筷子和小碗，出锅的馄饨是干的，不带汤水，为了调味，麻馨特地拿来了鲜酱油和米醋。

"同学们，谁还要醋？"麻馨拿着一小袋开了封口的米醋，询问着在场的同学。

"给我来点儿。"颜晓潮对麻馨说。以前他在家时，爷爷就把他称作"吃醋大王"，吃二两生煎馒头，要蘸半碗醋。

"我也来点儿，"楼智宇紧接着向麻馨挥手示意，麻馨便来到他的跟前，小心翼翼地往他碗里倒了些米醋。

忙里偷闲的施容旭从厨房回到教室，见同学们吃得津津有味，他开怀地笑了，对同学们说："你们多吃点儿，馄饨还有，不够的话，我再去煮。"

颜晓潮在吃馄饨时，一连吃到两个馅中带香瓜子的馄饨，便忍不住叫起来："这馄饨里怎么会有香瓜子？"

文若妮、马超阳、韦一峰等人都笑了起来，颜晓潮察觉出是他们在包馄饨时搞的恶作剧，顿时心中不快，板起脸责问他

十四、初中同学聚会

们道："是你们放的吗？馄饨里怎么可以放香瓜子？"但他们矢口否认。

接着，童冬梅也在馄饨里吃到了一粒香瓜子，差点儿硌到牙，便说："我也吃到了。"

文若妮那帮人的笑声更大了，施容旭也忍不住笑起来，然后安抚他们说："今天是个开心的日子，大家相互理解、包容一下。"

吃过午饭，大家收拾好餐具，开始举行联欢会，这是此次同学聚会的重头戏。

作为老班长的麻馨，上台主持了联欢会，她拿起话筒向同学们说道："今天是我们初中毕业后的第一个假期，昔日的老同学能回到母校，我感到十分高兴！感谢我们的施老师，为本次同学聚会做了精心的准备。下面，请施老师为大家讲话。"

教室内响起同学们热烈的掌声，施容旭笑着缓步走上台，接过麻馨手里的话筒，对大家说："今天，能举行这次同学聚会，离不开各位同学的参与，感谢麻馨、吴怡莲、文若妮等几位昔日班干部的策划、组织，也感谢同学们在过去三年里，对我工作上的支持，相信我们的师生友谊、各位同学的情意会天长地久。马上要过年了，今天在这里，我先向各位同学拜个早年，祝大家在新的一年里身体健康、学习进步、万事如意、新春大吉……"

施老师讲话完毕，台下的掌声再次响起。

接下来，联欢会正式开始，有做游戏、猜灯谜和脑筋急转弯等内容，中间还穿插了抽奖活动，可惜颜晓潮连续三次都没被抽到。

联欢会接近尾声时，在场同学轮流上台，每人献唱歌曲一首，现场没有设备和音乐伴奏，各位同学都是清唱，但同学们个个精神饱满、情绪高涨，全身心地投入到表演中，一展动听的歌喉和青春风采。

文若妮上台演唱了《相亲相爱一家人》，这首歌是同学们在崇明岛离队时唱的，歌曲勾起了同学们对初中生活的美好回忆。楼智宇唱了一首《真心英雄》，施容旭在底下拍手称赞道："不错！"当轮到颜晓潮上场时，他唱了首那英的《雾里看花》，有点出人意料，因而赢来全场雷鸣般的掌声。

天下没有不散的筵席，美好的时光总是那么短暂。下午三点多，同学聚会结束，当颜晓潮离开母校分部，向施老师告别的那一刻，他眷恋、不舍的神情溢于言表。

同学聚会结束后，颜晓潮回到家。只见爷爷奶奶在打麻将，和他们一起玩的，不是小花的姑父和姑妈，而是小花爸，颜晓潮感到有些意外。

"叫爷爷呀。"奶奶见孙子回家后，张望了爷爷一眼，特意提醒孙子。

"爷爷。"颜晓潮主动喊道。其实，他昨天事后也为对爷爷发脾气感到内疚，希望能得到爷爷的谅解。

十四、初中同学聚会

颜永仁似乎还在生气,没有理睬孙子,自言自语地嘀咕了一句:"没良心的,不要去理他。"

见爷爷不肯原谅自己,颜晓潮有些难过和失望。

坐在麻将桌边打牌的萧家好公,也认为颜晓潮昨晚的行为不对,在他上阁楼后,便说了一句:"爷爷是长辈,怎么可以说爷爷呢?"

下午五点,麻将活动结束,爷爷奶奶准备做晚饭。颜晓潮趁此机会,主动上前,抱住爷爷,欲亲吻他老人家的脸。

"去,"颜永仁甩开孙子,拒绝了他,貌似余怒未消。

蒋桂宝在旁看着却笑了,打圆场说:"孙子认错了,向爷爷赔礼道歉了。"

颜晓潮再次上前亲吻爷爷的脸颊,这次亲到了,并拍马屁似的说了句:"好爷爷!"

颜永仁被逗笑了,终于原谅了孙子,接着无奈地叹道:"唉,我真是既恼又好笑,没办法,再不好,总归是自己孙子。"

祖孙俩总算和好如初。

"今天打麻将,小花爸怎么会来呢?没看见小花姑父和姑妈。"颜晓潮纳闷地问爷爷。

"小花的姑妈、姑父回崇明了,"爷爷告诉他,"马上过年了,再过几天,小花的爸妈也要回去了。"

"我们春节去崇明玩,好吗?"颜晓潮向爷爷奶奶提议。

奶奶笑眯眯的,表示答应。爷爷掩嘴轻声道:"好的,先不要让小花爸妈知道,到时候我们自己去。"

"好。"颜晓潮见爷爷奶奶同意,高兴得一蹦三尺高。

傍晚,吃晚饭时,龚福娣和齐母为了公用部位,争吵起来。

齐父向着老婆,走出来跟龚福娣说:"你搞清楚,这里是公用地方,不是你一个人的。"

"是公用地方,不是我一个人用的,但也不是你们独用。"龚福娣反驳道。

"我现在不跟你多说,等会儿跟你房东去说。"齐母威胁龚福娣。

龚福娣发起火来:"你去跟房东说好了,我又不怕的。"

齐父警告她道:"崇明人,我们不是你老公,你想骂就骂。再骂,当心吃耳光。"

脾气倔强的龚福娣当然不会买账,回击道:"你来呀,我怕你?"

"福娣,少说两句算了。"陆争贤见争吵加剧,便出来劝自己老婆,同时跟齐家夫妇打招呼,请求他们的谅解。

颜家爷爷听见隔壁厨房传出吵架声,忙去劝架。齐家夫妇知道颜家爷爷偏向崇明人,但碍于以前曾帮助过他家,不好意思当面表露出对爷爷的不满。几年前,齐父因单位倒闭、下岗在家,一时工作无着落,颜家爷爷将他介绍到苏州郊区一家自己担任副厂长的乡镇企业做了几个月的临时工。

在颜家爷爷充当"老娘舅"的调解下,争吵很快平息。

十五、 祖孙游崇明

几天后,陆争贤和龚福娣夫妇也回崇明老家过年去了。

等隔壁崇明人全部走后,颜家爷爷开始筹划着什么时候,跟老伴、孙子一起去崇明"一日游",目的地定在陆争贤、龚福娣夫妇家的长江农场。之所以想去长江农场,是因为爷爷和颜晓潮都想去那里看一看,究竟是个什么样的地方。但祖孙俩又不想龚福娣他们知道,不想让他们麻烦。作为邻居,即使关系再好,还是得保留一点距离才对。

祖孙俩终于选定了日子,放在小年夜的前一天。

当天上午八时许,颜家爷爷、奶奶和孙子三人就带着包袱,出发了。因为颜晓潮之前去过崇明,所以由他来带路。他领着爷爷奶奶,在家门口附近的公交车站,乘坐18路电车,到老北站附近的鸿兴路,换乘51路公共汽车,直达吴淞码头。

吴淞码头的公交枢纽站离码头还有一段距离,下车后需要步行前往。别看爷爷奶奶都年过七旬,身子板还挺硬朗,步伐矫健,老两口跟着孙子,一路向码头进发。途中,祖孙三人的脸上都洋溢着微笑,看来他们心情都不错。天气也很好,多云,偶尔出太阳,虽是一月底,却是暖冬,不冷。

爷爷颜永仁望着如今的吴淞码头,感慨万千地对老伴和孙子说:"以前我来过这里,有一年去青岛,就是从这里坐船去的。那时,这里还是乡下,周围都是农田、杂草,哪像现在这么热闹!"

"现在上海的变化大,正所谓'一年一个样、三年大变样',要是我一个人出门,还不认识路呢。"奶奶接着说。

"爷爷、奶奶,你们看,"颜晓潮指着前方客运码头的指示牌说,"我们快到了。"

三人来到吴淞码头的售票大厅,排队购买船票。当天坐船的人并不是很多,一会儿就排到了。爷爷塞给孙子20元钱,颜晓潮拿着钱,把手伸入窗口,对售票员说:"买三张,去新河。"

买完票,颜晓潮给了爷爷奶奶各一张票,剩下一张自己的票,他放入口袋。随后,祖孙三人进入候船大厅,等着检票。没过多久,检票开始。上船途中,只见码头边停靠着一艘中等载量的客轮。得知这艘客轮就是待会儿要坐的船时,爷爷高兴地说:"这艘船可真大。"

奶奶蒋桂宝乐呵呵的,边走边说:"托老头子的福,等下我们要坐大轮船了。"

"是托你孙子的福。"爷爷笑着纠正道,他之所以这么说,是因为孙子特别喜欢崇明。

十五、祖孙游崇明

"是托小花妈的福。"颜晓潮俏皮地说。说完,祖孙三人开怀大笑起来。

江面波涛滚滚、海风习习,散发出清新的空气,祖孙三人感觉舒适自如、心旷神怡。登上客轮后,他们找到了座位,幸好,座位都挨着。爷爷疼爱孙子,让晓潮坐在靠窗的位置。

船开动了,渐渐驶离吴淞码头,往北驶去。在客舱内,祖孙三人心情愉悦。

"不知道等会儿到了崇明,能否碰见福娣?"颜永仁开玩笑地说。

"呵呵,"蒋桂宝笑了起来,然后从随身携带的布包里拿出一个大橘子,递给孙子,"晓潮,吃橘子。"

颜晓潮接过奶奶递来的橘子,准备剥皮吃。爷爷在旁边看见后,煞是羡慕地说:"奶奶对孙子真是好,爷爷没吃的吗?"

"你也有。"蒋桂宝怕老伴"吃醋",马上也塞了一个给他。

"我不吃,酸的,牙齿受不了,"爷爷推开橘子,然后笑道,"老太婆是保皇派,孙子都被你宠坏了。"

奶奶不语,朝老头子斜了一眼。颜晓潮吃完橘子,开始想到崇明的甜芦粟,便嚷嚷道:"到了崇明我要吃甜芦粟。"

颜永仁听见孙子要吃甜芦粟,立刻来劲了,说:"等下,到了崇明,去看一看,应该有卖的。"

约一个小时后,客轮抵达崇明新河码头。

芦粟依旧甜

祖孙三人下了船,然后出了码头。一路上,颜晓潮告诉奶奶:"上次我一个人来崇明,回去时,在船上碰见了施竖兰,就是以前在闻老师家补课的那个崇明小姑娘,那天她父母也在……"颜晓潮之所以对奶奶说这番话,是因为他想今天能否再遇见施竖兰。

"哦,施竖兰,好像以前听你说过的,"奶奶回应道,并问,"小姑娘长得漂亮吗?"

"漂亮,就是皮肤黑点,不过是黑里俏。"颜晓潮有那么一点暗恋施竖兰,只可惜,上次错过了机会,没能向她要个联系电话。

"你知道她家在哪里吗?"奶奶又问。

颜晓潮摇摇头,说:"不知道,只知道在竖河镇附近。"

祖孙三人出码头后,见路边有一家挂着"车站饭店"招牌的农家土菜馆。此时已中午11点多,无论是老的还是小的,肚子都饿了,于是他们走进了这家餐馆。

"老板,有什么特色菜?"颜永仁问端坐在店堂中央的一位老师傅,只见他穿着一身白色的厨师服,像是在等生意上门。

"我不是老板,我是打工的,这是老板娘,"老师傅指了指身后一位胖胖的中年妇女,接着又回答道,"现在这个季节,吃崇明的羊肉是最好的。"

"好,来碗崇明的羊肉面。"颜永仁见店内菜单上有羊肉面,便脱口而出。

十五、祖孙游崇明

"我也吃羊肉面。"蒋桂宝在旁边说。

爷爷问孙子想吃点儿啥,颜晓潮定睛看了看菜单,除了羊肉面外,还有羊杂碎面,心想羊杂碎没吃过,便说:"我吃羊杂碎面。"

"两碗羊肉面,一碗羊杂碎面,是吗?"老师傅问了他们一遍,在得到确切答复后,他站起身,准备去厨房做。

"施同兴,你来一下。"店老板娘在厨房里喊着老师傅。

颜晓潮一听这位老师傅也姓施,便对他说:"师傅,你也姓施吗?你们崇明姓施的真多。"

"是的,我姓施,崇明姓施的人很多,"施师傅说完,就去厨房忙了,离开前招呼他们,"你们先坐一会儿。"

颜晓潮望着店外,见停靠在终点站的新江线公交车正准备发车,便告诉爷爷,等下吃完面,就乘坐新江线去长江农场。不一会儿,三碗面被端上了桌,热气腾腾地冒着烟,祖孙三人抽筷吃起来。

"味道很好!"奶奶吃了一口面,又喝了一小口汤,称赞道。紧接着,爷爷也说:"这羊肉面不错。"颜晓潮觉得这面的汤底很好,浇头放了爆炒的辣椒,并用酱油红烧,汤汁浓稠,咸中带甜,并略带辣味,只是对点了羊杂碎面有些后悔,原来羊杂碎就是羊肝、羊肺、羊肠这些内脏啊,想想还是羊肉更好吃。

"你们是从上海来的吧?"施师傅问,他见来客吃得满意,十分高兴道:"吾俚崇明的羊肉,是自己散养的山羊肉,味道肯

芦粟依旧甜

定比你们上海菜场里买的羊肉好。"

"嗯,好吃得拗开话伊。"颜晓潮学着崇明话,告诉施师傅,意思就是好吃得没话说了。

"老师傅,是你烧得好,厨艺水平高。"奶奶表扬道。

"嘿嘿,"施同兴感觉很有成就感,骄傲地说,"我烧崇明菜,烧了二十多年了。"

"师傅,我问你,去长江农场,是不是乘坐新江线公交车?"爷爷边吃面,边向施师傅问路。

"你们去长江农场是吗?"施同兴反问了一遍,然后指路道,"是的,乘新江线公交车,20分钟一班。"

中午12点50分,颜家祖孙三人,乘上了新江线公交车,目的地是龚福娣家所在地——长江农场。

崇明公交车由于实行多级票价制,还是保留了售票员。司机和售票员均为崇明当地人,他们讲话都是崇明方言。毕竟崇明是座海岛,市区的人前往海岛上班多有不便,招聘当地人,可以有效转移农村富余劳动力,解决当地一部分农民就业。

由于是在新河码头终点站上的车,祖孙三人都有座位。在公交车上,颜晓潮和奶奶并排坐在一起,爷爷则坐在了后面。车辆驶出新河码头后,沿着新申路,不一会儿就进入了新河镇。停靠几站后,公交车行驶在乡间公路上。颜晓潮心里暗自思忖:马上就要到施老师的家新民镇了,会不会在车上巧遇施老师?

十五、祖孙游崇明

"新民，有下车的吗？"当新江线公交车停靠在新民镇公交站时，车上的售票员打开门，向乘客喊道。

"奶奶，这里是新民，施老师的家到了。"颜晓潮特地告诉奶奶。

"你去过施老师的家吗？"蒋桂宝问孙子。

"没去过。"颜晓潮摇摇头。此时，晓潮最大的心愿，恐怕就是施老师突然上车，师生俩在公交车上邂逅，就像上次坐船时遇见施竖兰一样。不过他也明白，世上的事，不可能每次都这么凑巧，能偶遇的概率，还是很低的。

新江线公交车一路向北，又经过了几站。然后，在一个叫民生港的站头停靠时，只听从车厢后门上来一位崇明当地的妇女，居然喊着"小花、小花"。颜晓潮转过头瞧了奶奶一眼，奶奶没反应，似乎没听见。爷爷倒是听见有人在车上喊"小花"，马上回过头去张望，但车上的这位"小花"并不是龚福娣的女儿。

车行驶至长江农场终点站后，祖孙三人下车，在车站附近逛了一圈。只见那里有一座家具城，还有露天的农贸市场，当地农民在这里摆摊，兜售各种农产品和日用品。颜晓潮突然看见有小贩在卖甜芦粟，忙激动地喊着爷爷奶奶："买甜芦粟！"

"想不到现在还有甜芦粟，"爷爷有些出乎意料，随后对孙子说，"既然有的话，就多买一些，带回去。"

"新鲜吗？不要坏的，芯子红的不要。"爷爷上前对摊贩说。

"保证新鲜，没有一根坏的，而且根根甜。"摊贩回答道。

"买两捆吧，既然来了，就多买点儿。"爷爷说。

"好的，买两捆。"颜晓潮接受爷爷的建议。

买完甜芦粟，颜晓潮从中抽出一根，啃去青皮，开始吃起来。

"甜吗？"爷爷问。

"嗯。"颜晓潮点点头。

"爷爷，崇明叫'小花'的人，好像挺多的。"颜晓潮告诉爷爷，因为他刚才在公交车上听见有人也叫小花。

"是的，"颜永仁点点头，回答孙子，"刚才在车上，我听到有人叫'小花'，不过不是我们隔壁的小花。"

"现在去龚福娣家吗？"奶奶故意开玩笑。

"地址都没有，电话也没有，怎么去？"颜晓潮问。

"唉，早知道来之前，向龚福娣要个她家的地址和电话。"爷爷叹了口气，好像有些后悔。

接下来，祖孙三人在农贸市场附近逛了一圈。爷爷不时留意街上来来往往的行人，却始终没发现龚福娣的踪影，于是说了一句："这福娣怎么不出来？"

奶奶被逗笑了，说："崇明算是来过了，羊肉面吃过了，甜芦粟也买好了，我们还是回去吧。等下晚了，赶不上船。"

颜晓潮见长江农场也没什么好玩，便和爷爷奶奶一起走向公交车站，准备坐车原路返回。

十五、祖孙游崇明

返程途中,颜晓潮坐在公交车上,细细回忆刚才饭店施师傅的神态,感觉施竖兰跟他长得有些像,便胡思乱想起来:这位施师傅,会不会是施竖兰的爷爷或者其他亲戚呢?在车上,颜晓潮把这个想法,告诉了坐在旁边的奶奶,蒋桂宝觉得不太可能。但固执己见的颜晓潮,决定待会儿回到新河码头后,亲自去饭店打听一下。

在新河码头,颜晓潮执意要再去饭店找施师傅,爷爷奶奶没跟着过去,而是留在饭店外面的公交车终点站等他。他走进饭店,见饭店已打烊,老板娘正忙着打扫卫生,不见了施师傅,忙问:"老板娘,刚才那位施师傅呢?"

老板娘见是中午来吃饭的客人,便说:"他下班了,你找他有什么事?"

颜晓潮有些支支吾吾,不好意思说出来,便搪塞道:"没什么事,不在算了。"

抱着一丝遗憾的颜晓潮,走出饭店,跟爷爷奶奶一起前往码头。

回到家里时,已经傍晚五点多,天色已暗。段银红见祖孙三人从崇明回来,还买了崇明特产甜芦粟,马上冷嘲热讽道:"你们三个人兴致倒是高。"

春节过后,龚福娣于大年初八,回到了善存里的住处。此时,颜晓潮的寒假尚未结束。

芦粟依旧甜

初八晚上，龚福娣造访颜家，给爷爷奶奶送来了崇明糕，这是一种用粳米和糯米按比例混合并加上赤豆、核桃仁、枣泥等辅料制成的糕点，是崇明岛的一大特产，也是旅游和逢年过节馈赠亲友的佳品。当龚福娣从后门走进来的时候，颜晓潮已经听出了她那急促的脚步声，知道是小花妈来了。

"送点崇明糕给你们吃。"龚福娣一走进颜家，就把糕点捧上。

"回来啦！这么快。"奶奶接过她的崇明糕说，"谢谢。"

"小花妈，我和爷爷奶奶，在过年前，去你们崇明玩了一天。"颜晓潮迫不及待地把这个消息，告诉了龚福娣。

"啊?!"龚福娣听了之后简直不敢相信，忙问，"你们什么时候去的？去崇明哪里玩了？"

"过年前几天去的，去了新河，还有你们长江农场，就看了一下，当天就回来了。"爷爷和盘托出。

"真的吗?!"龚福娣激动地跳起来，"你们去过长江农场啦？干吗不提前跟我们说呢？否则，我去接你们，去我们家玩，我家房子挺大的。"

"不好意思麻烦你们，所以没说。"奶奶解释道。

"谈不上什么麻烦不麻烦的，倒是我们经常麻烦你们。"龚福娣遗憾地说。

颜晓潮见龚福娣身上穿的一套白底、粉边并且缀花的棉质睡衣裤很好看，为了感谢她，随即从桌上的果盘里，拿出一颗

十五、祖孙游崇明

水果软糖,塞给她:"小花妈,过年了,吃颗糖。"

"哦,谢谢!"龚福娣接过软糖,然后剥去透明的塑料包装纸,塞进嘴里,咀嚼起来,"嗯,这糖好吃,像果冻一样,软软的。"

"你老公呢?回来了吗?"奶奶问。

"过几天来。"龚福娣回答。

"争贤的姐姐、姐夫呢?什么时候回来?"爷爷问。

"他们回堡镇乡下过年去了,起码要过了正月十五,才会回来,"龚福娣告诉爷爷奶奶,"我们乡下过年,一般都要过完了元宵节,才算过完年的。"

几天后,陆争贤回到上海市区。

一天傍晚,龚福娣拿着老公的"大哥大",跑到后门外的弄堂里,跟别人打电话。本来,颜晓潮一直以为,他们每次拿"大哥大"打电话,都会来到屋外,是为了摆阔炫富。谁知,段银红却告诉儿子:"不是为了摆阔气,因为在家里,'大哥大'的信号不好,听不清楚。"

颜晓潮在家里,听到外边龚福娣打电话的内容,只听她跟对方说着关于大河中学学生宿舍的事:"我已经不在学校里做了,本来学生寝室,是我管的,现在学校还在放寒假,没人。等下次我回去,帮你再问问……"

难道小花妈以前是在学校上班的?颜晓潮揣测着,他知道大河中学是新河镇的一所公办初中学校。于是,他带着疑虑,问身旁的母亲:"妈妈,小花妈也是老师?"

"她在学校里管宿舍,"段银红大致听明白了龚福娣打电话的内容,然后告诉儿子,"管宿舍的,又不等于是老师。像她这种人,没有文化,没有知识,一天到晚骂人,把老公萝卜不当小菜,配当老师吗?"

"既然在学校工作,那么学生看见小花妈,也喊她'龚老师',是吗?"颜晓潮好奇地问母亲。

段银红看不惯龚福娣的为人,用轻蔑的语气否认道:"不好算老师,只能算校工,这种人要是能当老师的话,学生都被她教坏了。"

第二天上午,陆争贤在后门口遇见了颜家爷爷,两人相互拜了晚年。爷爷邀请小花爸去家里坐坐,陆争贤来到颜家,在客堂间的沙发上坐下。

爷爷见陆争贤来做客,心里高兴,马上告诉小花爸,他和老伴、孙子,在过年前,一起去崇明新河、长江农场玩的事。

"老爷叔,你们到我们崇明去过啦?"陆争贤听后,笑起声,又略带遗憾地说,"我老婆跟我说了,干吗不提前跟我们说,到我崇明家里来玩呢?"

"想想还是不好意思麻烦你们,所以出门前没告诉你们,见谅,见谅,"爷爷向陆争贤表示歉意,并承诺,"下次一定去你

十五、祖孙游崇明

们崇明家里玩。"

"好,老爷叔来,我们肯定欢迎。"陆争贤笑道。

爷爷走上前,给陆争贤发了一支香烟,并用打火机帮他点燃,然后自己也点燃一支。

"你们那边的红烧羊肉面,味道真好,"蒋桂宝告诉陆争贤,"在码头旁边有一家饭店,一位崇明老师傅,羊肉面烧得非常好,羊肉里稍微放一点点辣椒,味道超赞。"

"那天我孙子吃的是羊杂碎面。"爷爷在旁边补充道。

"哦,羊杂碎,"陆争贤又笑起来,然后问,"你们坐船,是坐到新河吗?"

"嗯,新河,"爷爷回答说,"又乘新江线,到你们长江农场。"

这时,龚福娣走进颜家,问客堂间里怎么这么热闹,并再次告诉老公,他们祖孙三人,春节前去崇明玩了一趟。爷爷继续向他们夫妻二人,讲述着那天去崇明的所见所闻,并特别提到,那天在新江线公交车上,也遇到了一位"小花"。

"同名,肯定是有的,"陆争贤点点头,往旁边的烟灰缸里掸了掸烟灰,随后介绍起自己女儿名字的来历,"吾俚小花,全名叫陆雅花,这名字是我取的,我想女孩子嘛,一要举止优雅,二要像朵花一样漂亮,所以就取了'雅花',谁知她不喜欢这个名字,办身份证时,竟然擅自把名字改了,改的时候我都不知道……"陆争贤说到这里,唉声叹气。

龚福娣在旁边补充解释:"我女儿,嫌'雅花'这名字不好听,别人都喊她'野花',所以就改了,改成了陆莹靓。"

提起取名,颜晓潮突然想起上次爷爷告诉他,弄堂里的桑家老头说崇明人的名字像日本人,很多叫什么郎,他不信,趁今天的机会,当着陆争贤的面,把此事搬出来,称爷爷乱说。

"你爷爷没说错,"陆争贤听后,不紧不慢地告诉颜晓潮,"过去在崇明,像我父亲那一辈的老人,名字里有郎的,还真不少。像我爸叫陆樵郎,名字里就有'郎'字。"

颜晓潮觉得有点儿不可思议,不过也长知识了。

最后,颜晓潮问龚福娣,她以前是不是老师?龚福娣一脸茫然,陆争贤告诉他,以前确实是在学校工作的。龚福娣这才恍然大悟,说:"以前我是在学校里看管学生宿舍的,早就不做了。"接着,龚福娣向颜家祖孙回忆道,曾经上班的大河中学也是她的母校,称自己以前上学时,很擅长体育,在标枪、铁饼等田径项目上是出类拔萃的尖子生,曾被保送到县体校进行重点培养,不过因为长得胖,跑步不行,后来被淘汰下来了。龚福娣的这番话,令颜晓潮对眼前的小花妈刮目相看。

十六、 跳蚤市场开店

　　过了正月十五，沈富炳、陆引娟夫妇回到了上海市区，而陆争贤却因生意场上的事要返回崇明。陆争贤临走前，特地拜托颜家爷爷，照应一下他们家，万一他妻子龚福娣跟他姐陆引娟发生争吵，希望爷爷能出面劝阻。爷爷欣然答应，请他放心回崇明。

　　龚福娣这次算是保持了极大的忍耐和克制，未和姑姐当面翻脸，尽管面和心不和，但表面上姑嫂二人还是经常说话，就当什么事也没发生过。

　　数月后，某天一早，龚福娣就来颜家喊爷爷，随后爷爷跟着她出门，一起去了苏州河对岸的河滨跳蚤市场。她女儿小花从职校辍学，跟男朋友黄兴凯在那里摆了个摊位。

　　陆引娟端着一张竹椅，坐在弄堂里。早晨的太阳还未晒过来，弄堂里很凉快。颜晓潮去后门口的水龙头下刷牙、洗脸，见小花姑妈正坐着和三星老太拉家常。

　　颜晓潮洗漱完毕，走上前，跟小花姑妈和三星老太分别打了招呼。晓潮问候三星老太道:"你就是住在对面的崇明阿婆吧?"

"你记性真好,还记得我。"三星老太高兴地说。

"他记性是很好的。"陆引娟在旁告诉三星老太。

这时,陆引娟的又一位崇明老乡范根田从不远处走了过来,他向陆引娟招招手。范根田是崇明港沿镇人,也在善存里租房住,住在靠近弄堂口的第一弄,他来上海市区做大米生意。同为崇明老乡,见了面自然感到分外亲切。

"你今天怎么会来?"陆引娟问范根田。

范根田笑着说:"没有事情,过来转一圈。"

接着,陆引娟向三星老太和颜晓潮引荐道:"他也是吾俚崇明的,范老板,就住在弄堂口边上,卖大米的,以后你们需要大米的话,就找他。"

"你们好!"范根田向两位点头致意。

陆引娟又向范根田介绍道:"这位阿姨也是吾俚崇明的,三星镇的。"

三星老太对范根田笑了笑。

颜晓潮见到范根田,有些激动,学着崇明话,对他说:"范老板,侬也是崇明的啊?吾今天又多认识了一位崇明人。"

陆引娟见状,笑着向范根田解释,这小伙子是隔壁的,非常喜欢崇明,一直在学崇明话。范根田得知后,"呵呵"笑了两下。

十六、跳蚤市场开店

在河滨跳蚤市场，龚福娣带颜家爷爷参观了她女儿小花和男朋友黄兴凯的柜台。河滨跳蚤市场是一个主要兜售各种家用电器和生活日用品的商场，小花和黄兴凯在里面卖红木雕刻的工艺品，显得格外引人注目，因此开张的头一天，就吸引了不少顾客驻足观看，但真正购买者却寥寥无几，尚未做成第一笔生意。

"老爷叔，这就是我女儿和阿凯的摊位。"龚福娣把爷爷带到柜台前，爷爷见小花和黄兴凯正像模像样地站在柜台前，等候着生意，黄兴凯还不时地解答着顾客的询问，小花则从货架上取货，拿给顾客看。

"嗯，这艘船雕得不错。"爷爷指着柜台后面的一排货架，点头赞许道。

"都是红木的，是阿凯他爸工厂做的。"龚福娣激动地告诉爷爷。

"柜台的租金贵不贵？"颜家爷爷关心地问。

"一个月450元，"龚福娣回答，随后告诉他们，"我带隔壁老爷叔来看一下。"

小花和黄兴凯朝颜家爷爷微微一笑。

爷爷鼓励这对年轻人道："你们安心在这里开店，这里来来往往的人多，生意总会有的。"

"呵呵，"龚福娣笑出声来，却有点儿信心不足，"也不知道这些工艺品有没有人买呢？"

颜家爷爷参观完小花的柜台后,随龚福娣一起回去。到家后,爷爷把经过和见闻都告诉了孙子,说:"好像生意不太好,只有看的人,没买的人。唉,这种工艺品,都是放在家中橱窗做摆设的,谁会花这么多钱去买?"

段银红的外甥杨奇立,在初中时就光荣地加入了共青团。前几天,段银红回娘家,碰见了姐夫杨德宽,姐夫是共产党员,思想觉悟比较高。段银红把颜晓潮想入团的想法告诉了姐夫,杨德宽马上把儿子杨奇立用过的一本团章送给了段银红,叫她带回去给颜晓潮看看,参考一下,如何写入团申请书。

转眼暑假来临,颜晓潮已下定决心,准备写入团申请书,趁返校之际交给团支书唐彬。此时,颜晓潮正在家写入团申请书,因为明天要返校,但不知道如何写,犯愁之际,母亲雪中送炭,递了一本红色封面的团章给儿子,告诉他:"这本团章,是上次你姨父送给我的,你拿去看一看。初中时那么好的入团机会,你不好好把握,现在再想补,太迟了,像段振雄、杨奇立,还有隔壁的齐忠琰、你同学王律良,都是团员。"

"好的,谢谢妈妈!"颜晓潮从母亲手里接过团章,到一边认真地翻看起来,他决心把这份入团申请书写好,争取早日入团。毕竟,在现在的班级里,绝大多数同学都是团员,不加入这个组织,太脱离群体了。

第二天返校日,颜晓潮把写好的入团申请书,亲手交给了

十六、跳蚤市场开店

团支部书记唐彬。颜晓潮在信笺上写了整整三页。

唐彬收下颜晓潮的入团申请书,拿在手里粗略地看了一下,见字迹工整、内容充实、思想深刻、愿望迫切,便点头说了声:"嗯,写得不错!我有空会帮你交到学校团委的。"

"什么时候能批准?"颜晓潮焦急地问。

唐彬皱了皱眉头,说:"你怎么这么急啊?团组织还要对你进行考察呢,要看你的思想动机和日常表现。"

"哦。"颜晓潮瞬间变得低沉下来,似乎没底气了,他担心自己的学习成绩不够入团标准,被团组织拒之门外。

"唐彬,你来一下。"任老师叫他。

唐彬对颜晓潮说:"不好意思,任老师叫我了,我先去一下。"

上午十点半,返校结束,颜晓潮背着书包回家。到家后,见奶奶在做冷面,爷爷在一旁调制花生酱,爷爷告诉孙子:"今天中午吃冷面。"

下午,颜晓潮吃过午饭,闲着没事,想骑自行车出门兜风。尽管盛夏季节,天气异常炎热,但他年纪轻,不怕烈日暴晒,嫌待在家里闷得慌,想出门看看户外的风景。他对小花和黄兴凯在跳蚤市场的摊位,表现出浓厚的兴趣,打算骑车途径跳蚤市场时,顺便去看一下。

说走就走,颜晓潮骑着自行车,出发了。他翻过横跨苏州河的桥,沿河的北岸向西一路骑行,几分钟后,就到了跳蚤市场。他见黄兴凯的柜台,就摆在跳蚤市场西侧入口处,背后的货架上,陈列着帆船、财神爷、大象等用红木雕刻出来的工艺品,小花站在柜台外面,吃着一根雪糕,只见她把头发挑染成了紫色,耳垂上戴着一副超大的耳环,跟其十七八岁的年龄,显得有些不太相称。颜晓潮怕被小花和黄兴凯撞见后尴尬,于是只在跳蚤市场门口停留了短短十几秒钟,就骑车走了。

随后,颜晓潮骑车在外面转了一圈后,于下午三点回到家中。

傍晚六点,颜晓潮洗完澡,拖着奶奶,搬着躺椅到后门外的第五弄乘凉。在弄堂里,只见小花姑父、姑妈家,又来了崇明的亲戚,一家三口,夫妻俩带着一个女儿,小姑娘年龄不大,上初中的样子。他们分别是沈富炳的妹妹沈财芳、妹夫袁海金和他们的女儿袁霄。

奶奶跟沈富炳、陆引娟夫妇相互点头打招呼,颜晓潮见他们正忙着跟客人说话,便"人来疯"地上前问道:"小花姑妈、姑父,你们家又来崇明亲戚啦?"

沈富炳回答道:"嗯,是我妹妹一家。"

颜晓潮心里暗暗高兴,心想今天又新认识了三个崇明人。他瞧了瞧沈富炳的外甥女袁霄,觉得她长得有些像施竖兰,只不过,脸蛋没施竖兰漂亮。女孩的父亲,也就是沈富炳的妹夫,脸上的鸡皮疙瘩很多。

十六、跳蚤市场开店

"他住在吾俚隔壁的,现在读高中,很喜欢吾俚崇明。"陆引娟向小姑子沈财芳介绍道。

怎么小花到现在还没回来?颜晓潮心里想。他觉得,沈富炳的外甥女,跟小花相比,虽同为崇明人,但风格、气质的差异简直太大了。

十几分钟后,小花和黄兴凯回来了。巧的是,此时龚福娣正好从屋里走出来,她跟沈富炳的妹妹一句话也没说。只见龚福娣站在水斗前侧头问女儿:"今天生意怎么样?"小花说话的声音很轻,"只卖出去一艘船"。

接着,小花和黄兴凯进屋拿毛巾,到弄堂里的自来水龙头下洗脸、擦汗。颜晓潮见小花跟她姑父的外甥女相互之间也不打招呼,完全形同陌路。

不一会儿,爷爷来到弄堂里,沈富炳向爷爷介绍,这是他的妹妹一家。随后,爷爷跟他们打了招呼。

晚上回家后,爷爷对老伴和孙子讲道:"这小花越来越不像样,头发染成紫色,耳环这么大,穿衣服后背都露出来了。"

颜晓潮趁机问爷爷:"小花跟她姑父的妹妹一家,怎么见了面不说话?"

爷爷嫌孙子太不开窍,点了点他的脑门说:"他们关系不和的。"

暑假临近尾声,颜晓潮为了抓住假期的尾巴,几乎每天都骑自行车到河对岸的跳蚤市场转一圈,借机向小花和黄兴凯的柜台瞄一眼,但又怕被他们发现,所以每次骑车经过时,都是疾驶而过。有好几次,颜晓潮都没见小花在店里,只有黄兴凯一个人在,生意当然是不好,柜台前冷冷清清的,门可罗雀。颜晓潮暗暗替他们担忧。

几天后的一个傍晚,颜晓潮像往常一样,在家里洗完澡后,拖上奶奶,一起去乘凉。这时,小花和黄兴凯刚巧回到住处。颜晓潮见小花的头发,又换了一种颜色,染成了红色,觉得太前卫、太夸张了。陆引娟也在弄堂里乘凉,不时跟奶奶蒋桂宝聊上几句。不一会儿,陆引娟的儿子沈济青带着他的女朋友储梦馨来探望父母。颜晓潮和奶奶都觉得储梦馨面容清秀、打扮得贤淑,比小花漂亮多了。

见隔壁崇明人家里一下子人多了起来,颜晓潮变得很兴奋。颜晓潮见沈济青和黄兴凯都戴眼镜,却不说话,便回屋对爷爷说:"爷爷,阿凯跟济青,两个人长得像吗?怎么两个人见了面,一句话都不说?"

爷爷对沈济青的印象很好,于是回答孙子:"不像的,像什么像?济青正派,打扮得清清爽爽,阿凯像什么样啊,一副小流氓腔调,贼头贼脑的。"

"济青跟阿凯关系好吗?"颜晓潮无聊地问爷爷。

爷爷不耐烦地说:"我看是不会好。"

一会儿后,黄兴凯骑着电动自行车,带小花出去溜达,龚

十六、跳蚤市场开店

福娣去大前门家打麻将,陆争贤在崇明没回来。在后门口的第五弄,爷爷当着陆引娟、沈富炳夫妇的面,一个劲地表扬济青。

"你们济青真好,一看就很懂事,女朋友也很漂亮。"颜家爷爷夸道,沈济青在旁被说得有些难为情。

"这是隔壁的老爷叔,晓潮的爷爷,那位是晓潮的奶奶,你叫'阿公'、'阿婆'。"沈富炳让儿子问候两位老人。

别看沈济青人高马大,却很腼腆,他小声地问候了两位老人。

"好孩子。"爷爷面带微笑地对沈济青说。

"你是济青吧?你好!"颜晓潮趁此机会,上前跟沈济青搭讪,并自我介绍道,"我叫颜晓潮,你叫我晓潮就可以。"

"很高兴认识你。"沈济青伸出手,跟颜晓潮握了一下手。

"两个孩子年龄相差不多,可以交个朋友。"陆引娟在旁边高兴地对奶奶说,奶奶听后笑眯眯的。

"你跟那个黄兴凯,怎么不说话?"颜晓潮直截了当地问。

沈济青含蓄地笑笑,避而不语。颜晓潮也笑了,两人彼此心领神会。

几天后,跟沈富炳一起做生意的崇明堡镇老乡郁洪辉来到了善存里,来探望沈富炳夫妇。此时,陆引娟正在弄堂里乘凉,两人相见后,格外高兴,愉快地交谈起来。

来到后门外的颜晓潮,遇见郁洪辉,误认作范根田,上前对郁洪辉喊道:"范老板。"

"侬认错人了,"陆引娟提醒颜晓潮,并纠正道,"这是郁老板,不是范老板。"

颜晓潮仔细地打量着面前的郁洪辉,感觉他跟范老板长得有些像,但又不是特别像,范老板皮肤比较白,没有胡须,郁老板稍微黑些,嘴角两边各有一撮胡须。

"侬也是崇明的?"颜晓潮用崇明话问郁洪辉。

"他是堡镇的,跟吾俚是正宗老乡,而且是楼上楼下的邻居,"陆引娟抢先告诉颜晓潮,然后转过头对郁洪辉说,"这小倌是我隔壁的,他很喜欢吾俚崇明,一直在学崇明话。"

郁洪辉朝颜晓潮点头微笑,随后问陆引娟:"富炳呢,在吗?"

"他出去了。"陆引娟回答道,接下来两人用崇明话交谈了好一会儿。等郁洪辉走后,陆引娟告诉在水斗前洗衣服的聂家姆妈和坐在一旁乘凉的秦家阿婆,称刚才来的郁老板非常会做生意,几年前刚来上海时就在乌镇路桥下的凯旋门市场租了个门面,专门卖保健品,掘得了第一桶金,他妻子长得很漂亮,家里还有一个在读初中的女儿。

无锡姑妈的女儿,考进了上海的一所大学。临近开学,姑父、姑妈送女儿去上海的大学报到。办完入学手续后,他们一家三口趁机拜访颜家。

十六、跳蚤市场开店

"寄爹。"姑妈亲热地喊着爷爷。"寄爹"是太湖流域吴语方言"干爹"的意思。

奶奶见客人上门,赶紧招待,拉出凳子,喊他们坐,并去沏茶。

"寄娘,你不要忙,"姑父一口浓重的无锡话,"我们不坐,站一会儿好了,女儿考上了上海的大学,这次来,是专程陪女儿来学校报到的,顺便来看望看望你们,等下我们还有事。"

"喊人啊。"爷爷提醒孙子。

颜晓潮有点儿害羞,勉强遵照爷爷的意思,喊了"姑父、姑妈、姐姐"。

"晓潮,我这次来,发现你比以前长高了不少,"姑妈主动跟颜晓潮搭话,并问,"你现在读几年级了?"

"开学读高二。"见孙子害羞,奶奶蒋桂宝替孙子回答道。

颜晓潮发觉无锡姑妈跟小花妈,倒不怎么像,而无锡姑妈的女儿,跟小花却很像。趁大人们谈话之机,他赶紧跑到隔壁,想喊小花妈过来。谁知,家里却没人,屋内关着灯,漆黑一片。他有些失望,回头出来,在经过48号公用厨房时,听见小花爸在后门外拿"大哥大"打电话的声音。

颜晓潮回到家中后,姑父说他们要走了。等爷爷送走姑妈一家时,他立即返回第五弄,却不见了小花爸的踪影。很遗憾,难得一次好机会,却没能让小花爸妈跟无锡姑父、姑妈相互认识。

整个下午，爷爷奶奶都在和颜晓潮谈论无锡姑妈的女儿，两位老人也承认她俩确实非常像。不过爷爷说，无锡姑妈的女儿，皮肤要比小花白，长得比小花清秀。

直到傍晚，龚福娣才踏进颜家的门。颜晓潮失落地问小花妈："你中午不在家?"

"中午有事，出去了，"龚福娣回答，并诧异地问，"怎么，有什么事吗?"

"中午……"颜晓潮本想把事情的缘由和经过详细地告诉小花妈，但欲言又止，只是遗憾地叹息道，"唉，不说了。"

龚福娣对此浑然不知，被弄得一头雾水。

十七、 想搬未搬

8月底，暑假进入倒计时。颜晓潮依然每天抽空，骑着自行车沿苏州河北岸，去河滨跳蚤市场门前转一圈，但好几次都未见到黄兴凯和小花的踪影。他心里顿时起疑：会不会店不开了？后来有一次，当颜晓潮骑车经过那里时，见黄兴凯原来的柜台，已经易了主人，改为销售各类照明灯具。这下，他总算明白了。

一天下午，颜晓潮在后门外的第五弄，见陆争贤正在收晾干的衣服，便急忙跑上前，拦住他问道："小花爸，小花在跳蚤市场的店，是不是不开了？"

陆争贤表情尴尬地笑了笑，他在犹豫，是否要把实情告诉颜晓潮，隐瞒真相不太好，据实相告又怕没面子。思索片刻后，他还是搪塞道："我刚从崇明回来，具体情况不清楚。"

颜晓潮对小花爸这种敷衍的回答甚是不满意，他决定碰到小花妈时，再亲口问问。

第二天，龚福娣闲着没事，去颜家串门，找奶奶蒋桂宝聊天，颜晓潮正好问起摊位的事。

"小花妈,你们小花,在河滨跳蚤市场的店,不开了,是吗?"颜晓潮问龚福娣。

"嗯,不开了,"龚福娣回答得倒爽快,然后告诉一旁的奶奶,"开了两三个月,没有生意,每个月租金要450元。我女儿跟黄兴凯去外面打工了。"

"去外面做什么工作?"奶奶笑着问。

"我女儿现在在酒吧做服务员,阿凯去酒吧当调酒师了。"

开学了,颜晓潮升入高二。

开学第一天,趁课间休息,他找到唐彬,打听自己入团的事。

"你放心,我已经把你的入团申请书交到团委了。"唐彬告诉颜晓潮。

"有希望吗?"颜晓潮现在入团的愿望很迫切。

"希望还是有的,接下来要看你的表现,也要等机会。高二上学期,学校会组织同学们去郊区学农,到时候会发展一批团员,我会帮你关心此事,你自己也好好表现,班级活动积极参加,学习成绩再努努力。"唐彬作为班级团支书,对颜晓潮提出希望。

"嗯,好的。"颜晓潮总算放心了,笑着点了点头。

在杨树浦的小花外公家。

十七、想搬未搬

龚福娣去探望父亲,顺便打听房子动迁的消息。

"我听说,这里的房子,马上要拆了。"小花外公告诉女儿。

龚福娣获悉后,欣喜不已,大声笑道:"爸,这是真的?那太好了,我回去跟争贤说,马上把我们三个人的户口迁过来,搬回来住。跟争贤的姐姐住在一起,样样事情,她都要指手画脚,她算什么东西,我还要看她脸色!"

"你们搬回来住也好,你弟弟已经买了新房子,搬出去了,单位还分过一套房子给我,你们可以住那边,就不用租房子了,你租的那房子,是暗间,窗户都没有,光线暗,空气不好。"小花外公一边剥着花生米,一边对女儿说。他退休前,曾在杨树浦的水厂上班,是国有企业职工,享受到了单位的福利分房政策。

"我回去跟争贤说,让他赶快回崇明,去迁户口。"龚福娣说。

"小花现在还好吗?"外公关心外孙女的近况。

"读书不读了,她跟阿凯两个人,开了一家店,没有生意,只开了两三个月,现在两个人出去打工了。"

小花外公津津有味地嚼着花生米,然后点点头。

随后,龚福娣连忙赶回善存里,跟老公商量此事,最后夫妻俩一致决定,把家里三个人的户口迁到杨树浦,并搬回那里住。这就意味着,他们不久之后将要离开这里了。龚福娣拿着老公的"大哥大",到弄堂里,给房东陆家姆妈打电话。

"房东是吗？我是崇明人，我们准备搬了，房子租到本月底。"龚福娣手持"大哥大"，对陆家姆妈说。

陆家姆妈在电话里回应道："楼上你老公的姐姐、姐夫呢？他们搬不搬？"

"他们不搬，就我们楼下搬。"龚福娣嗓门很大，一是她说话的声音本来就响，二是移动电话信号不好，声音轻，对方听不清楚。

"好的，你正式搬之前，再打电话通知我，我去一次，把房租费结清，押金退回给你们。"陆家姆妈在电话里表示。

齐母在家中听见龚福娣在弄堂里打电话的内容，笑着轻声对老公说："这个崇明人，总算要搬走了，这下可以太平了。"

龚福娣打完电话，去了颜家，准备跟爷爷奶奶告别。

"老亲娘，"龚福娣走进颜家客堂间，叫着蒋桂宝，然后有些不舍地道，"我爸杨树浦那里的房子，要动迁了，我弟弟现在买了新房子，不住在那里，那边的房子空了出来，我准备叫争贤把我们三个人的户口迁过去，并搬过去住，这里就不租了。"龚福娣说到这里，眼神黯淡，仿佛有些伤感。

"你那边要拆迁，那恭喜你啦，"奶奶向龚福娣祝贺道，并问，"你姑姐呢，也一起搬吗？"

"他们不搬。"龚福娣回答道。

爷爷却不想他们搬走，挽留道："小花妈，你们在这里住得挺好的，房租便宜，又是市中心，紧邻北京路五金街，出行方

十七、想搬未搬

便，你老公做生意也方便。"

"话是没错，"龚福娣叹了一声，有点儿依依不舍，"其实我们也不想搬，毕竟在善存里住了这么久，习惯了，再说跟你们邻居关系也不错，搬的话还真有点儿舍不得，不过没办法，那边要动迁了，再说现在小花平时又不回来住，在这里一直租下去，也没意思。"

"你自己看着办，如果真的搬走，以后有空经常来玩。"奶奶尊重龚福娣的想法。

颜晓潮在旁边听到这个消息，伤心得一句话都说不出来，爷爷也难以接受这个事实，觉得太突然了。晚上，颜晓潮安静地坐在写字桌前，打开台灯，拿出抽屉里的钢笔和信纸，准备给小花的爸妈写告别信。段银红得知后开始讽刺儿子："你怎么这样舍不得那个崇明人啊？读书不用功，精力都花在这种没意义的事情上面。"

"你烦够了没有？"

"娘儿俩又要吵了。"爷爷板着脸发话道，其实他是故意讲给儿媳妇听。

颜晓潮继续写信，写完后，他把信纸装入信封，在信封上面写下收信人的地址和姓名，并烦请爷爷将此信转交给小花爸妈。

几天后，颜晓潮随学校去了市郊南汇的东海农场，参加高二学生的学农活动,一去就是十天,要在外面过集体生活,住宿。离家前,他千叮咛、万嘱咐爷爷,一定要把他写给小花爸妈的信转交给他们。

高二的学农活动不比初二时在崇明的离队活动,要下地参加劳动,干一些农活,比如搬稻草、摘棉花、锄地等,每天晚上还要参加各门主课的学习。班主任任老师对班级里的同学要求严格,哪个同学集合晚了,劳动时偷懒或寝室内务差,都要遭到他的批评。颜晓潮非常讨厌任老师,他对初中班主任施老师想念万分,回忆起在崇明岛离队的那两天快乐时光,他不禁暗自流泪。

可是,让颜晓潮欣慰的是,他的入团申请,竟意外地获得了学校团委的批准。学农的第五天晚上,高二全年级五个班的团员在农场大礼堂济济一堂,过团组织生活。事先,唐彬通知颜晓潮,参加晚上的团组织生活会,称颜晓潮入团被批准了,任老师也同意了。那晚,颜晓潮的心情无比激动,他跟所有佩戴团徽的同学坐在一起,只是他的胸前没有团徽,唐彬说没有多余的团徽。当学校团委书记宣读此次发展的七位新团员名单时,全体老团员向新团员鼓掌表示祝贺,身边的同学热烈地鼓掌,而且同学们还对他说,他们班就他一个人入团,替他感到十分光荣。颜晓潮觉得此时的自己,幸福感满满的。但是,那天的团组织生活会,由于时间和场地有限,未安排新团员举行入团宣誓仪式,这让颜晓潮留下一丝遗憾。

十七、想搬未搬

团组织生活会结束后,唐彬让颜晓潮留下,给他颁发了团员证。颜晓潮双手捧过团员证,激动的心情溢于言表,他一连问了唐彬好几遍:"我现在算不算团员了?"唐彬被他问得有些厌烦,皱着眉头告诉他:"对了,是团员。"

十天后,学农结束,颜晓潮回到家里。一进门,他就把自己入团的好消息,告诉了家人。爷爷奶奶都替孙子感到高兴,段银红却给儿子泼冷水:"早知现在,何必当初?"

最让颜晓潮牵挂的,还是小花妈。他忙问爷爷,小花爸妈是否已经搬走,那封信是否转交给他们。爷爷从橱柜的抽屉里拿出了那封信,告诉他:"小花爸妈前几天去崇明了,昨天刚回来,信还没来得及交给他们,听说又不搬了。"

"真的?"颜晓潮睁大眼睛,疑惑地问,见爷爷点头,他高兴得连蹦带跳、欢呼雀跃,"不搬了,我和崇明人可以继续做邻居了!"

段银红见儿子一副疯疯癫癫的样子,当场讥讽儿子:"崇明人不搬,你这么激动干吗?"

"你不要乱说。"颜晓潮冲母亲说。

爷爷看不过去,朝他们发话道:"怎么又要吵了?"

学农回来的当天是星期五,后面两天是双休日。星期六,颜晓潮在家休息,坐到写字桌前,拿起信纸,给初中班主任施容旭写了一封信,把自己在高中入团的喜讯告诉了施老师。在信中,他向施老师诉说了初三时不愿去听团课的真相,因为那时思想不成熟,觉得施老师对班干部偏心,所以心里赌气,现在感到很过意不去。此外,他还在信中表达了对施老师家乡崇明的热爱和赞美,称自己学会了一些崇明话,如果下次有机会见面的话,可以用崇明话跟施老师交谈。他写满了整整三页信纸,写好后,装入信封,贴好邮票,投递到离弄堂口不远的邮筒。

星期天,爷爷在后门口碰见了陆争贤和龚福娣夫妇,把他们请进了家里小坐。

"你家晓潮回来了吗?"陆争贤问爷爷,因为之前他听爷爷说颜晓潮去参加学校的学农活动了。

"回来了。"爷爷告诉他。

"小花爸、小花妈,"颜晓潮见他们走进来,高兴地打招呼并问,"你们不搬了,是吗?"

"暂时不搬了。"陆争贤笑着回答。

"为什么改变主意,又不搬了呢?"颜晓潮问。

爷爷请他们夫妻俩在客堂间坐。

"我爸那里暂时还不动迁,我让争贤把我们三个人的户口先从崇明迁出来,暂时不搬,想想也挺舍不得这里,毕竟住了两年多,跟周围邻居都熟悉了,对这里也有感情,有什么事,老爷叔也能照应。"龚福娣推心置腹地对爷爷说,说完笑了起来。

陆争贤坐在沙发上,爷爷递给他一支烟。陆争贤边抽烟,

十七、想搬未搬

边笑着问颜晓潮:"听说你在学校入团了,是吗?"

颜晓潮被问得有些难为情,羞怯地点点头。

"这是好事情嘛,年轻人,就应该进步。想当年,我在农场里的时候,也是很积极的,参加党校学习,后来当了干部,什么事都冲在前面。"陆争贤以长辈的亲身经历,寄语颜晓潮。

颜晓潮跟小花爸分享了初中时跟施老师为了入团而不愉快的事,龚福娣在旁边告诉丈夫,施老师也是崇明人,新民镇的。段银红马上拉开房间的窗帘,把头探出来,告诉陆争贤,说儿子初中时错失入团的机会,施老师让他入团,他硬是不肯入。陆争贤听完后,发表看法道:"我觉得,你们施老师不是你想的那样,要相信老师对每个学生,都是公平的。"

接着,颜晓潮从抽屉里拿出自己的初中毕业照,给小花爸妈看,并告诉他们,照片里哪个人是施老师,问他们以前坐船时,是否遇见过施老师。夫妻俩看后都摇头,表示从没见过。

奶奶告诉龚福娣,自己孙子去学农前,得知他们要搬家,非常依依不舍,还写了封信给他们。龚福娣高兴地嚷着要看这封信,爷爷把信从抽屉里拿出来,递给她。龚福娣笑道:"晓潮还会给我们写信啊,哈哈,我一定要带回家去好好看一下。"

几天后,施容旭在学校里,收到了颜晓潮的来信。当他认真地读完这位昔日学生在信中感人肺腑的话语后,他颇为感慨地点了点头,觉得颜晓潮变得成熟了,他长大了。

齐忠琰的父亲，脾气是很臭的，遇到事情，喜欢跟别人斤斤计较，不争出个道理来死不罢休。俗话说："性格决定命运。"他的这种性格，注定要吃大亏。

一日下午，善存里48、50号后门对面64号的沪光机电厂，来了一位客户，他把自己的摩托车停放在齐家的窗台底下。齐父见状，心里马上不舒服，在弄堂里破口大骂，还擅自把摩托车挪了位置。

车主闻讯后，从机电厂内出来，见自己的摩托车被挪，顿时很恼火，上前跟齐父发生口角。那人的脾气也相当暴躁，威胁要叫人来把齐父打一顿。齐父毫不买账，仍骂骂咧咧："你有本事就叫人来好了，我奉陪到底。"

不一会儿，那人离开了现场。十几分钟后，他叫来了五六个彪形大汉，在齐家窗台前挑衅，指名要齐父出来。齐父难咽下这口气，立即冲到第五弄。来的那帮人蜂拥而上，拳头如雨点般落下，齐父本来就瘦弱，加上对方人多势众，双手难敌四拳，被打得鼻青眼肿、头破血流。齐父倒地后，那帮人扬长而去。

在齐父挨打时，龚福娣听见外面弄堂里的打架声，赶紧出门去看。见齐父被一群人围殴，她当时吓坏了。事后，她仔细想想：齐父被打，也是活该，谁叫他平时说话这么恶毒？

傍晚，齐母回家，见老公遭人毒打，问清事情来龙去脉后，她一个劲地抱怨，责怪老公惹是生非，闯下大祸，并对聂家姆

十七、想搬未搬

妈称,今年是她老公的本命年,按照迷信的说法,注定会摊上倒霉事。

齐母陪老公去医院检查,龚福娣见他们家没人,便来到颜家,跟爷爷奶奶讲述了下午事情发生的经过。龚福娣对齐父根本不抱半点儿同情,她当着爷爷奶奶的面,指责齐父:"这个男人也不好,别人的摩托车停放在他家窗台底下,就一会儿的事,他不给别人停,还骂人。现在被打,活该。我在这里住了快三年了,他还不是一天到晚跟我抢公用地方?"

晚上,龚福娣去大前门家打麻将。其实,龚福娣自己的脾气也很急躁,为人任性、自私。在打麻将时,她和大前门的老婆为了一点鸡毛蒜皮的小事,也争吵起来。

龚福娣自摸了一副"腊子",大前门的老婆在付给她代币的时候,她觉得对方少付了,而大前门的老婆坚持声称没少付。于是,两个以前非常要好的女人,立马在麻将桌边翻起脸来。

龚福娣火气来了,把手里的麻将牌朝前使劲一推,几张牌散落在地,她大声骂道:"我不玩了,有什么好玩的?"

"你别搞错,这里是我家,你扔东西干吗?"大前门的老婆喊道。

这时,大前门走上前,帮着老婆,对龚福娣大声吆喝道:"你不想玩,就给我滚。"

"你想怎么样?帮着你老婆,来打我吗?"龚福娣见大前门一副气势汹汹的样子，不买账道，"你以为我怕你们？"

"好了，好了。"梁国军上前劝架，把大前门拉到一旁。

龚福娣随即站起身，拎包走人，走的时候，她指着他们夫妻的鼻子骂道："下次再也不来玩了，谁要跟你们打麻将。"

"少了你，难道我们就找不到搭子了？"大前门的老婆回敬了一句。

龚福娣气呼呼地回到家，跟老公陆争贤讲述了刚才发生的事，发誓今后再也不会跟大前门夫妇有任何来往。陆争贤听后笑了笑，对老婆说："你们这种人，就是没耐心，性子急，遇事太冲动，所以人际关系都搞不好。"其实，陆争贤的这番话，一半在说老婆，另一半也在隐喻齐父。

十八、 楼上柴家捣乱

龚福娣跟大前门夫妇吵翻之后,没地方打麻将了。几天不玩,她或许熬得住,但时间一久,她的麻将瘾就上来了。于是,她委曲求全,主动找到颜家,跟爷爷奶奶商量,能否参与到他们老年人的牌友队伍中。

"小花妈要来跟我打麻将,我是求之不得。"颜家爷爷一听龚福娣这么说,高兴得合不拢嘴。

"老爷叔,你同意啦?"龚福娣很高兴,"这么多天都没碰麻将牌了,我的手都发痒了,呵呵。"

"你今天就来吧。"颜永仁决定道。

"好的,好的。"龚福娣本来就不大的眼睛,笑得眯成一条线。

奶奶蒋桂宝怕龚福娣不适应他们老年人的打法,便提醒她:"小花妈,我们是退休工人,都是小麻将。"

"小麻将就小麻将,没关系的,只要有地方玩就可以。"龚福娣毫不介意,爽朗地笑道。

"那么，老爷叔，就这样，说定了哦，"龚福娣走之前，不忘提醒爷爷一句，"我下午来打麻将。"

"好。"爷爷一锤定音，答应道。

下午一点，颜家老夫妇俩吃过午饭，在客堂间内摆开麻将桌。龚福娣早早地来到颜家，紧接着隔壁的秦家阿婆也来了，楼上萧家好公却迟迟未到，爷爷便上楼去喊，萧家好婆告知，老伴今天有事出去了，好婆说她自己不玩。这下糟了，"三缺一"怎么办？眼看麻将打不成，爷爷为安慰龚福娣，说再去拉一个人来。不一会儿，爷爷把前门对面38号的龚家姆妈叫了过来。四人终于凑齐，"方城大战"开始。

"哦，你就是隔壁48号的崇明人？"龚家姆妈跟坐在对面的龚福娣打招呼。

"嗯，崇明人。"龚福娣毫不忌讳弄堂里的邻居这样喊她，笑着答应道。

已经放寒假，在家休息的颜晓潮见龚家姆妈跟小花妈凑巧聚在一起打麻将，便在旁边对她们开玩笑说："你们都姓龚，今天算是碰到自己人了，五百年前是一家。"

"怎么，你也姓龚啊？"龚福娣反应过来，问龚家姆妈。

"我不姓龚，我老公姓龚，"龚家姆妈推了推鼻梁上的一副老花眼镜，然后边摸牌边说，"我家老头子已经去世11年了。"

"11年啦？快啊。"颜家爷爷说。

"你们是崇明哪里？"龚家姆妈边打牌，边问龚福娣。

十八、楼上柴家捣乱

"长江农场。"龚福娣回答。

"哦,"龚家姆妈应和了一声,然后道,"我以前去过崇明的跃进农场,有亲戚在那边。"

"哦,跃进农场离我们远着呢。"龚福娣说。

龚福娣打麻将的兴致一发不可收拾,白天去颜家玩,晚上又去楼上姑姐的住处,跟姑姐、姑姐夫玩。几天后,一个傍晚时分,龚福娣兴冲冲地走进颜家,邀请爷爷晚上去她姑姐的阁楼上打麻将。

"好,"颜永仁对麻将的兴趣也浓厚,便一口答应,并问,"还有谁?"

"我姑姐的老公沈富炳,"龚福娣告诉爷爷,"还有住在你们前门对面的那个阿四头。"

"可以,"爷爷知道阿四头,虽然觉得他有些玩世不恭、一副混混样,但平时见了面还算客气,一口一个"老爷叔",有时还会恭敬地递上一支香烟。

就这样,晚上八点,牌局在陆引娟的阁楼上准时"开桌",颜家爷爷、龚福娣、沈富炳和阿四头,四人围坐在方桌前,展开了"方城大战"。

没多久,颜晓潮走上陆家的阁楼,去看爷爷他们打麻将。阿四头见颜晓潮来后,摆出一副做长辈的样子,"教育"他:"你现在看见我,怎么喊都不喊?"

"喊你干吗？"颜晓潮蔑视阿四头道。

"没礼貌！"阿四头用手指着颜晓潮，教训他说。

颜晓潮不去理睬他，只顾看麻将，阿四头批评颜晓潮道："你是小孩，不可以看大人打麻将的。"

颜晓潮瞥了阿四头一眼，流露出对他的反感情绪："看看有什么关系？要你管？"

阿四头正想对颜晓潮发脾气，爷爷赶紧上来骂孙子，阿四头见状，也不吭声了。

陆引娟怕引起不愉快，便劝颜晓潮说："晓潮，你妈要来喊你了，你还是早点儿回去吧，听话。"颜晓潮却倔着性子，置之不理。

阁楼上打麻将的声音，惹恼了二楼前厢房柴家的女儿柴琼。颜晓潮听见楼上柴琼在家里对她母亲抱怨不已："这么晚还打麻将，真是吵死了。"

没过几分钟，柴琼就下了楼，见陆家阁楼的门开着，便径直走了进去，在门口毫不客气地说："你们打麻将的声音可以轻点吗？我妈要睡觉了，她年纪大了，心脏不好。"

正在打麻将的颜永仁忙回过头，见是柴家的女儿。柴琼见到颜家爷爷，惊讶地说了句："原来颜家伯伯也在。"

"柴琼，我们声音没很响，"爷爷对柴家的印象一直不好，觉得他们一家子都很不讲理，但还是对她笑脸相迎，"我们尽量声音再小点，不过打麻将，一点没声音，是不可能的。"

十八、楼上柴家捣乱

谁知爷爷的话,却触犯了柴琼,她细眉一挑,声音顿时尖了起来:"颜家伯伯,你这样说话就不对了,你们不能自己玩得痛快,就影响别人。"

"不好意思,我们声音轻点,再玩几副牌就结束。"坐在旁边观战的陆引娟尽管对住在楼上的这位陌生女子没什么好印象,但为了息事宁人,还是让步道。

谁知阿四头听得不高兴了,他当场跳起来,对柴琼大喝一声:"什么玩几副啊?今天我要打到半夜十二点钟,你这算啥意思?故意扫我兴?"

柴琼一瞧是第四弄的阿四头,随即双臂交叉于胸前,摆出一副傲慢的样子,说:"阿四头,你怎么到这里来了?"

阿四头把手里的麻将牌往桌上重重一摔,发火道:"这里我不可以来吗?"

"你们准备玩到几点钟?"柴琼逼问道。

"跟你说了,十二点钟。"阿四头故意耍赖。

柴琼知道阿四头是善存里出名的泼皮无赖,拿他没办法,但为了面子,给自己找台阶下,还是用威胁的口气警告他们:"你们玩好了,我跟你们房东陆菁妈妈去反映。"

"你去跟房东反映好了。"沈富炳顺着她的意思说了她一句,觉得眼前的这个女人真是有点儿无理取闹。

"柴琼,你讲点儿道理,你这样是不对的。"爷爷耐心劝她。

"颜家伯伯,你把话说说清楚,到底是谁不讲道理?"柴琼态度很凶。说完,她退出门外,上楼去了。

柴琼回到家中,立即跟陆菁打电话。陆菁面对柴琼在电话里咄咄逼人的态度,无奈地说:"这事情你叫我怎么解决?如果你觉得不行,就去找居委会吧。"

陆家姆妈正好在旁边,便问陆菁发生了什么事。陆菁将事情经过告诉了母亲,陆家姆妈对柴家的印象也不好,认为柴琼的做法有点过分,她想冷处理,不想插手此事,便对女儿说:"你别去理她,柴家也不是什么省油的灯。"

在阿四头的壮胆下,大家继续打麻将,洗牌声非但没轻下来,反而还多了一串胜利的欢笑声,气得楼上的柴琼脸色发青。柴琼在家气急败坏地骂道:"这些人真不要脸,这么晚还在打麻将。"

陆引娟听见柴琼的骂声,笑了出来,跟大家说:"这小娘真的不讲理,吾俚是让着她,不想跟她吵,并不是怕她。"

时间过得飞快,不知不觉,又迎来了一年一度的春节。隔壁的崇明人,自然都要回老家过年。等过了正月十五后,陆争贤、龚福娣夫妇已经回来了,而阁楼上,只有沈富炳一人回来。

奶奶蒋桂宝不慎摔伤,腰部骨折,在医院住了十天。颜家上上下下,都在忙着照料奶奶,每天奔赴医院。连颜晓潮也不例外,开学后的头几天,他下午一放学回到家,就骑车去医院。对奶奶,他还算挺孝顺的。

十八、楼上柴家捣乱

十天后,奶奶终于出院,回家静养。一天下午,陆争贤在后门口碰见爷爷颜永仁,便问:"老爷叔,听说老亲娘住院,现在好点儿了吗?"

"老太婆腰部骨折,昨天刚出院。"爷爷回答,并感谢他的关心与问候。

"出院啦?本来我还打算跟我老婆去医院看望老亲娘呢。"陆争贤客套道。

"出院了,不用麻烦。"爷爷婉言谢绝。

陆争贤回屋后,把颜家奶奶骨折住院,昨天已出院的事告诉了妻子,并对妻子说:"这几天抽空,我们去隔壁探望一下老亲娘。"

龚福娣对颜家还是挺有感情的,获悉晓潮的奶奶生病,第二天晚上便去了颜家。

"来看看老亲娘。"龚福娣对爷爷说,并送上了一瓶从崇明带来的醉螃蟹。

爷爷很过意不去,觉得小花妈太客气了,并问她:"小花的姑妈怎么到现在还没回来?"

龚福娣告诉爷爷:"争贤的母亲最近身体不好,我姑姐留在崇明照顾她。"

春节后,沈富炳一个人回到上海市区,因老婆不在,他经常出去买盒饭吃,颜晓潮有好几次在弄堂里碰见他。

一日,沈财芳来到善存里看望哥哥,沈富炳邀请妹妹一起去外面饭店吃饭。出门途中，可能是基于兄妹情深，沈富炳一把挽过妹妹的手臂，两人犹如情侣般紧紧挨着。谁知，刚步行至弄堂口时，就被迎面走来的聂家姆妈撞见。聂家姆妈误以为沈富炳趁老婆不在家时，在外面拈花惹草，于是回到家后，跟秦家阿婆、萧家好婆等邻居"放喇叭"，称隔壁崇明人的姐夫很花心。

不久，陆引娟回来，听到这个消息后，非常生气，在阁楼上，夫妻俩大吵了一架。颜晓潮在自家阁楼上，听见了从隔壁传来的争吵声和摔东西声。

"富炳，我不在上海时，你一个人是不是不规矩、不老实？"陆引娟盘问丈夫。

"我没有啊！"沈富炳觉得这完全是无中生有，自己很委屈。

"你老实吗？那天你跟哪个女的一起勾肩搭背出去的？弄堂里的人都看见告诉我了。"陆引娟再次质问丈夫。

"是我妹妹财芳啊。"沈富炳辩解道，"那天，财芳来看我，她说最近生意上资金周转有点儿困难，来问我借了点儿钱。"

"你妹妹来，你骨头轻死了，"陆引娟心中不满道，"兄妹两个，这么不稳重，像什么样？"

十九、 崇明姓施的人最多

俗话说"夫妻床头吵架床尾和""夫妻没有隔夜仇"，在经过一段时间的"冷战"之后，在儿子沈济青的极力劝和下，沈富炳、陆引娟夫妇又重归于好了。

那天，在陆家阁楼上，沈富炳和陆引娟夫妻二人，相互埋怨、彼此怄气，陆引娟背对着老公，扬言要去民政局办离婚手续，沈富炳则不停地抽烟，屋内烟雾腾腾，面对父母之间的僵持格局，沈济青实在看不下去了，他大吼一声，急着对父母说："倷俚拗离婚，吾求求倷俚，倷俚离婚了，吾咋办？"他说这番话的时候，眼泪差点儿夺眶而出。

为了儿子，沈富炳和陆引娟的心终于软了下来，待头脑都冷静下来以后，两人思考再三，决定还是放弃离婚的念头。沈济青喜极而泣，上前紧紧拥抱父母。

"济青，你现在也参加工作了，个人的终身大事，还是早点儿解决，我们做父母的也可以放心了。"沈富炳意味深长地对儿子说。

"济青,你和小储现在怎么啦?分手之后,还有没有再联系?"陆引娟对儿子的女朋友储梦馨其实还挺有好感,对他俩的突然吵架、分手一直想不明白,感到非常惋惜。

沈济青置之一笑,随后给父母带来了一个振奋人心的消息:"小储跟我又好了,我们俩又在一起了。"

"怎么,她回心转意啦?"陆引娟半信半疑地问儿子。

沈济青对母亲点点头,微笑道:"嗯。"

沈富炳的心情舒畅起来,对儿子高兴道:"济青,你们还年轻嘛,现在刚刚开始奋斗,什么事情,先不要着急,慢慢来,我们做父母的,只要有能力,肯定会帮你们一把的,相信生活会逐渐改善,今后会越来越好的。以后结婚,你们可以先住在崇明,我们在堡镇还有套房子,若在上海就只好先将就一下,在外面租房。"

见老爸为自己打气,沈济青感激地对老爸点了点头。

下午,沈富炳、陆引娟夫妇来到颜家,和爷爷、萧家好公、秦家阿婆聚在一起打麻将,夫妻俩轮流上场,老公玩上半场,老婆玩下半场。四点多的时候,已是下半场,只见陆引娟在桌上打牌,沈富炳坐在旁边观看。

十几分钟后,颜晓潮背着书包放学回家了。他一踏进家里的客堂间,正在打麻将的爷爷问孙子,功课是否已做完?他告诉爷爷,还没,先休息一下。

十九、崇明姓施的人最多

"小伙子,读书回来啦?"沈富炳跟颜晓潮搭讪道。

"嗯。"颜晓潮回答。他休息片刻,想起英语作业还没完成,该写作业了,便来到写字桌前,从书包里拿出了英语书和练习册,准备写作业。

沈富炳见颜晓潮正在写英语作业,便跟他开玩笑说:"晓潮,看书这么用功,是在复习 English 吗?"

颜晓潮见小花姑父这个崇明农村人也居然懂一点英语,便笑了起来,说:"小花姑父,你也知道 English 啊?"

沈富炳微微一笑,告诉颜晓潮:"我儿子济青,四年制中专马上要毕业了,现在在外面实习,他 6 月份毕业之前,要参加学校的一个英语中级考试,现在白天实习,晚上看书,复习。"

颜晓潮对高中的英语学习丝毫提不起兴趣,英语成绩很差。现在的他,对崇明方言和崇明的风土人情却是十分关注,他写了一会儿英语作业后,就跟沈富炳聊起有关崇明的话题来。

"小花姑父,你们崇明姓施的人挺多。"颜晓潮对沈富炳道。

沈富炳平时不太留意这种事,现在颜晓潮提起,他抬眼望了一下天花板,想了想后,说:"嗯,好像姓施的是比较多一点,你怎么知道我们崇明姓施的人多呢?"

"我初中时的班主任,是你们崇明人,就姓施,还有我初三补课时的一位女同学,也姓施,也是崇明人。"颜晓潮神采飞扬地告诉沈富炳。

"他的老师姓施,我好像听福娣说起过。"在旁边打麻将的陆引娟插了一句。

"我妈,也姓施啊。"沈富炳向颜晓潮透露道。

颜晓潮听后浑身来劲,忙追问:"小花姑父,你妈难道也姓施?叫什么名字?"

"施彩仙。"沈富炳坦言告诉颜晓潮。

"怎么写?"颜晓潮歪着头问。

"彩色的彩,仙女的仙。"沈富炳摸了摸下巴上的胡子,说。

"施彩仙早就去世了,"坐在麻将桌前的陆引娟说,然后告诉颜家爷爷奶奶,"她是我的婆婆。"

"小花姑父,你妈不在了吗?"颜晓潮有点儿惋惜地问。

"是的,去世七年了。"沈富炳回答。

"还有,小花姑父,"颜晓潮突然又想到一个话题,"你们崇明人,把'啥'叫作'蟹',还有没有其他地方的人,也把'啥'叫作'蟹'吗?"

"有的,除了吾俚崇明人,还有启东人、海门人以及宝山的石洞口人、浦东川沙的高桥人,都把'啥'叫作'蟹'。"沈富炳把他所知道的东西,毫无保留地告诉了颜晓潮。

提起浦东川沙,颜晓潮倒想起来一个人,隔壁聂家姆妈的亲戚里有位女孩子,以前经常来这里玩,说话口音就是川沙的,印象中那女孩也把"啥"叫作"蟹",他叫不出那个女孩的名字,只觉得她长得挺漂亮,皮肤有点黑,带有一些乡土气息,跟施竖兰差不多,不过已经很久没来这里了。颜晓潮打算有机

十九、崇明姓施的人最多

会遇见聂家姆妈,一定向她打听那位女孩的情况。

沈济青和储梦馨,这对恋人,正走在前往南福街善存里的路上。储梦馨见两手空空,就去探望未来的公婆,似乎不太礼貌,恰巧路边有家水果店,便准备进店买些水果。

"济青,你等我一下,"储梦馨在经过水果店门口时,示意沈济青停下脚步,"我去买些水果给你爸妈,空着手去,不太好。"

沈济青有些莫名的感动,但还是客气地说:"其实买不买都无所谓的,只要你去看我爸妈,他们就高兴。"

"做晚辈的礼节,还是需要的嘛。"储梦馨娇嗔道,随后扔下沈济青,自己一个人走进了水果店。

"好,买,"沈济青紧跟女友,"你等等我。"

进了店内,两人逛了一圈,储梦馨挑了一个大大的西瓜,又买了一紫一绿两串葡萄,都是她付的钱,沈济青帮忙拎西瓜。

走出水果店后,两人会心一笑。

当沈济青携女友储梦馨来到善存里第五弄时,在弄堂里乘凉的奶奶蒋桂宝不禁笑道:"济青回来了。"

沈济青朝颜家奶奶点头致意。

颜晓潮忙迎上去,拦住沈济青问:"听说你们分手,现在又和好啦?"

储梦馨面无表情,沈济青微笑地对他点点头。

见儿子带着准儿媳回来，沈富炳、陆引娟夫妇大喜，摆开桌子，端上早已准备好的饭菜，热情款待。陆引娟招呼储梦馨道："小储，你来了，就在家里吃晚饭，今天我买了很多菜。"

储梦馨朝未来的婆婆羞涩一笑，显得文静、内敛。

"爸，"沈济青叫父亲，"小储给你们买了点水果，一个西瓜，还有两串葡萄。"

"小储，你以后尽管来，来的时候千万不要买东西，都是自己人，不用客气的。"沈富炳告诉儿子的女友。

龚福娣见今天阁楼上姑姐屋内很热闹，而自己的女儿和黄兴凯已经很久没有回来过了，相比之下，她心里有些嫉妒，不停地在自己房门口，抬头向阁楼上张望。最后，她还是忍不住走上了阁楼，想探视一下情形。

"小储，这是我舅妈。"沈济青见龚福娣上来，向女友介绍道。

"舅妈，你好！"储梦馨问候了龚福娣，不过因害羞，声音很轻。

龚福娣佯装出一副亲切随和的样子，笑着对储梦馨说："见过面的，不用客气，大家都是一家人，随便点。"

沈富炳请龚福娣在阁楼上吃晚饭，龚福娣摆手谢绝道："我吃过了。"

陆引娟欣喜不已地对弟媳妇道："福娣，小储买来一些葡萄，你拿一些，还有一个西瓜，等下我切好后，给你送下去。"

十九、崇明姓施的人最多

龚福娣故意装清高,婉拒道:"不要,水果我家里有。"实际上,她见姑姐一副得意忘形的样子,心里很不爽,在阁楼上逗留了没几分钟,就下了楼。

第二天中午,沈富炳、陆引娟都不在家,龚福娣在厨房烧菜时,聂家姆妈向她打听昨天沈济青带女朋友回来一事,想不到触怒了龚福娣哪根敏感的神经,她一边拿脸盆洗菜,一边大声骂道:"有什么了不起的,算她媳妇比我女儿漂亮。"

下午,在龚福娣的屋内,摆上了麻将桌,爷爷奶奶应邀前去打麻将,此外还有刚回来的沈富炳和隔壁秦家阿婆。

其间,聂家姆妈走进龚福娣的房间,询问她本月煤气抄表的事。在她们交谈完后,在场的颜晓潮叫住了准备离去的聂家姆妈。

"聂家阿婆,你不打麻将吗?"颜晓潮问她。

聂家姆妈是上海南汇人,一口地道的浦东本地话:"伲(浦东话'我')不会。"

颜晓潮想打听她家亲戚中的一个川沙小姑娘的情况,便问:"你家亲戚里,有一个小姑娘,长得挺漂亮的,以前经常跟着你女儿来这里玩,怎么好久没来了?"

聂家姆妈一时愣住,想不起来是谁,便说:"我不知道你说的是谁,跟我女儿经常来的?好像没有吧。"

"怎么会没有呢!"颜晓潮有些纳闷,见聂家姆妈实在想不起来，便提示道："就是一个川沙小姑娘，说话带川沙口音的。"

一提到"川沙"两字，聂家姆妈顿时恍然大悟，连声道："哦，那是我女婿的侄女，我女婿的爸妈，是浦东川沙人。那小姑娘的小名叫萱萱，是吗？"

"对，是叫萱萱。"颜晓潮这才回忆起，激动地对聂家姆妈说。

"萱萱年纪跟你差不多，现在好像也在读高中。"聂家姆妈告诉颜晓潮。

"她怎么很久没来了？"颜晓潮疑惑地问。

"她是我女婿的侄女，跟我没多大关系的，以前我女儿、女婿住在这里时，她来看她的叔叔，现在我女儿、女婿搬走了，她还来干吗？"聂家姆妈回答颜晓潮，并问，"你问萱萱干吗？"

"我随便问问。"颜晓潮被问得有些心虚，说话底气明显不足，有些吞吞吐吐。

"你是不是想跟萱萱谈恋爱啊？"聂家姆妈瞪着双眼，紧紧地盯住颜晓潮，一语道破他心里的秘密。

颜晓潮被聂家姆妈说得不好意思，顿时有些脸红，脸颊微微发烫，但他拒绝承认道："没有，没有，我只是上次听小花姑父说，他们川沙人说话和崇明人一样，'啥'也叫'蟹'，才想起她。"他说完，还看了一眼在旁边打麻将的沈富炳，但沈富炳正聚精会神地在打麻将，没在意他和聂家姆妈之间的对话。

聂家姆妈见颜晓潮想抵赖，便扯高嗓门，狠狠教训他道：

十九、崇明姓施的人最多

"你还小呢，怎么可以谈恋爱啊？心思要放在读书上，知道吗？"

"嗯嗯。"颜晓潮一副嬉皮笑脸的样子，朝聂家姆妈点点头。

为了彻底断掉颜晓潮的念头，聂家姆妈向他摊牌说："我也很久没碰见萱萱了。你还在读书呢，不能想这种事的。"

颜晓潮想想还是算了，便点头答应聂家姆妈。

次日中午，颜晓潮听见陆家阁楼上有动静，好像来了客人，便上楼去张望。只见阁楼的房门敞开着，沈富炳正和两个农村打扮的中年男子坐在一起用崇明话交谈，晓潮心想：来者一定又是他们崇明的老乡。

每当遇见崇明人，颜晓潮总会有一些小小的激动，此时的他来到阁楼门口，把头探进去，用生硬的崇明话问沈富炳："小花姑父，来客人啦？伊俚也是崇明的？"

"晓潮，你进来，"沈富炳招呼颜晓潮进屋，等他进屋后，向他介绍道："他们都是崇明的，我的老乡。"接着，他指了指坐在靠门的一位，告诉颜晓潮："他也姓施。"

紧接着，施家永抬起头，望了颜晓潮一眼，并从口袋里掏出一盒香烟，欲给他发香烟。

颜晓潮见状，忙摆手谢绝："不好意思，我不会抽，谢谢！"

沈富炳忙向施家永解释："他比我儿子还小呢，在读书。"

施家永听罢，忙把烟盒放回了口袋。

"他对吾俚崇明很感兴趣，一直在学崇明话，他的老师也是崇明人，也姓施，所以他一直说吾俚崇明姓施的人多，我跟他说，我妈也姓施……"沈富炳笑容满面地对施家永说。

施家永点点头，随后也笑了一下。

颜晓潮见他们正在谈生意，不好意思打扰他们，便说："你们忙吧，我先回去了。"

施家永笑着对颜晓潮回应道："有空欢迎来吾俚崇明玩。"

几天后，颜晓潮在自家阁楼上，又听见从隔壁陆家的阁楼上传来什么声音，好像又有崇明的亲戚朋友来了。

出于好奇，颜晓潮连忙跑到隔壁阁楼上，去看热闹，结果见屋内有很多人。

沈富炳、陆引娟夫妇都在，此外，颜晓潮还见到了上次来过的郁洪辉。

"郁老板，你好！"颜晓潮上前跟郁洪辉打招呼。

郁洪辉便笑着对他点点头，说："你好！还记得我。"

颜晓潮见屋内还坐着一位农村打扮的中年大妈，体型微胖，便指着她，问其他人："这是蟹人？也是俚崇明的亲戚？"

陆引娟告诉颜晓潮："她是郁老板老婆的姐姐。"

"我是她的妹夫。"郁洪辉补充道。

中年妇女向颜晓潮点头笑笑。

"阿姨，你好！"颜晓潮主动问候对方，并问，"你姓蟹？也是姓施吗？"

十九、崇明姓施的人最多

"我不姓施,我姓丁。"中年妇女摆摆手道。

沈富炳向郁洪辉的姨姐解释说:"他一直说,我们崇明姓施的人多,我告诉他,我妈也姓施,叫施彩仙。"

"施彩仙,我知道的。"丁阿姨轻轻说了一声。

随后,陆引娟指着丁阿姨,对颜晓潮说:"丁阿姨的女儿,也在上海,今年就要从师范学校毕业了,未来要当外语老师的。她女儿的英语非常好。"

颜晓潮洗耳恭听,点头微笑。说起英语,他觉得初中时因得到闻老师的辅导,还行,现在高中是明显跟不上,学得一塌糊涂。

接着,丁阿姨对颜晓潮说:"我女儿,英语八级。"从她的话语和神态里,能看出,她很为自己的女儿感到骄傲。

"呵呵,"颜晓潮朝丁阿姨一笑,然后对小花姑父、姑妈说,"今天我又认识了一位崇明人。"

陆引娟听到这句话后,笑出声来。

郁洪辉开玩笑地问颜晓潮:"你到目前为止,你总共认识多少位崇明人了?"

沈富炳听见后,笑了一下,告诉郁洪辉:"他的老师也是崇明人。"

颜晓潮掰了掰手指头,想数一数,迄今为止究竟认识了多少崇明人,但算来算去,却算不清,情急之下只好估算道:"好像一共认识了十几个崇明人。"

芦粟依旧甜

"下次你到我崇明家里去玩,还可以多认识一些崇明人。"郁洪辉说话不乏幽默风趣。

沈富炳随即又告诉颜晓潮:"以后你去我们堡镇玩,我家和郁老板家正好是楼上楼下,你去了,住我家或他家都可以,郁老板有一个女儿,现在读初一。"

"好。"颜晓潮高兴地答应道,其实他是想再去崇明看一看。

自从那天郁洪辉来过后,颜晓潮便经常在弄堂里见到郁洪辉,差不多三五天就来一次,他心里奇怪:之前难得一见郁老板,最近怎么来得这么频繁?当然,他也没深究原因。

7月份,颜晓潮高二下学期结束,放暑假在家休息。每天晚上,他都去第五弄乘凉。

一天傍晚,颜晓潮在第五弄乘凉,见小花和黄兴凯回来了。好久不见小花,如今变成一头短发,头发的颜色没像以前颜色那么夸张,但也稍微染黄了些。黄兴凯没什么变化,仍是老样子,一套黑色的紧身衣裤,戴着金丝边眼镜。

在家的奶奶见到小花和黄兴凯,便随口对爷爷说了句:"小花的男朋友,怎么这么热的天还穿黑色衣服,而且衣服裹得那么紧,难道不热吗?"奶奶不懂年轻人的时尚,难以接受这种另类的风格。

爷爷朝后门外望了望,见小花穿得不像之前那么暴露了,便说:"小花现在穿衣服,好像比以前文雅些了。"

十九、崇明姓施的人最多

颜晓潮坐在弄堂里乘凉,碰见了沈济青和他的女友储梦馨,又见沈济青和黄兴凯碰面的时候,还相互点点头,算是在打招呼。

"你们现在说话啦?以前不是不说话的吗?"颜晓潮在旁边对沈济青"八卦"道。

黄兴凯不理睬颜晓潮,沈济青则对他一笑。

夜幕徐徐降临,天色渐渐暗下来。

郁洪辉、范根田,两位崇明的老板都来了,坐在弄堂里乘凉的沈富炳和陆引娟忙从屋内端出凳椅,让他们一起坐。

"郁老板,"颜晓潮问,"你以前不太来这里,最近怎么一直来?"

"我来,你欢迎我吗?"郁洪辉笑着反问颜晓潮。

"欢迎、欢迎。"颜晓潮应和道。

"你不就是住在前面卖米的那位范老板吗?"颜晓潮又转过身对范根田说。

"你记性倒是挺好。"范根田笑了起来。

"他记性确实不错。"沈富炳在一边承认道。

颜晓潮又问郁洪辉:"你住在哪里啊?"

"我住在徐汇区,大木桥路。"郁洪辉告诉他。

颜晓潮有点儿不相信,说:"那么远?我觉得你们崇明人,在上海市区,住在闸北、宝山一带的比较多,其他地方比较少。"

"谁说的啊?"郁洪辉不同意颜晓潮的这一观点,"像我就住在大木桥路。"

"那你每次来这里,岂不是很远?"颜晓潮心里存疑,这么远的路,真不知道他每次都是怎么来的。

话音刚落,笑声一片。

"以后我搬过来,跟你做邻居,好不好?"郁洪辉试探性地问颜晓潮。

"这里的房子都有人租了,你来了,住在哪里呢?"颜晓潮不解地问郁洪辉。听罢,沈富炳、陆引娟和范根田都笑了。

郁洪辉卖关子地对颜晓潮说:"这你不用去管它,我总有办法的。我现在问你,如果我跟你做邻居,你究竟欢不欢迎?"

"当然欢迎啊。"颜晓潮以为他是在开玩笑,觉得他问的都是些无聊话。

"那有什么表示呢?"郁洪辉又问。

"请你吃饭。"颜晓潮假装客气说。

善存里第五弄,笑声此起彼伏。闹了一会儿,范老板见时间不早了,便起身告辞:"快八点了,我先回去了,你们继续聊。"

"慢走,范老板。你卖米,米就是饭,所以你是'饭老板'。"颜晓潮同样幽默地吐出一句,在场的沈富炳等人笑得仰面朝天。

二十、济青搬家

郁洪辉和他的姨姐丁阿姨又来到善存里,这回是颜晓潮跟丁阿姨的第二次见面了,相互之间从陌生变得熟悉。

"这是我的女儿,丁影。"丁阿姨向颜晓潮介绍说。

颜晓潮瞧了一下面前的丁影,一头干练的短发,白皙的皮肤,大大的眼睛,高挺的鼻子,光从外表上看,根本看不出半点儿崇明农村人的样子,因之前听说她是师范毕业,教英语的,晓潮便颇为尊敬地问候她道:"丁老师,你好!"

丁影见颜晓潮的样子挺可爱的,忍俊不禁地笑了出来,随后答应说:"你好,弟弟!"

"听说你是英语老师?"颜晓潮问丁影。

丁影笑了笑,点点头道:"嗯,是的。"

这时,坐在旁边的陆引娟告诉颜晓潮:"丁老师的英语很好,你不懂的地方可以向她讨教。"

坐在旁边乘凉的陆引娟和颜家奶奶,相互聊了起来,陆引娟把郁洪辉他妻子的外甥女的一些情况,告诉了奶奶。不一会儿，爷爷来到后门口的第五弄，在陆引娟的引荐下，爷爷认识了郁洪辉和他的姨姐、外甥女。

之后，颜晓潮和爷爷奶奶回屋吃晚饭。

爷爷说："郁洪辉的外甥女丁影，长得挺漂亮的。"

奶奶接着说："郁洪辉这人不错，做生意赚了钱，供外甥女读书，直到把外甥女培养成大学生。丁影的爸，是上门女婿，所以她跟妈姓，她爸英年早逝，多亏了郁洪辉，资助她读书读到现在大学毕业。郁洪辉有一个女儿，现在读初中，丁影说了，当初姨父资助她读书，现在她工作赚了钱，也要供妹妹读书，来报答姨父的恩情……"

听爷爷奶奶说着，颜晓潮大致了解了郁洪辉家的情况。

当天晚上，吃过晚饭，颜晓潮去第五弄乘凉。那天，弄堂里热闹非凡，隔壁崇明人家里可谓是"人丁兴旺"，不仅沈济青和女友在，小花和黄兴凯也回来了，此外还有郁洪辉、丁阿姨和她的女儿丁影。

"这天太热，秋老虎。"黄兴凯在自来水龙头前拿着毛巾一边擦身，一边对旁边的沈济青说。

"听说明天，台风要来。"沈济青告诉黄兴凯。

颜晓潮听他俩的对话，虽带有崇明口音，但基本上能听懂。

没过多久，龚福娣从屋内跑了出来，来到后门口，问在弄堂里乘凉的陆引娟："争贤他人呢，到哪里去了？"

二十、济青搬家

陆引娟告诉弟媳，陆争贤带郁洪辉的女儿到外边的浴室洗澡去了，因为这里没卫生间，女孩子洗澡不方便。

先前，颜晓潮一直听他们说，郁洪辉有个女儿，在崇明读书，现在读初一，难道今天随父亲来玩了？于是，颜晓潮问陆引娟："小花姑妈，郁老板的女儿也来了？"

"嗯，放暑假，来玩几天，"陆引娟告诉颜晓潮，并问，"他的女儿，你见过没有？"

颜晓潮摇头，回答没有。

过了20分钟，从弄堂不远处传来一阵摩托车的马达声，并夹杂着一股汽油味，陆争贤骑摩托车把郁洪辉的女儿带回来了。在后门口，陆争贤先停稳车，然后让坐在他身后的郁洪辉女儿下车，只见小姑娘手里拎着一个鼓鼓的马甲袋，里面应该是洗澡替换下来的衣服，她的头发湿漉漉的，看情形，应该是刚洗过澡。

龚福娣听见弄堂里的摩托车声，知道是老公回来了，赶紧跑出去，对老公喊道："争贤，你回来啦！"像找老公有什么急事。

天色昏暗，但弄堂里有路灯，还能大致看清楚一个人的脸。颜晓潮见郁老板的女儿瘦瘦的，齐耳短发，相貌还可以，就是皮肤稍微有点儿黑。

"郁雨晴，你洗好啦？洗得舒服吗？"陆引娟问郁洪辉的女儿。

小姑娘有点儿内向,不太爱说话,就点头说了个"嗯"字。

这时,颜晓潮向陆引娟打听郁洪辉女儿的名字,因为他刚才听见陆引娟喊她,但不知道这几个字怎么写。

"雨晴,下雨的雨,晴天的晴,"陆引娟告诉颜晓潮,接着说,"小姑娘读书挺好的,开学要升初二了。"

"你好!"颜晓潮见郁雨晴正瞧着他,便主动上前跟她打招呼,谁知郁雨晴对他却不理不睬。

奶奶蒋桂宝从屋里走出来,正巧在弄堂里看见郁雨晴。颜晓潮乘凉后回家,问奶奶觉得郁老板的女儿长相如何,奶奶说:"挺好,像她爸。"

在颜家客堂间,一桌人围坐着,在打麻将。

沈富炳突然告诉爷爷和奶奶:"老爷叔、老亲娘,跟你们说,明天我们就要搬走了,回崇明去了。做了两年的邻居,彼此之间感情很不错,以后你们有空到我们崇明来玩。"

"啊?"爷爷惊呆了,忙问,"怎么要回崇明去了呢?"

沈富炳向爷爷说明情况:"我岳母,最近身体一直不太好,没人照顾,我老婆要回去照顾她。上海的生意,我不准备做了,都交给那个郁老板做了,崇明那边,就是上次来的那个龚成福龚老板,他叫我去他的厂里做。这里的房子,接下来郁洪辉租,他给他的外甥女住,他外甥女要在上海上班。"

"哦。"爷爷听了心里有些难过,致使打牌时注意力不集中,

二十、济青搬家

还出冲了一副牌。

洗牌的时候,沈富炳笑着安慰爷爷:"老爷叔,我们住在这里两年了,你对我们是最好的。我们搬走以后,有空还会来看你们的,你也可以带你的孙子,去我们崇明玩。"

"好的,一定再去你们崇明玩。"爷爷表示。

这时,颜晓潮从屋内走出来,缓步来到客堂间,他听见了刚才的消息,心情有些沉重,伤感地对沈富炳说:"小花姑父,你们明天就要搬啦?我舍不得你们啊!"

沈富炳笑着瞧了瞧颜晓潮,宽慰道:"晓潮,我们的感情还是在的,我写个我崇明家里的电话和地址给你吧,下次有空,你来我们崇明堡镇的家里玩。"

"嗯,好的。"颜晓潮赶紧找出纸笔,记下了沈富炳的地址和电话号码。

"你爱人呢?"奶奶见今天陆引娟没来,便问沈富炳。

"我老婆在家里整理东西,明天一早就搬。"沈富炳回答道。

颜晓潮关心龚福娣是否会搬,马上问沈富炳:"小花姑父,那么小花妈搬不搬?"

"他们不搬,暂时还是住在这里,阁楼以后就给郁洪辉的外甥女住了,他的外甥女,叫丁影,你们都见过。"沈富炳告诉颜晓潮。

第二天上午,正值放暑假的颜晓潮睡了个懒觉,直到 11 点钟才醒来。起床后，爷爷告诉他，小花的姑父、姑妈已经搬走了。见孙子有些闷闷不乐，颜永仁安慰孙子说："小花妈还在呢。等下次有空，我跟小花姑父联系一下，我们到他们堡镇去玩一次。"

小花的姑父、姑妈搬走后，颜晓潮感到非常失落，为了珍惜尚住此地的小花妈，便不时在家夸赞小花妈长得好看，并希望小花妈不要搬走，能和崇明人做永远的邻居。

颜泽光认为儿子的话很幼稚，便当即给儿子泼了一盆冷水："这不可能的，不可能永远做邻居，他们当初在这里租房子，有两个目的：一是在这里做生意，二是为了女儿读书。现在女儿不读书了，但生意还在做。如果以后生意不做了，或者有什么变化，比如他们杨树浦那边的房子动迁，他们还是会像他们的姐姐、姐夫那样，搬走的。"

听了父亲的这一番话，颜晓潮的心里很不是滋味。说实话，他明白这个道理，希望跟小花妈永远做邻居，无非是一种美好的愿望罢了。

几天后，临近中午时分，颜永仁回到家兴冲冲地告诉孙子，在弄堂口旁边的申江宾馆二楼，新开了一家饭店，经营各种炒菜和盒饭，盒饭一大荤一小荤和两个素菜，才五块钱，说带孙子去吃。紧接着，颜晓潮跟随爷爷去了申江宾馆二楼，见盒饭摊生意兴隆、食客络绎不绝。颜晓潮点了一份糖醋排条、一份

二十、济青搬家

香肠炒蛋和海带丝、卷心菜两个素菜,爷爷在一边付钱,然后打包带回家。

饭店主管是一位 20 多岁的小姑娘,颜晓潮听她说话的口音,像崇明人,便说:"我听你的口音像崇明人。"

小姑娘声音软绵绵地说道:"我是崇明人呀。"

"你是崇明哪里的?"颜晓潮问。

"大同镇。"小姑娘大方地回答道。

"你姓施吗?"颜晓潮又问。

"我不姓施,我姓余。"小姑娘说。

颜晓潮继续问:"你们这里有没有崇明菜?"

小姑娘不紧不慢地说:"盒饭里是没崇明菜的,炒菜里有,像崇明的金瓜、毛蟹、芋艿头……"

"你是这里的老板吗?"爷爷上来问小姑娘,因为看上去,整个饭店都是她在张罗。

"哦,不好意思,我不是老板,"小姑娘声音甜甜的,然后指了指前面的那位中年男士,"他是老板,老板是我的舅舅。"

爷爷和颜晓潮顿时将目光转向老板。老板见有客人找他,便满面笑容地迎了上去。

"你是老板啊?"爷爷主动跟老板握手。

颜晓潮在旁边跟爷爷轻声耳语:"爷爷,这老板像不像小花的姑父?"只见爷爷笑着点了点头。

在拿着打包盒饭回家的途中,爷爷告诉孙子,刚才申江宾馆二楼饭店的老板确实长得有些像小花姑父,身材同样魁梧高大,并称他们的盒饭性价比挺高。回家后,颜晓潮吃着买来的盒饭,觉得味道相当不错。爷爷尝了一口糖醋排条,连连称赞。爷爷把申江宾馆饭店老板跟沈富炳长得像的事告诉了奶奶,并向孙子允诺,等过段时间有空,跟小花姑父联系一下,邀请他们回来玩,顺便请他们去申江宾馆吃顿饭,跟老板也好碰头认识认识。颜晓潮觉得爷爷的这个主意不错,当场向爷爷竖起了大拇指。

在48号住处,龚福娣跟丈夫陆争贤闲聊起来。

"喂,"龚福娣对老公说,"我问你呀,现在你姐姐、姐夫搬走了,阁楼上就给郁洪辉的外甥女住了吗?"

"嗯,"陆争贤点点头,对老婆说,"郁洪辉这几天在,今天上午,我还碰见他,他说他外甥女丁影,过几天正式搬过来。"

过了一会儿,陆争贤见烟灰缸满了,到弄堂里去倒烟灰,正巧在后门口碰见颜永仁,两人相互打了招呼。

爷爷问陆争贤:"你姐姐、姐夫搬走后,回来过吗?"

"没回来过,但听我姐夫说可能过几天会来一次。"陆争贤向爷爷透露道。

爷爷听后大悦,说:"等他来了,你跟我说一下,上次他叫我带孙子去他们堡镇白相。"白相是上海话,意思是"玩"。

"呵呵,"陆争贤笑出声来,答应道,"好的。"

二十、济青搬家

各自回屋后,爷爷得知沈富炳过几天要来,便想着给他打个电话,准备邀请他和他儿子济青一起去弄堂口的申江宾馆吃饭。其实爷爷这么做,一是想和他们维系感情,二是为了满足孙子的好奇心理,想让沈富炳跟申江宾馆的老板见个面,相互认识一下,当场比比看,两个人究竟长得像不像。于是,爷爷拨通了沈富炳家的电话。

"小花姑父。"颜永仁在电话里问候道。

沈富炳一听是原先隔壁老爷叔打来的,格外激动,提高嗓音道:"老爷叔,好久不见了,我过几天,要到善存里去一次。"

"嗯,我今天听小花爸说,你过几天要来,所以提前给你打个电话。"爷爷笑着说。

"我会去的。"沈富炳诚恳地表示。

"你带你们济青一起来嘛,"爷爷希望他们父子俩同行,"等你们来了,我请你们吃饭,我们弄堂口的申江宾馆,现在新开了一家饭店,老板也是崇明人。"爷爷边在电话里说,边回头朝身后的孙子眨了眨眼睛。

"好的,好的,"沈富炳连声答应,随后又说,"老爷叔,你有空也带你孙子来崇明玩,到我家里住。"

"好,等天凉快一些吧,"爷爷觉得最近太热了,并问,"小花姑妈在不在?"

"我老婆在乡下家里,在照顾她的母亲。"沈富炳告知道。

傍晚,在善存里第五弄,段银红在水斗前洗菜,跟已经搬来这里租房的丁影碰见,丁影则在一旁洗衣服。

段银红通过和丁影交谈,初步了解到她的一些情况。不一会儿,颜晓潮来到后门口,段银红见儿子出来了,便叫住他。

"晓潮,这位姐姐,英语很好的,八级,你英语不懂,可以问她。"因为儿子的英语成绩不好,段银红特意提醒儿子。

这已是颜晓潮和丁影的第二次见面了。

"弟弟,你好!"丁影向颜晓潮问候道。

"是丁老师啊,我们又见面了。"颜晓潮愉快地说。

"是呀。"丁影边拧干漂洗完的衣服,边说。

这时段银红插话道:"我儿子开学要读高三了,英语成绩一直不太好,如果你有空,方便的话,能否辅导一下我儿子?他对学习英语没有兴趣,对你们崇明话,却是兴趣浓厚。唉,精力都不放在主要的事情上,主次不分。"

段银红说了一大堆话,丁影的衣服已经洗完,她收起塑料盆,笑着对段银红说:"阿姨,我平时要上班,没空给别人补课。如果他真的遇到英语上不懂的问题,可以来问我。要想学好英语,兴趣很关键,如果自己不想学,别人是很难帮上忙的。像英语在高考中,还是比较容易抓分的。"

"听见姐姐说了吧,英语在高考中是抓分的,"段银红以训诫的口吻,严肃地对儿子说,"开学要读高三了,希望你的心思多花在学习上。"

二十、济青搬家

为了让母亲放心，颜晓潮对丁影说："丁老师，如果我以后英语碰到不懂，就来问你。"

"好的。"丁影客气地答应道。

"丁老师，"颜晓潮想问她一些其他方面的事情，"你的师范是在哪里读的？"

"华师大。"丁影回答道。

"是专科还是本科？"颜晓潮继续问。

"本科。"丁影说。

颜晓潮一听是本科，顿时对丁老师肃然起敬，打心眼里佩服她的实力，接着又问："那你现在是英语老师吗？"

段银红在旁边，见儿子问得太多，忙批评儿子："不要像包打听那样打破砂锅问到底。"丁影听后笑了。段银红抱歉地对丁影说："我儿子就是喜欢管闲事。"

丁影笑道："没关系的，让他问好了。"

既然丁影都这么说了，颜晓潮更加理直气壮，继续问道："丁老师，你现在没做老师吗？"因听说她没当英语老师，而是在一家外资企业上班。

"没有，"丁影当场摇头，当段银红问她现在在哪里工作时，她说："我现在在西门子公司上班，浦东金桥那边。"

"你们师范生，毕业前肯定要去学校实习吧？"颜晓潮问。

"嗯，要实习，我是在市立女中实习。"丁影回答。

"是教初中还是高中？"颜晓潮问丁影，并附带说了一句，

"你是本科学历,可以教高中的。"

"嗯,可以教高中,但实习的学校是初中,"丁影告诉颜晓潮,然后她回忆起实习期间三个月的教学经历,感慨颇深,便对他们母子说:"市立女中的女孩子,个个都很聪明,才思敏捷,反应灵活,接受能力都很强。"

8月初的一天中午,沈富炳和儿子沈济青,趁外出办事之际,故地重游,回到了阔别多日的善存里。此时,将近中午11点,爷爷见他们来到了后门口,忙招呼他们进屋。颜晓潮看见他们后,高兴万分,跟小花姑父握手,跟沈济青来了个大大的拥抱。

颜晓潮见在沈济青旁边,还有一位戴眼镜的小伙子,便问:"济青,这是谁?"

"哦,这是我中专的同学,陈铭。"沈济青介绍道。

颜晓潮上前跟陈铭握了握手,说:"欢迎,欢迎!"

"谢谢。"陈铭点头表达敬意。

"听你的口音,也是崇明的,崇明哪里?"颜晓潮问陈铭。

陈铭回答道:"向化镇。"

"那好呀,今天我又多认识了一位崇明人。"颜晓潮开玩笑道。

三人皆笑起。爷爷见吃午饭的时间到了,便邀请他们三位,去弄堂口的申江宾馆二楼吃饭。

二十、济青搬家

一到那里，上次那位姓余的小姑娘就在门口招呼他们："今天你们几位？"

"五位，"颜晓潮告诉她，并指了指身旁的三人，对余姑娘说，"他们是你老乡，也是崇明的。"

"哦，也是崇明的啊！你们好，请里面坐。"余姑娘用略带崇明口音的上海话，问候他们，并引导他们进店入席。

"你舅舅今天不在？"爷爷未见老板，便问。

余姑娘道："哦，不好意思，今天我舅舅有事出去了。"

"哦，"爷爷叹了一声，感到有些遗憾，随后跟沈富炳解释说，"这里的老板，也是崇明人，我孙子说，跟你长得有点儿像，我看了看，确实是有点儿像。"

沈富炳听后，莞尔一笑。

五人入座后，余姑娘递上菜单，让客人们点菜。颜晓潮急着问她，菜单里有没有崇明特色菜，余姑娘道："有的呀，在后面。"说完，她把菜单翻到最后几页。

爷爷接过菜单，让沈富炳和沈济青父子点菜，称喜欢吃什么随便点。沈济青让老爸点菜，沈富炳看了一下菜单，点了几道菜，陈铭没点，菜单又回到爷爷手里，爷爷又让孙子点了几个菜。随后，爷爷还吩咐余姑娘，拿几瓶啤酒和饮料。

不多时，几道冷盘上桌，有凉拌金瓜、香干马兰头、盐水鸭舌、老醋海蜇、农家草鸡等，爷爷招呼大家动筷吃起来，并为沈富炳开了瓶啤酒。

"晓潮,我们搬走后,你想我们吗?"席间,沈富炳问道。

"当然想,所以今天请你们来吃饭。"颜晓潮机智地回答。

桌边顿时响起一连串笑声。

这时,余姑娘端上热菜,先上了一道响油鳝糊,爷爷请沈富炳趁热先吃,颜晓潮一个劲地让沈济青和陈铭多吃点。那天,陈铭只是陪沈济青来做客的,因为第一次来,显得有些拘谨。

"听你爸说你在考英语中级?成绩出来了吗?"颜晓潮关心地问沈济青。

沈济青看了看坐在旁边的陈铭,两人互视笑了下,然后说:"考了,但成绩还没出来。"

余姑娘又来上菜,是香菇菜心。

"晓潮,你什么时候跟你爷爷来我们崇明玩?"沈富炳客气地问道。

"等开学前去一次吧。"颜晓潮想了想后,回答说。他确实想去济青家看看,因为他没有去过堡镇。

"好的,你们来之前,给我打个电话,反正我家里的电话号码和地址,你们都有。"沈富炳对爷爷和颜晓潮真诚地说。

"我很喜欢你们崇明。"颜晓潮发自肺腑地说道。

大家笑起,沈济青告诉他:"崇明今后在发展旅游和建设绿色生态岛方面会大有作为。"

交谈了一会儿,余姑娘上了一道颜晓潮点的菜——椒盐牛蛙。沈富炳见这么多菜,便对爷爷说:"老爷叔,你点这么多菜

二十、济青搬家

啊？快吃不下了。"

"慢点儿吃，你们来看我，我高兴。"爷爷告诉沈富炳。

最后，爷爷去买单的时候，再次问余姑娘，老板是否回来了。小姑娘回答爷爷，她舅舅今天有事出去了，不会回来了，爷爷只好死了这条心。

虽然没能让小花姑父和饭店老板见面，但他们来吃饭，已经是给足了面子，爷爷和颜晓潮都显得特别高兴。爷爷特意嘱咐孙子："以后你要叫济青爸爸，不能再喊小花姑父了。"

谈起这家申江宾馆的崇明菜，沈富炳细细品尝下来，觉得还不是很正宗。他离开饭店前，在店门口对爷爷和晓潮评价道："这里的崇明菜，还没把崇明菜的真正特色给烧出来。你们想吃正宗的崇明菜，下次一定来我们堡镇。"

二十一、去堡镇做客

下午,颜家爷爷邀请陆争贤到家里打麻将,陆争贤一走进颜家的客堂间,就被颜晓潮缠住,晓潮左一个"小花爸"、右一个"小花爸"的,叫得格外亲热。紧接着,乱七八糟的问题一大堆。

"小花爸,上次你说,你以前是在民本中学读书的,是吗?"颜晓潮没话找话。

陆争贤抽着烟,应付地回答道:"是啊,民本中学。"

"小花爸,我前几天经过附近的宁波路顾家弄,看见有条叫沪崇专线的班车,停靠在那里,每天一班,中午11点发往崇明跃进农场,我问过班车司机,他说是从石洞口摆渡然后到新河码头上岸,这样看,你们回家乘这趟车还是挺方便的……"颜晓潮出于对崇明的热爱,始终关心有关崇明的事,滔滔不绝地对陆争贤说着。

陆争贤有些心不在焉地说:"好像是有这班车,不过我没乘过,具体不清楚。"

二十一、去堡镇做客

颜晓潮又来一个问题，问："小花爸，丁影住在这里，听说她还在外面学德语啊？是不是她上班的西门子公司是德国人开的，所以要学德语？"

面对此问题，陆争贤有些哭笑不得，因为他并不清楚，他点点头，敷衍颜晓潮道："听说她是在学德语。"

这时，住在对面的龚家姆妈来了，爷爷喊来陆争贤，然后两人一起搬桌子，开始打麻将。

牌局开始没多久，陆争贤突然想起一件事，对爷爷说："老爷叔，前几天，我把我家三个人的户口，从崇明迁到杨树浦我岳父那里了。"

"哦，那好。"爷爷替他高兴道。

接着龚家姆妈向陆争贤表示祝贺："你们户口都迁过来啦？那恭喜了，以后你们就是上海人了。"

"崇明人本来就是上海人。"在旁边的颜晓潮对龚家姆妈的说法有所异议，嘴里嘀咕了一句。

屋内顿时鸦雀无声。

向往崇明的颜晓潮，认为崇明天蓝水绿，一派田园风光，是一座宜居的生态型海岛，对岛上居民离开景色优美的家乡，涌入城市的钢筋水泥之地感到痛惜，于是对陆争贤说："小花爸，我觉得，你们没必要把户口迁出崇明，崇明空气好、环境好，我还想跟济青对换户口，住到你们崇明去，做崇明人呢。"

对颜晓潮这一语出惊人的观点，陆争贤心里难以苟同，思忖片刻后，他还是决定反驳，便对颜晓潮说："你的这种想法不对。"

"为什么不对？"颜晓潮反问陆争贤。

"你要懂得，人往高处走，水往低处流。"陆争贤掷地有声地抛出他想要说的心里话。

颜晓潮对陆争贤的这番话深感失望，他随即问小花爸："如果你们都到上海市区来，那么崇明岛上岂不是没人了吗？以后崇明岛还靠谁去发展？"

"这个事情，用不着你来操心，"陆争贤说这话的时候，板着脸，表情严肃，接着又对颜晓潮说了一句，"好像我们崇明的事情，你样样要管嘛。"

颜晓潮感到屋里的"火药味"有些浓烈，但他怀着对崇明的一片赤子之情，告诉陆争贤："我喜欢崇明，以后想当崇明县的县长。"

"你要当崇明县的县长，基本没这个可能，因为县长只有一个，"陆争贤的语气很生硬。

爷爷见陆争贤的嗓门响起来了，便提醒孙子："晓潮，你跟小花爸说话，礼貌一点。"

颜晓潮感觉自尊心受到了伤害，但他既没有跟陆争贤争吵，也没对爷爷发脾气，而是选择了沉默，一个人偷偷地跑到阁楼上，暗自伤心。刚才争执的时候，晓潮的父母都在房间里，都听见了他们之间的对话，却没吭声，晓潮也对父母遇事袖手旁

二十一、去堡镇做客

观，无动于衷，不肯站出来为儿子说话而感到失望。

为了宣泄压抑的情绪，颜晓潮坐到阁楼上的写字桌前，拿出钢笔和信纸，给远在崇明的沈济青写了封信，讲述了刚才发生的不愉快一幕。他在信里告诉济青，他非常热爱崇明，希望以后能在崇明生活，脱胎换骨变成真正的崇明人，并表示愿为崇明岛的乡村振兴和生态建设奉献自己的青春和热血。

几天后，颜晓潮在家，接到了沈富炳打来的电话。

"晓潮，我是济青的爸爸，你什么时候来崇明玩？我们等你。"沈富炳在电话里，和蔼可亲地对颜晓潮说。

"好的，我过几天就去，"颜晓潮承诺，接着又问，"济青在吗？"

"济青在，我叫他听电话。"沈富炳把话筒转交给身旁的儿子。

"喂，是晓潮吗？"沈济青接到颜晓潮的电话，显得很高兴，并告诉他，"你写的信，我们已经收到了，怎么，你跟我舅舅闹别扭了吗？"

"没什么，"被沈济青这么一问，颜晓潮觉得有些尴尬，不过他不想再提那件事，便回避道，"我过几天去你们堡镇玩，下了码头怎么走？麻烦你告诉我。"

沈济青把颜晓潮准备来崇明玩的想法转告了父亲，父子俩交换了一下意见后，他告诉晓潮："你出了堡镇码头后，叫一辆三轮车,直接开到海葵新村94号,就可以了。"

"哦,我知道了。"颜晓潮说。

这时,沈富炳走过来,接过儿子手里的电话,对颜晓潮说:"晓潮,你爷爷在吗?让你爷爷听电话。"

爷爷起初有些推三阻四,但最终还是拗不过孙子,上前接听了。在电话里,爷爷告诉沈富炳,自己最近左腿静脉曲张发作,走路脚痛,行动不便,如果到时无法去,就由孙子全权代表。

爷爷最终还是未能出门,颜晓潮决定独自一人前往崇明堡镇。出发前,他跟沈富炳打了电话,确认了抵达的时间。当沈富炳得知爷爷不能来时,感到有些遗憾。

那天早上,颜晓潮先驱车前往石洞口码头,然后买了驶往堡镇的船票。一路上,他手拎两个马甲袋,里面各装着一个哈密瓜,这是他为沈富炳和郁洪辉两家准备的伴手礼。之前,听沈富炳说,郁洪辉家就在他家的楼下。颜晓潮想趁这次机会,一方面看望济青全家,另一方面顺便拜访一下郁老板。

颜晓潮在石洞口码头坐的是快艇,不一会儿就抵达了崇明的堡镇码头。出码头后,他叫了一辆路边的三轮车,告诉车主,去海葵新村94号。

经过一上午的奔波,颜晓潮终于在中午11点到达了目的地。出门前,听沈富炳说他家住503室,郁老板家在303室,

二十一、去堡镇做客

于是他先上三楼，找到了 303 室，然后敲起了郁老板家的门。正在家里看电视的郁雨晴闻声后出来开门，这是颜晓潮和郁雨晴的第二次见面。

"郁雨晴，"颜晓潮喊道，并问，"你爸妈在家吗？"

郁雨晴不吭声，就摇了摇头，表示爸妈不在家。

"我到楼上的济青家去玩，顺便来看看你们，"颜晓潮向郁雨晴说明来由，接着又问，"就你一个人在家吗？"

郁雨晴始终不跟颜晓潮说话。

颜晓潮有点儿失望，"我买了一个哈密瓜给你们。"他淡淡地告诉郁雨晴。

"哦。"郁雨晴就说了这么一个字，声音轻得像蚊子。

颜晓潮见自讨没趣，就把哈密瓜放在了她家门口，随后上了五楼。这是一栋老式的六层步梯公房，建造已有些年代。

来到五楼，颜晓潮按了 503 室的门铃。沈富炳闻讯前来开门，见到晓潮，说："来啦？快里面坐。"

"济青爸爸，我给你们买了一个哈密瓜。刚才在楼下，我也送了一个给郁老板。他们夫妻不在家，女儿在。"颜晓潮进门时，脱下鞋，换了双他们家的拖鞋。

进屋后，颜晓潮见到了陆引娟、沈济青母子俩。此外，屋内还有一位满头银发、身材清瘦的老太太和一位戴眼镜的瘦小伙子。陆引娟介绍，老太太是她的母亲，也就是小花的奶奶。

"阿婆，你好！"颜晓潮颇有礼貌地问候了老人。

老人上了年纪,听不清楚颜晓潮的话。紧接着,陆引娟凑到她母亲的耳朵边,大声说:"他叫晓潮,是从上海来的。"

"哦,原来是上海人,"老人嚅嗫着,并对女儿吩咐道,"你喊客人坐。"老人说话时口齿有些含糊不清。

"这位是'蟹'人?"颜晓潮指着屋内那位戴眼镜的瘦小伙,用崇明话问沈济青。

沈济青说:"他叫顾蒙,是我的表弟。"

随后,颜晓潮和顾蒙,相互握手致意。接下来,只听顾蒙用崇明方言对沈济青说了一大堆话,反正颜晓潮在旁边,一句话都没听懂。他苦笑着告诉济青,顾蒙刚才说的崇明话,他一句都听不懂,济青哈哈大笑。

准备吃午饭了,沈富炳亲自下厨,给颜晓潮烧了一桌地道的崇明菜,有白切鸡、小葱炒鸡蛋、凉拌金瓜丝、清蒸鲫鱼、红烧扁豆、酒香草头等。六个人围坐在桌边,开始吃起来。

"我们这里的崇明菜,你还吃得惯吗?"在饭桌边,沈富炳问颜晓潮。

"嗯,吃得惯。"颜晓潮回答。

"我烧的崇明土菜,应该说味道还是可以的。"沈富炳对自己的厨艺,还挺自信。

"嗯,不错。"颜晓潮边吃菜,边说。

"喜欢吃,就多吃点儿。"沈富炳客气地招待颜晓潮。

"晓潮,你爷爷怎么没跟你一起来?"陆引娟端着饭碗问道。

二十一、去堡镇做客

"爷爷说脚痛,所以没来。"颜晓潮告诉小花姑妈。

"老爷叔跟我打过电话了,是说脚痛。"沈富炳向妻子说明。

"唉。"陆引娟叹了一声气,仿佛觉得很遗憾。

"上海人来了,你叫他多住两天。"老人在旁边对女儿说,虽然老人口齿不太清楚,但颜晓潮还是听懂了。

"知道了,"陆引娟回应母亲,然后对颜晓潮说,"晓潮,你既然来了,就在这里多住几天嘛,让济青陪你玩玩,崇明好玩的地方多着呢,比如崇明学宫、金鳌山、寒山寺、东平森林公园。"

"不去了,东平森林公园以前去过的。现在天气有点儿热,我就在你们家待一天,明天一早回去。"颜晓潮婉言谢绝道。他本想当天下午就走,但感到时间有些仓促。

"你明天就回去啊?"沈富炳惊讶地问颜晓潮,随后劝他说,"在我们家多住几天嘛。"

"不了,济青爸爸,我明天一早回去,如果回去晚了,怕爷爷奶奶担心。"颜晓潮阐明理由。

"那好吧,随便你。"沈富炳没勉强他。

吃好午饭,陆引娟把老人安顿到房间里,让老人家午睡,然后和丈夫一起,收拾饭桌,到厨房里洗涤碗筷。等忙完后,沈富炳问颜晓潮,下午是否要出去玩一下。颜晓潮觉得烈日当空,天气炎热,表示待在家里算了。为打发下午的时间,夫妇俩和儿子沈济青,陪颜晓潮打起了扑克牌。

顾蒙闲着无聊,就在房间内看电视。没想到,时间过得很快,不一会儿,就到了下午四点。

颜晓潮觉得玩了一下午的扑克牌,打得过瘾,就是坐的时间有些长,屁股开始发麻,并且腰酸背痛。

之后,沈富炳建议颜晓潮跟沈济青和顾蒙一起去外面走走,此刻颜晓潮也正想去附近逛一逛,看看这里的风景,呼吸一下崇明岛新鲜的空气。

就这样,沈济青和顾蒙两人,陪着颜晓潮,出门下楼,在海葵新村周围兜了一圈。外面下过一场短暂的雷阵雨,因此户外的地面还是湿的,但经过雨水的荡涤之后,地面被冲刷得很干净,空气变得格外清新怡人,树枝上,还不时传来鸟叫声。

三个年轻人走在一起,轻松地闲聊起来。

"这里的空气很清新,鸟语花香。"颜晓潮赞叹道。

"喜欢我们崇明吗?"沈济青问。

颜晓潮马上点点头,道:"喜欢。"

沈济青和顾蒙都笑了。

"堡镇在崇明,也算是一个大镇吧。"颜晓潮问道。

"嗯,崇明第二。"沈济青告诉他。

"城桥镇是第一吗?"颜晓潮问。

"城桥是县城,当然排第一。"沈济青说。

"那么你舅妈家的新河呢,算第三吗?"颜晓潮又问。

二十一、去堡镇做客

"呵呵，"沈济青笑了，不确定地回答道："应该是排第三吧。"

三个人绕着海葵新村走了一圈，途中，郁洪辉的妻子带着女儿郁雨晴，迎面走来，跟他们三个小伙子撞见。

颜晓潮不认识郁洪辉的妻子，但郁妻知道他，马上笑着对他说："你来啦！谢谢你今天送来的瓜！"

"你是郁雨晴的妈妈吧？"颜晓潮这才反应过来，郁雨晴的妈妈谈不上很美，但有贤妻良母的气质。

"嗯，欢迎你来吾俚堡镇玩，"郁妻点点头，笑着回应道，并嘱咐沈济青和顾蒙，"你们俩好好陪陪他。"因为她要带女儿出门，寒暄几句后，便向他们告辞了。

"你上次的英语考试，通过了吗？"颜晓潮关心地问沈济青。

"没通过，"沈济青吐了吐舌头，显得有些无奈，"我只考了47分，50分是及格线。"

"你不懂去问丁影嘛，她英语很好，专业八级了。"颜晓潮跟沈济青开玩笑。

"不去问了，这个成绩对毕业没什么影响。"沈济青觉得这个英语考试及不及格都无所谓。

"上次丁影跟我妈说，她虽然英语好，八级水平，但跟外国人沟通还是有困难的，她说老外说的英语，真的听不太懂。"颜晓潮告诉沈济青。

"她英语八级，应该听得懂的。"沈济青认为。

"你奶奶也姓施?"颜晓潮突然问沈济青,见对方点头后,便说,"你们崇明姓施的人最多了。"

顾蒙道:"姓施的人是最多,以前一个班里,姓施的同学起码有七八个。"

"你的女朋友呢?"颜晓潮问沈济青。

沈济青回答道:"她是南京人,最近回南京了。"

"我觉得你女朋友,比小花漂亮,我爷爷奶奶都这么说。"颜晓潮夸赞道。

沈济青笑了起来,说:"是吗?你们真的这么认为?我怎么觉得她长相很一般啊?"说完,三个人开怀地笑了。

海葵新村虽是镇上的公房小区,但住户大多是堡镇当地的农民,这些农民仍保留了种菜的习惯。颜晓潮在小区的一处公共绿地里,看到了住户自己种植的蔬菜。沈济青告诉他,那些是丝瓜。晓潮听后点点头,又长知识了。

回到沈富炳的家里,开始吃晚饭。晚饭延续了中午的菜,但沈富炳又特地加了几个新菜,比如红烧带鱼、盐水鸭,颜晓潮吃得很满意。在餐桌边,老人边吃饭,边对女儿说了句:"他是上海人,我认得出。"

夜幕降临,天色渐暗,颜晓潮知道今天是不可能返回上海市区了。沈富炳建议颜晓潮,今晚就在他家住上一晚,明天一早回去,颜晓潮表示同意,他本来就这么打算,但要跟家里打

二十一、去堡镇做客

个电话。

"老爷叔,我是沈富炳,"沈富炳拨通了颜家的电话,听到是爷爷接的,马上说,"你孙子在我家里,今天晚了,就让他在我家住一晚,明天回来,我这里可以睡的,你放心好了。"

"麻烦你,不好意思,小孩子不懂事,"颜永仁在电话里向沈富炳抱歉道。

"他挺乖的,蛮懂事,"沈富炳委婉地说,见坐在旁边沙发上的颜晓潮想跟爷爷通电话,便说,"你孙子要跟你讲话。"随后,把电话的听筒递给了他。

"爷爷,今天太晚了,没船了,赶不回来了,我在济青家住一晚上,明天一早回来。"颜晓潮在电话里对爷爷说。

爷爷有些担心孙子,叮嘱孙子说:"你明天一定要回来啊,你不回来,爷爷不放心。"

这时,奶奶蒋桂宝抢过老伴的电话,焦急万分地对孙子说:"晓潮,你快回来,不能住在别人家里,不要去麻烦人家。"

"现在没船了呀。"颜晓潮无奈地说道。

沈富炳听出电话那头爷爷奶奶的顾虑,便上前接过颜晓潮手里的电话,告诉奶奶:"老亲娘,你孙子现在在我家里,明天一早就回去,你和老爷叔都放心好了。"

"不好意思,给你们添麻烦了。"奶奶深表歉意,颜晓潮在旁边能清楚地听见电话里传出的奶奶声音。

挂了电话,沈富炳对颜晓潮道:"我跟你爷爷奶奶都说过了,你今天晚上就在我家里住一晚，没事的，明天一早你回去，我送你到码头。晚上，你跟济青睡好了。"

"不了，我就打个地铺吧。"颜晓潮不想太麻烦他们。

"睡地铺，晚上冷的。"陆引娟回头对外边客厅里的颜晓潮说道。

"没关系，就一个晚上，明天一早我就走，回去晚了，爷爷奶奶要担心的。"颜晓潮心意已决。

沈富炳本想劝颜晓潮别睡地铺，但在他的执意要求下，只得给他在自己儿子睡的大床底下，铺了一张草席，并准备了一个枕头和一条毛巾毯。

颜晓潮刚要睡觉，沈济青和顾蒙开始玩游戏机，他们把游戏卡插到游戏机上，然后把游戏机视频线连接到电视机上，他们最喜欢打的是枪战游戏"魂斗罗"。

"晓潮，你跟他们一起玩游戏机嘛。"沈富炳对还未睡着的颜晓潮说。

"不了，今天不早了，我累了，想先休息了。"颜晓潮对玩游戏机不怎么感兴趣，见沈济青和顾蒙玩得如此投入，不想打扰他们的雅兴。

为了让晓潮安心休息，沈富炳关掉了一盏电灯，室内的光线一下子暗下来了。伴随着游戏机的背景音乐声，晓潮不知不觉进入了梦乡。

二十一、去堡镇做客

　　第二天清晨，颜晓潮迷迷糊糊地醒来，见墙上的挂钟已7点多，忙起床。沈富炳为他准备了牙刷、牙膏和毛巾，让他到卫生间洗漱。洗漱完毕后，颜晓潮准备离开，沈富炳将他送到码头。临走前，颜晓潮跟还躺在床上睡觉的沈济青说了声"再见"，陆引娟因去菜场买菜，没在家中。

　　沈富炳下楼后，喊了一辆三轮车，亲自把颜晓潮送至堡镇码头。路上，沈富炳问晓潮，是否要停下来吃些早点。颜晓潮摇头说："不了，等到了船上再买些饼干吃。"来到码头，颜晓潮见有很多摊贩，推着自行车，在卖甜芦粟。沈富炳看出晓潮的心思，对他说："我给你买两捆甜芦粟，你带回去。"

　　颜晓潮手里拎着济青爸爸送的甜芦粟，在码头前跟他挥手告别，并请他代为问候济青妈妈和郁老板一家。沈富炳说："你回去的路上注意安全，我会把你的问候转达给他们的。"

　　回程的船票，是从堡镇驶往吴淞码头的。吴淞码头离市区最近，乘坐公交车也方便，颜晓潮心中窃喜。

　　最终，在中午12点，颜晓潮拎着两捆甜芦粟，回到了家里。爷爷奶奶见孙子平安归来，高兴万分，见沈富炳还送了两大捆甜芦粟，忙给老沈拨去电话，向他表达了由衷的感谢。

二十二、 寄出的绝交信

此次去崇明堡镇，对沈济青一家的热情招待，颜晓潮十分感激。但谈到郁洪辉的女儿郁雨晴，颜晓潮心里就不太舒服，因为那天他去送哈密瓜的时候，郁雨晴打开门后，却对他不理不睬，连声起码的"谢谢"都没说。

"郁洪辉的女儿，怎么这样不懂礼貌？我好心去她家送瓜，小姑娘理都不理我。"颜晓潮坐在家里客堂间，对奶奶发牢骚。

奶奶对郁洪辉一向印象不错，听到孙子抱怨，便劝道："郁洪辉是好人，有机会，我碰见他，会把这事跟他说的。"

邻居之间抬头不见低头见，颜晓潮怕为了这点小事，彼此产生不愉快，便拦住奶奶道："算了，不要去说了，现在隔壁那些崇明人，我一个都不想理他们。"

从堡镇回来后，颜晓潮不知怎么回事，可能是青春期的内心敏感，渴望得到尊重，原本好端端的他，突然像变了个人似的，一直在埋怨那天郁雨晴不理他。其实，他是因为上次陆争贤批评他，仍然耿耿于怀，觉得自尊心受到了伤害，而前不久

二十二、寄出的绝交信

郁雨晴来这里玩时,陆争贤对她照顾有加,也许是埋怨陆争贤的缘故,他才会为了送瓜遭遇冷落这点鸡毛蒜皮的小事,而迁怒郁雨晴,整天喋喋不休地在抱怨。

当颜晓潮来到后门外的弄堂里时,不料"冤家路窄",正好遇上刚收完衣服准备进屋的陆争贤。陆争贤或许早把上次的事忘了,笑着问他:"前几天你到我们崇明去玩了,是吗?"

颜晓潮一改以往的态度,没喊"小花爸",极不情愿地"嗯"了一声,然后头也不回地就跑进了屋。陆争贤可能意识到是上次批评他的事,使他不高兴,于是无奈地摇摇头。陆争贤回屋后,把刚才发生的那一幕告诉了老婆,龚福娣什么话也没说,只是长长地叹了一声气。

第二天,颜晓潮放学回家,在第五弄碰见了龚福娣,他故意躲避,转过脸不去看小花妈。龚福娣经昨天老公的提醒,已意识到最近晓潮对他们有埋怨的情绪,为了避免刺激他,她也佯装没看见,没和他打招呼。

颜晓潮一时打不开心结,不想再跟小花的爸妈有任何来往,于是他在家写了一封信给他们,在信中,他发誓:从今往后,不会再跟他们夫妇俩说一句话,也不想再见到他们。信写完后,他把信纸装入信封,糊上封口,但没贴邮票,而是直接在信封上写好收件人的地址和姓名,投进了后门口48号、50号的公用邮箱。

龚福娣在厨房忙碌时,见邮箱里有来信,便拿来一瞧,原来是颜晓潮寄给她的信。她收下信,嘴里自言自语了一句:"晓潮又写信给我们干吗?"她说这句话时,颜晓潮在家里听得一清二楚。

回屋后,龚福娣看完了颜晓潮写的绝交信,然后递给老公看。陆争贤粗略地瞄了几眼,了解大致内容后,俨然觉得晓潮这孩子心智不太成熟,情绪容易冲动。不过,事到如今,龚福娣已不想在这里继续住下去了。原先,因为跟颜家关系好,一有事情,她就可以去找颜家爷爷帮忙,可现在,颜晓潮已宣布跟他们断绝来往,再在这里住下去,觉得已没有多大意思。片刻,龚福娣放下信,对老公说:"争贤,我们还是搬吧,搬到杨树浦我爸那里去算了。"

陆争贤点点头,答应了妻子。龚福娣为避嫌随即去弄堂口公用电话站,给老爸拨去了一个电话:"喂,爸,我和争贤在南福街的房子租到这个月底,下个月就搬到你那里去,反正户口也迁过去了。"小花外公接到这个电话后,格外高兴,他早就想让女儿搬来住了,于是在电话里同意道:"好的,其实你们早就可以搬来了,这几天我先帮你们去准备准备。"

本来,龚福娣搬就搬了,可精明的她又不甘心白白让出这里,打起了做"二房东"的如意算盘,她在屋内跟老公悄悄商量,打算虽然搬走,但还是把这里的房子继续租下去,再以更高的价格转租给别人,这样每个月可以收取租金的差价。就在她拿着老公的"大哥大"在第五弄联系租客时,隔壁的齐家姆

二十二、寄出的绝交信

妈听出了端倪，马上偷偷打电话给房东，向陆家姆妈告密。

"陆家姆妈，我告诉你一件事，"齐母掩着嘴打电话，把声音压得很低，"隔壁崇明人，想把房子转租，做'二房东'。"

陆家姆妈一听就火了，心想这还了得，随即打电话给龚福娣，回绝她道："喂，崇明人，我告诉你，你要把我的房子转租，那是绝对不可以的，现在我的房子也不租给你了，你这个星期就搬走。万一出什么事，我这个房东可担不起责任。"

龚福娣想当"二房东"的美梦瞬间化为了泡影，在诡计被房东陆家姆妈识破后，她已无地自容，加上颜晓潮写信宣布和他们绝交，她终于心灰意冷，感到完全没必要在善存里继续待下去了。在房东下达"驱逐令"后，她和丈夫尽快收拾好了屋内的衣物和日常生活用品，离开了已租住长达四年的地方。

面对小花爸妈即将搬走，其实颜晓潮在心里非常不舍，但他因为赌气，便硬下心肠，表面上装出一副若无其事的样子。实际上，他知道，他是在欺骗自己。陆争贤、龚福娣夫妇搬走的那天夜里，颜晓潮偷偷地在被窝里流泪。

颜晓潮进入高三后，面临第二年的高考，学习任务更加繁重。因为他的理科成绩不理想，便在高二下学期文理分科的时候，选择了文科，进入历史班学习，他对历史非常感兴趣，历史成绩一直在文科班名列前茅。终于摆脱了物理、化学的困扰，但数学和英语仍是高考的必考科目，还得学习。颜晓潮语文成绩中上，数学马马虎虎，英语分数经常在及格线上徘徊，期中、期末考试总成绩，主要靠历史拉分。一次，班主任任东找颜晓潮谈话，提醒他："你不要一直沉迷于历史里，你的英语，要想办法花点工夫下去了。"但生性固执且对班主任抱有看法的颜晓潮，却把任老师的话，当作了耳边风。

在高三繁重的学业之余，班级团支部召集团员们开会。一次，团支书唐彬在午休时宣布："今天放学后，请全体团员留下来，参加班级团组织生活。"由于入团后，校团委一直没为颜晓潮举行过入团宣誓仪式，所以他对自己的团员身份，始终存有一种怀疑，此时他上前拉住唐彬的衣角，不放心地问了一句："我呢，现在算不算团员？放学后要不要留下？"

这样的问题，颜晓潮已问过不下七八遍，唐彬立即皱眉道："你怎么又问？跟你说了，是团员，是团员。"

"既然是团员，为什么入团宣誓仪式，到现在还不举行呢？"颜晓潮认为缺少了这一庄重的环节，他的团员身份有些名不副实。

"上次你们那一批在学农时入团的人，的确没宣誓，这事我已经跟学校团委反映过了，团委书记跟我说，等到了18岁成人仪式时，再补吧。"唐彬耐着性子，向颜晓潮解释说。

颜晓潮一听入团宣誓仪式放到18岁成人仪式上再举行，便放下心来，没再去纠结。放学后，他和班里其他团员一样，留了下来，参加班级的团日活动。

二十二、寄出的绝交信

郁洪辉的妻子从崇明来到上海市区，在善存里48号老公租的阁楼里，陪外甥女丁影一起住了几天。

上次奶奶蒋桂宝把孙子的想法告诉了郁洪辉，称他的女儿，在她孙子去送哈密瓜时不理不睬。没想到，郁洪辉一回到崇明家里，就为了此事，把女儿狠狠批评教育了一顿，郁雨晴都被她爸骂哭了。

郁妻来后，经常在第五弄的水斗前洗菜、洗衣服，有几次，她碰见了颜家奶奶。彼此通过交谈，相互开始认识并熟悉起来。

"阿姨，上次你孙子，到我们崇明来玩过了。"郁妻在水斗前，对旁边洗菜的蒋桂宝说。

"你是郁洪辉的老婆吧？"奶奶问她。

"是的，"郁妻笑道，并不好意思地问老人，"听说上次您孙子到我家来，我女儿没理他，他不开心了，是吧？"

被郁妻这么一问，奶奶觉得十分尴尬，便深表歉意道："我孙子还是小孩，不懂事。有什么不对，你们不要放在心上。"

郁妻笑了起来，对奶奶说："我女儿也是小孩。这事情，确实是我女儿不好，不懂礼貌。上次我老公回来后，骂过我女儿了。阿姨，真对不起，你孙子送哈密瓜给我们吃，我们却没好好招待他。"

"没关系，"奶奶劝郁妻不必太自责。随后，奶奶回屋后，马上告诉孙子："晓潮，郁洪辉回去后，把他女儿郁雨晴，骂了一顿，批评女儿不懂礼貌。现在郁洪辉的老婆来了，刚才还在后门口向我赔礼道歉。既然人家态度这么诚恳,我看,这事情,你也不要再提了。"

奶奶这么一说,颜晓潮立刻脸红了。此时的他,心里泛起了一阵愧疚,感到自己不该过于吹毛求疵地去责怪郁雨晴,或许小姑娘不是故意的,同时又真切地感到,郁洪辉确实是一个好人,一个讲义气、明事理、有担当的人。只可惜,现在跟小花爸妈的关系已经闹僵,无法挽回了。留下来的郁洪辉一家,应当好好珍惜。毕竟,这份邻里感情是来之不易的。

郁妻比较会做人,说话得体,处事圆润,住在这里的一段日子,跟邻居们相处得都非常融洽。她在水斗前洗衣、洗菜时,经常跟齐家姆妈、秦家阿婆、聂家姆妈拉家常。50号楼上的萧家好公,也很乐意跟她聊天。萧家好公平时除了打麻将外,还炒股票。郁妻也买了几只股票,于是她跟萧家好公,便有了共同话题,两人在弄堂里谈论起炒股经验来。总之,郁妻的人缘,在邻居的心目中,是有口皆碑的,比起以前的龚福娣,她给邻居们留下的印象,不知要好多少倍。

几天后,颜晓潮来到后门外的第五弄散步,郁妻看见他,忙主动跟他打起招呼。

"你还认识我吗?"郁妻笑着对颜晓潮说。

颜晓潮定睛一看,惊讶道:"你是郁雨晴的妈妈。"

"你放学回来啦?"郁妻关心地问,"现在读高几?"

"今年高三,明年要考大学了。"颜晓潮回答。

二十二、寄出的绝交信

"我女儿现在读初二,"郁妻笑道,接着又问,"下次再请你到我们崇明来玩,你还来不来?"

被郁妻这么一问,颜晓潮显得非常不好意思,但嘴上还是答应道:"好的,以后有机会,一定再去你们崇明玩。"

"呵呵。"郁妻听后,仿佛很高兴,咧嘴笑了。

颜晓潮感到高中的英语很难,高三了,英语成绩却一直无法提高,因跟教英语的班主任任东关系不和,他遇到不懂的地方,自然不会主动去问任老师,任老师对他也不抱什么希望。段银红一直为儿子的英语成绩担忧,多次提醒儿子,不懂可以去问隔壁的姐姐。终于有一次,颜晓潮见丁影在第五弄的水斗前洗衣服,便抓住机会、鼓起勇气,从家里拿出了英语练习册,去后门口请教她。

"丁老师。"颜晓潮捧着练习册,恭敬地喊道。

丁影正在洗衣服,见颜晓潮叫她,便问:"你找我吗?"

"丁老师,我英语有些不懂的地方,想请教你一下。"颜晓潮谦虚地说。

"嗯,好的,你问吧。"丁影丝毫没有拒绝,欣然接受。

颜晓潮打开手中的英语练习册,翻到他最近做的习题,把一些做错的题目,拿给丁影看:"丁老师,这几道选择题是我做错的,有些语法我还没搞懂,想问你一下。"

"嗯。"丁影点点头,凑上前看习题,她的双手有些湿,还沾着肥皂泡,水顺着手指滴到地上。

"丁老师,这道题怎么回事?为什么选 C?"颜晓潮指出一道错题,开始问丁影。

丁影很耐心,一题接一题地详细讲解。

段银红在屋内,听见儿子在向隔壁的那位崇明姐姐请教英语,忙跑到了后门口,见丁影在面授儿子相关的英语知识点,便笑着对丁影感谢道:"我儿子今天总算来问你了,不过他挺烦的,影响你洗衣服了,实在不好意思。"

丁影笑着,露出两个小酒窝,对段银红说:"阿姨,没关系的,我衣服也差不多洗好了。"

"丁老师,这道题又是怎么回事?为什么选 B?"颜晓潮指着练习册上的另一道错题问丁影。

丁影看了一下,觉得自己也无法解释,便摇了摇头告诉他:"这道题我也搞不懂,你还是问你的老师吧。"

见问得差不多了,颜晓潮收起练习册,向丁老师表达了感谢,段银红作为家长也跟在后面道谢,丁影笑笑说:"没事。"

回到家后,段银红对儿子道出了自己的想法:"隔壁丁老师,英语八级,如果她长期住在这里的话,你英语不懂,倒是可以经常去问她的,就不知道她会不会一直住下去?"

颜晓潮听后,没吱声。他心里想的是:现在小花妈已经搬走,丁影是这里剩下的唯一一个崇明人,如果她也搬了,他与崇明岛的"感情线"也就断了。

二十二、寄出的绝交信

段银红继续唠叨着:"可惜她是个小姑娘,多有不便,如果是个男孩子该多好啊,我就可以出钱,请她来家里给你补课。"

颜晓潮觉得丁老师白天要上班,晚上回来要做家务,没那么多空闲时间给别人补课,母亲的这种想法不现实,便劝母亲放弃这个念头:"算了,还是我自己学吧。"

双休日,颜晓潮在家里客堂间,听见楼上传来陆争贤和萧家好公的寒暄声。莫非是小花爸来了?颜晓潮耳朵挺好,不会听错。但由于心结没解开,他决定不见小花爸。此时,爷爷正在家中,但爷爷的耳朵有些背,估计没听见小花爸在楼上萧家做客的声音。颜晓潮至今还怨恨着小花爸,因此不想将他来这里的消息告诉爷爷。

"你们现在那边的房子,拆迁了吗?"萧家好公问陆争贤。

陆争贤慢条斯理地说:"现在还没消息,但听说快了。"

"你也不容易,还想着我们老邻居。"萧家好公感慨道。

"我们住在这里,跟你们关系都不错。"陆争贤还算珍惜这份邻居感情。

……

"我要走了,下次有空再来。"陆争贤在萧家坐了一会儿,便起身告辞。

萧家好公也起身,送他下楼:"你走好,有空再来玩。"

陆争贤下楼梯走出萧家后,不忘到颜家走一趟。颜晓潮在客堂间里,听见后门口传来小花爸进屋的脚步声,但他装作没听见。等陆争贤进了客堂间,和爷爷见面后,相互都惊喜地笑了起来。颜晓潮坐在靠窗的写字桌前,背对着小花爸,头也不回一下。陆争贤见颜晓潮在家,便走了过去,来到他的身旁,笑眯眯地问他:"晓潮,今天你休息啊?"

颜晓潮一脸不悦,不声不响地站起身,离开客堂间,走向前门外的第四弄。陆争贤为掩饰尴尬,朝爷爷笑了笑。爷爷知道孙子的脾气,没提孙子,只是请陆争贤坐。陆争贤见刚才的气氛有点儿尴尬,觉得自讨没趣,一时也想不起对爷爷说什么,就随便扯了几句:"老爷叔,老亲娘不在啊?我今天路过这里,来看看你们。"

"老亲娘去买菜了。"爷爷说。

"哦,没什么事,我先走了。"陆争贤告辞,离开颜家。

爷爷见陆争贤来了才一会儿,就要走,突然想起什么事,忙喊住他:"小花爸,你抄个地址和电话号码给我,以后方便联系。"说完,拉开抽屉,找出纸和笔。

"好的。"陆争贤欣然答应,接过纸笔,写了起来。

"最近小花妈好吗?"爷爷关心地问。

"我老婆挺好。"陆争贤说,随后将写好地址和电话号的纸条递给了爷爷。

爷爷接过小纸条,看了下,说:"有空叫小花妈一起来玩。"

"好的,老爷叔,那我先走了,你不用送。"陆争贤请爷爷

二十二、寄出的绝交信

留步。

转眼，颜晓潮进入高三下学期，临近高考。

一日，放学以后，班级团支部书记唐彬宣布，全体团员留下，参加团组织生活会。因临近毕业仍未举行入团宣誓，而18岁成人仪式已在一个多月前举办过了，没仪式感和归属感的颜晓潮忍不住上前再次询问唐彬："我现在到底算不算团员？"

"算的，算的，"对于这个问题，唐彬听得已经耳朵里生老茧了，所以非常不耐烦，并用手轻轻推开了挡在他面前的颜晓潮。

颜晓潮仍缠住唐彬，继续问："入团宣誓怎么到现在还没举行？你不是说在18岁成人仪式上举行吗？"

"不举行了，现在高三学习这么紧张，哪还有时间？"唐彬向颜晓潮"摊牌"，见他未戴团徽，便问，"你的团徽呢？"

颜晓潮立即不满起来，大声道："我哪有什么团徽？你们又没发过给我，入团宣誓都不让我宣誓，还戴什么团徽？"

唐彬无语，但没和他一般见识，只说了句："随便你。"

之后，颜晓潮放学回家，想起学校团委没让他进行入团宣誓，也没给他发过团徽，觉得他们根本不重视自己，自己从严格意义上讲似乎还没"入团"，有种被欺骗的感觉。因此，他非常伤心，忍不住流下眼泪。心情沮丧之余，他唯一想到的人便是施老师，他感谢读初三时施老师让他去听团课，给他入团的机会，于是又提笔给施老师写了一封信，讲述了自己在入团一事上遭受的种种不公待遇。

几天后，施容旭在学校收到颜晓潮的来信，这是颜晓潮毕业后写来的第二封信了，决定还是给他回信。几天后，颜晓潮在家收到施老师的回信，施老师在信中告诉他，没有必要在乎所谓的形式，目前他最大的任务是高考，希望他以学业为重，抓紧时间，努力奋战，积极备考。颜晓潮看了信后，静下心来仔细想想，觉得施老师说得对，或许是自己太冲动，太任性了。

高考进入倒计时，作业量猛增，颜晓潮发现自己最近用眼过度，上课时看黑板，佩戴的 350 度眼镜，已看不清黑板上的一些小字，莫非是近视度数增加了？颜晓潮自从初三时近视后，平时几乎不戴眼镜，仅上课、看电视时戴一会儿，估计现在度数增加，需要重新验光配镜，并长期佩戴了。不久，学校正好组织了高考前的体检，检查视力时，他被确诊为近视 500 度。回到家后，颜晓潮把近视度数增加的事告诉了父亲。

"你现在近视度数增加到 500 度，需要配一副新眼镜。"一直戴眼镜的父亲对儿子说。

"我准备去配呀，"颜晓潮早就有这个打算，只不过对自己今后是否长期佩戴眼镜，心里还有些犹豫，"就是我在想，这眼镜，以后是不是要一直戴？"

"度数增加了，都 500 度了，肯定要一直戴，我才 400 度，

二十二、寄出的绝交信

都戴了几十年了,"颜泽光说,"戴眼镜是有很多不方便,比如吃面条时,镜片上会有雾气,但也没办法。"

"好的,那我去配。"颜晓潮决定。

"你去配眼镜,不要去茂昌、吴良材这些品牌店,他们价格贵,"颜泽光一向节俭,不舍得花钱,他对儿子说,"南京路步行街后面有条金粉弄,那里有家崇明人开的眼镜店,价格很实惠,我一直在那里配。"

崇明人做眼镜生意?颜晓潮觉得很新鲜,想去看一看。

在父亲的建议下,颜晓潮去了金粉弄,找到了那家崇明人开的眼镜店。店主是一对崇明夫妇,中年人,40多岁的样子。自从小花姑妈和小花妈相继搬走后,颜晓潮已经很久没接触崇明人了。如今得知眼镜店的老板是崇明人,一种亲切感莫名而生。

"你要配眼镜?"老板娘用带着崇明口音的上海话问他。

颜晓潮答道:"嗯,配眼镜。"

"你的度数是多少?"老板娘问。

"500度。"

"要哪款镜架?"老板娘让颜晓潮挑选。

颜晓潮看中一款,指了指玻璃柜台,道:"要这副。"

"这副镜架,500度的镜片没有,要专门配,你先把钱付一下,后天来拿眼镜。"老板娘对颜晓潮说。

颜晓潮付了钱,拿了老板娘给的收据。

隔了两天，颜晓潮去金粉弄的眼镜店取镜，见老板娘不在，只有老板在。

"老板，我来拿眼镜。"颜晓潮拿出取镜的单据，递给老板。

老板收下单子，在柜台内找到了配好的眼镜，拿出来让颜晓潮试戴，他戴后感觉有点儿不太适应。

"怎么样？"老板问。

"视物清楚是清楚，就是感觉没原来的那副戴得习惯。"颜晓潮实话实说。

"新的眼镜，刚刚戴上去，都这样，正常的，过几天你就适应了。"店老板凭经验告诉他。

颜晓潮听老板说话，崇明口音很浓，便用自学的崇明话跟他搭讪说："老板，侬是崇明人啊？崇明蟹地方？侬姓蟹？"

"吾俚是崇明南门港的，吾姓张，侬喊吾老张就可以。"老板回答道，看上去貌似很热情、爽快。

傍晚，颜晓潮听见隔壁48号公用厨房内传出聂家姆妈和丁影的争执声，忙前去看热闹。

"小姑娘，你这个月电费没付。"负责代收邻居家电费的聂家姆妈样子凶巴巴对丁影说。

丁影觉得他们一定是弄错了，辩解道："电费我付过了呀！"

"这是我在电表上抄的，总不会搞错吧，"聂家姆妈拿出电费单子，给丁影过目。

二十二、寄出的绝交信

随后，双方各执一词，互不相让，争吵起来。聂家姆妈的儿子在旁自然帮自己母亲，对丁影大声嚷嚷道："你这个小姑娘，不是我说你，实在太不像话。"

丁影感觉自己蒙受了委屈，她据理力争，竭力替自己澄清道："你们怎么这样子啊？我真的已经付过了。"

"好好好，"聂家姆妈的儿子不想再和她争论下去，抛出狠话，"我们不和你多说，你有本事就不付电费好了，到时候让供电局来把你房间的电全部断掉。"

"唉。"丁影本想再解释，但真的不知道跟他们说什么好。

聂家姆妈和她的儿子回屋去了，丁影望着他们离去的背影，叹了声气，觉得这对母子简直是不可理喻。

二十三、途径杨树浦

很快,一转眼,两个月过去了,高考结束了,颜晓潮在家等候着成绩。一天下午,他在家听见后门口传出隔壁崇明人的声音,便跑出去看,见郁洪辉的妻子带着女儿郁雨晴,准备出门。郁妻回头见到颜晓潮,便挥手向他打招呼。

"原来是郁雨晴的妈妈啊?"颜晓潮碰见她们母女俩,久别重逢,有些高兴,问候道,"郁雨晴也来啦?放暑假了是吗?"

"嗯,郁雨晴放暑假了,陪她来上海玩几天。"郁妻道。

颜晓潮见郁雨晴也戴上了眼镜,心想可能是小姑娘读书太用功,也近视了吧。他问郁妻:"郁雨晴开学后,是不是上初三了?"

"对,开学初三了。"郁妻带着女儿正往弄堂口方向走,她边走边回头对颜晓潮说。

"我要读大学了。"颜晓潮站在后门口,大声告诉越走越远的郁妻。

"呵呵,时间过得太快了,"郁妻朝颜晓潮笑了笑,并向他

二十三、途径杨树浦

告别,"我们现在出去,你有空再来我们崇明玩。"

"好的,再见!"颜晓潮向她们母女挥手道别。

"再见。"郁妻也向颜晓潮挥挥手,郁雨晴则回头望了望他。

万万没想到,这一声"再见",竟成了告别。几天后,爷爷在家告诉孙子,隔壁丁老师搬走了。颜晓潮听后不禁愕然,觉得这消息太突然了,前几天郁雨晴和她妈妈还来过这里。不过,他没表现出过多的伤感,毕竟天下没有不散的筵席。

这个高三毕业后的暑假最轻松,没有暑假作业,本想去外地旅游,可颜晓潮没有心思,天天守在家里,盼望着高考的成绩,等候着录取的通知。

终于等到高考成绩公布的那天,颜晓潮在家拨通了声讯电话,可拨打下来的结果,却不尽如人意,只上了大专分数线,不过也在预料之中,因为他的英语成绩一直不理想,数学也不占优势,光靠语文和历史拉分,是挺困难的。回忆起三年前中考电话查分后的喜悦神情,仿佛历历在目,两者对比之下,心情落差很大。

"考也考完了,别去多想它了,没有落榜就好。"想不到此时此刻的段银红,并没有责怪儿子,而是给了他一丝宽慰和鼓励。

颜晓潮用感恩的目光看着母亲,强颜欢笑道:"复读一年再考也没多大意思,先上了大专再说吧,以后再想办法专升本。"

大学报到那天,正值九月中旬,秋高气爽。沪上高校的开学时间,一般要比中小学晚两周左右。

颜晓潮读的是三年制大专社区管理专业,在去学校报到途中,送儿子的段银红在校门口放眼望去,尽是女生,便焦虑不安地对儿子说:"你读的这所学校,怎么都是女生啊?"段银红并不是害怕儿子早恋,而是担心专业不适合男生,对儿子今后的发展造成不利影响。

"文科专业嘛,当然女生多。"颜晓潮不以为然地对母亲说,并劝母亲不要担心。

进入班级,向辅导员老师交学费的时候,段银红还是有些放心不下,就女生特别多一事询问了辅导员。辅导员是一位戴眼镜的中年女士,外表温柔,知性贤淑,她微笑着告诉段银红:"今后社会发展的趋势是小政府、大社会,社区发展得很快,今后就业会很方便。"辅导员的回答,消除了段银红心头的一些疑虑。

"妈妈,你先回家吧。"颜晓潮心想毕竟自己长大了,成年了,可以独立了。

"晓潮,那我先走了,你上了大学,在大学里一定要好好表现。"段银红对儿子千叮咛、万嘱咐。

辅导员召集全班学生开会,让同学们依次做自我介绍。只见一位女生在课桌前站起来,慢吞吞地自我介绍道:"我叫施丽,来自祖国的第三大岛崇明,今天加入这个新的班集体,我感到

二十三、途径杨树浦

非常荣幸,因为我的性格比较内向,平时不太爱说话,希望各位同学今后能多多关照。"

想不到崇明姓施的人确实多啊,今天又遇见一位。趁班会结束,自由活动期间,颜晓潮特地来到施丽的座位前,跟她攀谈起来。

"你是崇明人啊?"颜晓潮问。

"嗯。"施丽笑着点了点头。

"你们崇明姓施的人真多。"颜晓潮对她说。

施丽听完,脸上绽放出笑容,笑得像朵花那般灿烂,她说:"你怎么知道的啊?"

"我以前也有老师、同学是你们崇明人,而且也姓施。"颜晓潮爽朗地说。

"欢迎以后来我们崇明玩。"施丽客气地邀请道。

"呵呵,"颜晓潮接着问,"请问你是崇明哪里的?"

"陈家镇。"施丽腼腆一笑,脸颊上露出红晕。

"你高中是在哪里读的?崇东中学吗?"颜晓潮又问。

"嗯,"施丽点头,然后夸他道,"你好像对我们崇明真的挺了解的。"

"没有,没有。"颜晓潮谦虚地摆手道。

结果,两人都笑了。

时光进入 21 世纪。

社会上，商品房开始大量上市，住在石库门弄堂的居民，为了改善居住条件，纷纷购买了商品房并搬了出去，然后将石库门老房子出租给外地人。齐家父母就在普陀区靠近火车西站的真如地区买了一套两室一厅，告别了一家三口人挤在 12 平方米小屋内的蜗居生活，段银红看了心动，催促丈夫也尽快买房。颜泽光十几年来省吃俭用，在银行存有一些积蓄，2001 年的时候，上海房价还很便宜，于是他在浦东德平路附近选购了一套一室一厅，这样他每天上班可以近很多，因为他的工作单位在仅隔几条马路的民生路。此外，夫妻俩搬出去，可以避免同两位老人的家庭矛盾。自从结婚后生下儿子，家人之间在教育孩子的问题上，存在很大分歧，经常会为了一些琐事发生争吵，颜泽光一方面惧怕老婆，另一方面又受制于父母的压力，他对解决家庭矛盾感到无能为力，束手无策。他始终认为，要解决家庭矛盾的最好办法，就是搬出去，两代人分开住。

2001 年底，颜泽光买的二手房终于到手了，然后又花费 3 万多元进行了装修。当段银红责怪丈夫为什么不勒紧裤腰带，多花几万元买套两室一厅，将来为儿子结婚做准备时，颜泽光这样回答妻子："儿子不听我们的话，我不想和儿子住在一起，我们父母养他读到大学，已经仁至义尽了，今后他能否结得了婚，让他凭自己本事吧。"对于丈夫如此不关心儿子今后的终身大事，段银红不客气地当面数落了他一番。

2002 年春节前夕，颜泽光、段银红夫妇搬进了浦东的新房

二十三、途径杨树浦

子。爷爷颜永仁不希望孙子离开他们两位老人，执意要把孙子留在身边。当段银红征求儿子的意见时，颜晓潮明确告诉母亲："我不会跟你们去浦东的，浦东太远，我上学不方便，我要跟爷爷奶奶在一起。"段银红听到儿子的话后，倍感失望，但儿子大了，她也勉强不得。由于婆媳有矛盾，奶奶蒋桂宝坚持不肯去儿子的新家参观。春节过后，段银红多次打电话给儿子，希望他去浦东的新家看看，面对母亲的诚挚邀请，颜晓潮总算答应了。

颜晓潮习惯出门骑自行车，这样方便、快捷、环保又健身。当他准备骑车去浦东父母家时，突然想起小花妈住在杨树浦，从提篮桥到丹东路码头摆渡，正好要路过那里，出门前特地问爷爷要来小花爸妈现在住的地址。说实话，小花爸妈搬走一年多，颜晓潮还是很想念他们的，过去的不愉快，随着时间的推移，早在心里烟消云散了，留下的，是曾经那份难能可贵的邻里之情。

按照爷爷给的地址，颜晓潮骑车找到了小花爸妈的现居地，那里也是一条老式的石库门弄堂，不过那里的石库门建筑没善存里这么好。

"小花妈。"颜晓潮敲门道。

"谁啊？"龚福娣在屋内听见外面有人敲门，忙出来开门，"来了，来了。"

"我是晓潮啊！"颜晓潮自报家门道。

龚福娣一打开房门,见果真是颜晓潮,便说:"哦,是晓潮啊,今天怎么会来这里?"

"我爸妈在浦东德平路买了套房子,已经搬过去了,我今天去看我爸妈,正好路过你这里,就顺便来看看你们。"

"哦,你进屋坐一会儿吧。"

"好吧,我进屋坐一下,"颜晓潮把自行车停在门外,锁好,然后跟龚福娣进了屋,并问,"小花爸在家吗?"

"在,在。"龚福娣连声道。

颜晓潮进屋后,见到了坐在沙发上看报纸的陆争贤,便恭敬地上前喊道:"小花爸,我去浦东看我爸妈,正好顺路来看看你们,我们也算是老邻居了。"

陆争贤见到颜晓潮,并没表现得很激动,只是平淡地问候道:"你爷爷奶奶现在还好吗?"

"都挺好,"颜晓潮回答,并邀请他们夫妻俩,"你们以后有空,去善存里玩。"

"现在我们不去那边,"陆争贤摆摆手,婉言谢绝,随后话锋一转,又领情道,"如果以后有机会,会去看看你的爷爷奶奶。"

"小花爸,你们家的固定电话号码我有的,能否再给我一个手机号啊,这样以后联系方便。"颜晓潮临走时,对陆争贤说,因为他听说这里以后要动迁,怕今后跟小花爸妈联系不上。

谁知,陆争贤却找借口婉拒:"我没有手机的。"

二十三、途径杨树浦

颜晓潮一听就知道小花爸在撒谎,以前还不是家家都有电话的时候,陆争贤就用起了只有老板才用得起的"大哥大",如今手机都普及了,他怎么可能会没手机?但颜晓潮不想当面揭穿他,告辞走了。

来到浦东父母家后,颜晓潮把刚才去看望龚福娣一事告诉了母亲,并抱怨陆争贤不肯给他手机号,还谎称自己没手机。段银红一听顿时来气,责骂儿子道:"你这孩子,真是太不争气,人家不想把手机号给你,就说明不想跟你来往!"

颜晓潮一时语塞,无言以对。

大二结束后的暑假,和颜晓潮同住在善存里的初中同学叶游军罹患恶性淋巴肿瘤,住进了江湾附近的解放军某医院。

班长麻馨组织了一次同学聚会,因手头的联系电话有限,只通知了部分同学参加,颜晓潮未被通知到。在同学聚会上,大家得知叶游军身患重病,施容旭老师当众提议,这次聚会,不搞娱乐活动,大家一起去医院探望一下叶游军,伸出援助之手,为叶同学举行一次爱心捐款,同学们纷纷响应。

在医院的病床前,施容旭紧紧握住了接着氧气管、已经骨瘦如柴的叶游军的手,鼓励他以乐观的心态接受治疗,不要有思想负担,并以个人名义,掏出一千元钱交给了叶游军的父母。

几天后,颜晓潮在参加居委会组织的社区活动中遇见了同小区的童冬梅。童冬梅把前几天初中同学聚会,施老师和他们一同去医院探望叶游军的事,告诉了颜晓潮。颜晓潮为未能参加聚会而深感遗憾。

"同学聚会,你们怎么不通知我呢?"颜晓潮有点儿不高兴。

"是麻馨组织的,她没通知你吗?"童冬梅见颜晓潮摇头,便说,"可能她没有你的联系电话吧。告诉你一件事,麻馨已经结婚了。"

"什么,这么早啊?"颜晓潮感到不可思议,毕竟才刚刚二十岁。

"她中专毕业,18岁就工作了,"童冬梅笑着对颜晓潮说,"那天文若妮也去了,她现在时髦得不得了。"

"这不关我的事,"尽管以前是同桌,但颜晓潮对文若妮的印象并不好。

"呵呵,"童冬梅笑起,然后透露了关于施老师的消息,"施老师现在不在咸鱼中学了,已经调到尚法中学去教高中了。"

"唉,我们读高中时,他不教我们,等到我们现在都读大学了,他才开始教高中,"颜晓潮有些懊恼,"老天爷不是在捉弄人吗?"

"哈哈哈。"童冬梅觉得颜晓潮说话很可爱。

颜晓潮想打电话联系施老师,但一想到以前入团的事,感觉真要是联系上,彼此会很尴尬,犹豫再三,他还是放弃了这个念头,未向童冬梅索要施老师的手机号码。

二十三、途径杨树浦

国庆节,在颜晓潮的外婆家,举行家庭聚会,热闹非凡。

之前,颜晓潮听母亲说,表弟杨奇立找了个女朋友,是崇明的,今天要带女友一起来。段银红一直在儿子面前夸外甥找的这个女朋友好,说这个崇明小姑娘挺实在的。颜晓潮听了心里当然不舒服,毕竟自己现在还没找到女朋友,心里虽有喜欢的女孩,但对方对自己没意思。

在外婆家的客厅内,颜晓潮跟姨父坐在一起,交谈了一会儿。

"姨父,听说杨奇立要带女朋友来啊?"颜晓潮问,其实心里酸溜溜的。

"嗯,他们马上要到了。"姨父杨德宽回答说,并笑着问,"你现在有女朋友了吗?"

颜晓潮摇摇头,笑而不语。

"有机会我帮你介绍。"姨父说。

段银红在一旁听见后,忙制止姐夫并当面讥讽儿子:"姐夫,你不要帮他介绍女朋友,他这种人傻乎乎的,谁会看得上他?"

颜晓潮朝母亲瞪了一眼。

就在这时,杨奇立带着女朋友来了。一进门,杨奇立就迎面走向颜晓潮,跟他打招呼道:"晓潮,你来啦!"

"杨奇立,这是你的女朋友吗?"颜晓潮问道。

"嗯。"杨奇立点头。

颜晓潮见杨奇立的女友梳着马尾辫,身高1米65左右,五官端正，脸庞清秀，觉得挺不错，顿时对表弟万般羡慕，他问表弟的女友："听说你是崇明人？"

女孩点头。

颜晓潮继续问："是崇明哪里的？"

"堡镇。"对方轻声回答道。

这时段银红上来问外甥，他女朋友叫什么名字。杨奇立告诉姨妈，他女友叫沈蓓倩。颜晓潮一听对方也姓沈，也是堡镇人，一下子就想起了沈济青一家，不知表弟的女友，跟沈济青他们有没有亲戚关系，但转眼一想，崇明同姓的人很多，不一定就是亲戚，像施老师和施竖兰，也互相不认识。想到这里，他没上前去问沈蓓倩是否认识沈富炳、沈济青父子，免得对方说不认识后，把自己弄得很狼狈。

2004年，颜晓潮大专毕业，成了街道办事处的一名社工，每月工资2000多元，当时上海的最低工资标准700多元，超出最低工资三倍多，又在家门口上班，骑车短短五分钟路程，在外人看来，这份工作很不错。

在朋友的牵线搭桥下，颜晓潮认识了一位叫蔡仪露的女孩，几次通电话后，双方聊下来感觉还不错，于是两人约在了女孩的家附近——浦江镇鲁汇碰头。

当颜晓潮驱车前往鲁汇，和蔡仪露见面的时候，没想到，他对蔡仪露的模样还挺满意，五官端正，体态丰满，打扮朴素，

二十三、途径杨树浦

跟隔壁聂家姆妈女婿的侄女萱萱倒颇有几分相像,都是浦东本地人。

"你长得很漂亮嘛!"颜晓潮一副心花怒放的样子。

蔡仪露开心地笑着,对他说:"我们去前面逛逛吧。"

两人来到了大治河边,穿过绿化带,坐在了沿岸的河堤上。

"侬坐了跌板,拗坐了伊板。"蔡仪露眉开眼笑地望着颜晓潮,用鲁汇话细声软语地对他说,意思是让他坐在这里,别坐在那边。

颜晓潮目不转睛地瞧着蔡仪露,觉得她确实跟萱萱长得很像,笑起来的样子更像,而且所说的方言也一样。

"侬蟹辰光到鲁汇的?"蔡仪露问,"蟹辰光"就是"啥时候"的意思。

颜晓潮顿时眼睛一亮,心里一振,兴奋地拉过蔡仪露的手,问:"你说话怎么跟崇明人一样的?"看来以前沈富炳说得确实没错,浦东人也把"啥"叫作"蟹"。

"蟹人讲话跟崇明人一样了?"蔡仪露否认道。

"怎么不一样?"颜晓潮有点欣喜若狂,说话时手舞足蹈,"你们也把'啥'说成'蟹',跟崇明话一模一样。"

"崇明人说话,我听不懂的!"蔡仪露告诉他。

"不讨论这个了,我们聊聊别的。"。

此时,已是下午三点多,太阳落到西边,两人坐在大治河边,谈笑风生。

初次见面后,颜晓潮回到家在家人面前大肆夸赞蔡仪露。爷爷得知后很高兴,让孙子有空把女朋友带回家给他瞧瞧,颜晓潮对爷爷奶奶说:"蔡仪露跟萱萱长得真像,就像是隔壁聂家的亲戚一样,要是她来啊,我一定让聂家阿婆看看。"

颜晓潮又趁去浦东探望父母之际,顺路去看望了小花妈。那天,龚福娣和女儿小花都在家,陆争贤不在。

"你家小花今天在家啊?"颜晓潮问。

龚福娣回答他:"嗯,在楼上玩电脑。"

"小花现在结婚了吗?"颜晓潮问。

"嗯,结了,都有小孩了,生了个女儿,"龚福娣问他,"你有女朋友了吗?"

"前不久刚找了一个,"颜晓潮笑着道,接着望了龚福娣一眼,觉得蔡仪露跟小花妈也有点儿像,便说,"小花妈,不瞒你说,我那个女朋友,跟你长得还挺像的,她是浦江镇本地人,他们说话,跟你们崇明人一样,也把'啥'说成'蟹'。"

"哦,是吗?"龚福娣的反应却很平常,令颜晓潮有些意外。

接着,龚福娣转身进屋,拿出了一本厚厚的相册,是她女儿婚礼当天拍摄的照片,新郎不是以前的男友黄兴凯,颜晓潮瞧见沈济青和储梦馨也出席了小花的婚礼,便问:"沈济青和他女友结婚了吗?"

"结了,也生了个女儿。"龚福娣说。

二十三、途径杨树浦

"女儿好啊,"颜晓潮喜欢女儿,随后又问起沈济青目前的情况,"现在你们跟济青经常联系吗?有没有他的联系方式?"

"现在没联系了。"龚福娣的语速很快,不知是骗颜晓潮,还是真的没联系了。

颜晓潮在相册里,看见了小花爸妈的婚纱照,有些惊讶,龚福娣向他解释说:"这是我们结婚纪念日,去影楼补拍的。"颜晓潮莞尔一笑。

当颜晓潮转身准备告辞时,龚福娣告诉他,他们这里可能不久要动迁了。他马上询问搬迁的具体时间,龚福娣却答不上来,称目前还不清楚。

因在家闲得发慌,颜晓潮给蔡仪露打去电话,两人煲起了"电话粥"。不久,他们又约在了鲁汇大治河桥边见面。

蔡仪露对颜晓潮道:"帮我买部新手机。"

"你不是有手机吗?"颜晓潮反问。

"现在的手机太旧了,想换部新的。"蔡仪露给出理由。

"要多少钱?"

"1200元。"

"啊,这么贵啊?"颜晓潮吓得瞪圆了眼,然后连连摇头,"你买那么贵的手机干吗?我用的手机,才250元。"说完,从口袋里掏出自己的手机,给蔡仪露看。

"哼,250元,"蔡仪露见颜晓潮的手机这么破旧,紧皱眉头,"我看你是二百五还差不多,小气鬼。"

蔡仪露嫌他太抠门,便发起火来:"你不帮我买手机,拗来找我。"这个"拗"的说法,也是跟崇明话一样的,就是"不要"的意思。

"你说话真的像崇明人。"颜晓潮拦住欲离开的蔡仪露。

蔡仪露猛地用力推开他,像是真发火的样子。

蔡仪露绕开颜晓潮,扭头就走。颜晓潮在后面紧追不舍。蔡仪露板起面孔,警告他:"你再骚扰我,当心我打110报警。"说完,从挎包里掏出手机。

颜晓潮怕惹出事情,承诺马上离开。

回家后,颜晓潮垂头丧气,瘫坐在沙发上。爷爷奶奶见状,急忙跑过去关心孙子,问他怎么回事。颜晓潮仰天长叹:"蔡仪露跟我分手了!"

二十四、 情归东海瀛洲

颜晓潮在家用餐巾纸擦拭眼镜的镜片时，连接镜框的螺丝不慎脱落，镜腿掉了下来，导致眼镜无法佩戴。

"唉，"颜晓潮着急了，他长长地叹了口气，然后蹲下来，试图在地板上寻找掉落的螺丝，可由于没戴眼镜，他的裸眼视力不佳，看不清地面，致使搜寻了半天都一无所获。

"明天再去配一副吧。"奶奶在旁边说。

还未等颜晓潮反应过来，正好来善存里探望老母亲的颜泽光对儿子说："你这副眼镜，是上次在金粉弄崇明人那里配的吧？现在坏了，你还是去找他们，叫他们帮你修。"

第二天是星期日，颜晓潮休息，他骑车去金粉弄的眼镜店，老张夫妇俩都在店里。

"老板，我这副眼镜，上次是在你这里配的，昨天不小心掉了一枚螺丝，麻烦你帮我修一下。"颜晓潮眯着眼睛，从背包内的眼镜盒里取出眼镜。

老张接过颜晓潮递来的眼镜框架和镜腿，拿在手里琢磨了老半天,然后给旁边的老婆看了一下,对老婆轻声道:"这副镜架的款式太老了,现在都淘汰了,还能修吗?"

老板娘粗略地看了下这副镜架,对老公摇摇头道:"这没法修。"

老张把眼镜还给颜晓潮,说:"我店里没配件,修不了。"

颜晓潮对老张这种推卸责任的态度很不满意,坚持要求他们修,老板娘急忙上前替老公解围,对颜晓潮道:"你的镜架太老了,现在厂家不生产了,真的没法修,能修早就给你修了。你近视的度数多少?要不,重新配一副算了。"

"500度。"颜晓潮告诉他们。

"500度,这里正好有一副。"老板娘从玻璃柜台里取出一副500度的近视镜,让颜晓潮试戴。

颜晓潮接过新眼镜,对着柜台上的镜子,当场进行了试戴。

"卖相很不错呀。"老板娘故意吹捧他,目的是想让他高兴,心甘情愿地买下这副眼镜。

颜晓潮对这副镜架的款式和颜色不太满意,但没眼镜戴又不行,于是很纠结,他问老板娘:"这副多少钱?"

"镜架280元,连镜片,给你480元算了,"老板娘爽快地道,"你也算是老主顾了,不赚你钱。"

颜晓潮嫌价格贵了点,欲把价格砍到450元,被老张夫妇当场拒绝。

老板娘用浓重的崇明话叫了起来:"480元是最低价,吾俚

二十四、情归东海瀛洲

不赚你钱，不能再便宜了。"颜晓潮听到老板娘说话时的崇明口音，觉得跟龚福娣的声音太像了。

"就450元吧！"颜晓潮央求道。

"不行，你不要就算了。"老板娘有点儿生气，把眼镜收了回去。

"这副镜架，造型和颜色，我不太喜欢，"颜晓潮指着玻璃柜台里的另一副镜架，问老板娘，"这副镜架还不错，有没有500度的？"

"没有，你要的话，可以专门帮你配，但价格还是480元，不能少，再少，我们就赔钱了。"老板娘态度坚决，寸步不让。

"那还是要现成的这副吧，"颜晓潮比来比去，还是觉得刚才那副好，但仍希望还价，"既然是老主顾，就给我450元，行吗？"

"你诚心要的话，460元拿去吧，最低价了。"老板听着颜晓潮的声音，就觉得烦，终于在旁边发话，想早点做成这笔生意，打发他走。颜晓潮想了想后，表示可以接受。

老板娘收了颜晓潮支付的500元现金，找他40元零钱并给了他眼镜，然后说："这副眼镜架其实挺好的，你觉得不好，是因为刚开始戴，有点不习惯，过几天会适应的。"

颜晓潮戴上了新眼镜。

老板娘故意在一边夸他："你戴这副眼镜，气派多了，像总经理，哦，不对，像董事长一样。"

颜晓潮瞥了这个崇明老板娘一眼，没去理会她。

到浦东父母家以后，颜晓潮把在崇明人老张店里买眼镜的事，告诉了父亲，他发牢骚道："那个老张，一副眼镜那么贵，要460元，我还价到450元，他都不肯。"

"他不宰你这个傻瓜，宰谁？"颜泽光说。

大学期间，颜晓潮读的是大专，他深感学历不够，于是在校期间，就报名参加了学校的行政管理专业本科自考辅导班，共16门课程。三年后，他大专毕业。第四年，也就是他参加工作的第二年，他本科顺利地毕业，由于学士学位与大学英语四级成绩挂钩，英语不好的他，参加了多次四级考试均未通过，所以他未能拿到学士学位，但有了这张本科文凭，至少使他在职场竞争中有了更大的底气和筹码。

拿到本科文凭的那天，颜晓潮高兴地给初中时的刘辈才老师打了电话。昔日的师生，很久未联系，如今在电话里听见对方的声音，都倍感欣慰。此时的刘辈才，已经58岁，退休在家，带着小孙女。

"刘老师，我终于拿到本科文凭了，是自考。"颜晓潮把这一喜讯告诉了刘辈才。

"你今年几岁了？"刘辈才问道。

"22岁，"颜晓潮回答道，"我去年大专毕业，今年是大专毕业后的第二年，我的本科自考，从进大专的第一年起就开始

二十四、情归东海瀛洲

读了。"

"哦,那你不错,你这个本科文凭,拿到算早的。"刘辈才夸奖他。

"刘老师,我的教师资格证也考下来了,我现在有本科文凭,是不是可以教高中?"颜晓潮开心地问。

刘辈才莞尔一笑,说:"你现在在社区工作,不是挺好嘛?你干吗非想做老师?我不是给你泼冷水,现在教师不好当,加上你不是正规师范学校毕业,去应聘,成功的概率不会很大。"

颜晓潮想想刘老师的话,觉得也有道理。他想起施容旭老师,便问:"刘老师,您和施老师还联系吗?记得我读大学的时候,听说他调到尚法中学,去教高中了。"

刘辈才慢悠悠地说道:"施老师现在挺好,他入了党,被评为高级教师,现在调到了区教育学院,担任体育教研员。生活上也挺幸福,生了一个女儿。"

"哇,"颜晓潮听后惊呼,直为自己的施老师感到骄傲,"刘老师,你有施老师的电话吗?"

"有的,我可以给你。"刘辈才爽快地答应,然后把施容旭的手机号码告诉了颜晓潮。

颜晓潮记下了号码,但对是否联系施老师有些犹豫,于是他征询刘老师的意见:"我是很想跟施老师联系,问候他一下,就是初中时为了入团的事,跟施老师之间有点误会,不知道……"

"施老师不是气量那么小的人,再说事情已经过去那么多年了,我相信施老师不会放在心上。"刘辈才认真地对他说。

刘老师的话,消除了颜晓潮心头的顾虑,他决定给施容旭打电话。

"施老师,你好!我是颜晓潮。"颜晓潮自报家门的时候,心里有些紧张,说话时略微有些口吃。

"哦,是晓潮啊!"施容旭还记得他。

"很多年不联系了,很想你,以前是我不懂事,深感抱歉。"颜晓潮听见电话里施老师的声音很亲切,悬着的心一下子放松了许多,他态度谦和、诚恳地对施容旭说道。

"呵呵,"施容旭淡淡一笑,接着问,"你现在好吗?"

"我大学毕业了,在社区工作。"

"那挺不错的。"施容旭肯定道。

"我听刘老师说,你去教育学院当教研员了,是吗?"

"嗯,是的。"

"叶游军去世了。"颜晓潮有些沉痛地告诉施老师。

"我知道,他生病的时候,我去探望过他,唉,他这个病,也没办法,"施容旭也十分惋惜,他停顿了几秒,然后邀请颜晓潮,"你有空来玩。"

"好的,施老师,下次有空,我一定去看你,"颜晓潮觉得跟施老师的通话,气氛还是十分温馨融洽的,想起施老师的家乡崇明,他忍不住说了一句,"施老师,听说你的老家崇明新民

二十四、情归东海瀛洲

镇,已经并入新河镇了。"

"是的。"施容旭说,"想不到你对我们崇明还挺关注。"

2009年,连接上海市区和崇明岛的长江大桥隧道竣工通车,结束了海岛居民长期靠船出岛的历史。

颜晓潮得知这一消息后,情绪激昂,心潮澎湃。自从龚福娣位于杨树浦的房子动迁,跟小花妈失去联系后,他已经很多年没接触崇明了,这次崇明长江大桥隧道的通车,无疑勾起了他对往事的回忆,他决定乘车,去看一看崇明长江隧桥,重新踏上崇明这片热土,抒发一下自己多年来对祖国第三大岛的情怀。在他心中,被誉为"东海瀛洲"的崇明岛一直都是很美的。

在北区汽车枢纽站,颜晓潮坐上了申崇专线,班车沿中环线一路行驶,途径杨浦五角场和浦东高桥地区,然后经隧道抵达长兴岛,再驶上跨海大桥进入崇明岛东部的陈家镇,最终抵达堡镇公交车站。

下车后,颜晓潮直奔海葵新村94号。那幢陈旧的六层楼步梯公房还在,只是随着时间的推移,那里早已物是人非,人去楼空。他先去了3楼的郁洪辉家,敲了几下门,没人应答。隔壁邻居闻讯后出来开门,告诉他,郁洪辉家里没人。

"郁洪辉最近不在家里,你找他有事?"邻居问。

"我是郁老板以前在上海市区时的老邻居,今天乘申崇线来到堡镇,特地过来看看他,"颜晓潮告诉对方,又问,"那楼上的沈富炳、沈济青在家吗？"

邻居回答道："沈富炳好像很久没来这里了，他和陆引娟离婚了，他们的儿子济青，现在在上海开出租车。"

很多崇明人干"的哥"这一行。没见到老邻居，颜晓潮心里难免有些失落。

离开海葵新村后，颜晓潮乘坐南堡线，前往新河镇。在新河码头，他发现当年他和爷爷奶奶来吃羊肉面的那家饭店仍然开着，老板娘还是原来的那位。见到老板娘，颜晓潮颇为高兴，但老板娘已认不得他是谁，只是觉得有点儿眼熟。

进店坐下后，颜晓潮点了一碗荠菜大馄饨，要了一份白斩鸡。不一会儿，老板娘就把菜端上了桌。

"老板娘，"颜晓潮叫住她，"原来在你店里烧菜的一个老师傅，姓施的，现在不做了吗？怎么没看见他？"

"你说的是施同兴吧？他早就不在这里做了。"老板娘告诉他。

"那他现在在哪里？"颜晓潮很好奇。

老板娘倒也爽快，说："施同兴现在在镇上竞存小学旁边一所敬老院的食堂里烧菜。"

"哦，"颜晓潮听说过竞存小学，但不知道具体方位，心想还是别去找了，毕竟彼此没什么交情，只是一面之缘。

"你找施同兴有蟹事？"老板娘问。

"他是不是有个亲戚叫施竖兰？"颜晓潮随便问道。

二十四、情归东海瀛洲

"这我不清楚。"老板娘说。

"哦,"颜晓潮点点头,然后他见饭店里有部公用电话,想到手里有龚成福所办五金工厂的电话号码,为了能迅速找到沈富炳,他想给龚老板打个电话,于是问老板娘,"电话可以让我用下吗?"

"你用吧。"老板娘欣然同意。

颜晓潮拨通了龚成福的电话。

"喂,龚老板。"颜晓潮听见对方是一个中年男性的声音。

"倷蟹人?"

"我是沈富炳的邻居,你还记得我吗?以前你来沈富炳租的房子吃饭,我们见过面。"颜晓潮说。

"有点儿印象。"

"龚老板,你有沈富炳的联系电话吗?"

"我跟沈富炳也很久没见面了,沈富炳和陆引娟离婚的事,我是知道的,我也不知道他们现在在哪里,"龚成福如实相告,但客气地表示,"回头我可以帮你问问,如果有他们的消息就告诉你。"

"哦,好的,谢谢,"颜晓潮向龚成福表示感谢,并告诉他,"我爷爷已经去世了,去年的冬天,他上厕所时,突发脑出血走的。"

"是吗?你爷爷,以前跟我一起喝过酒,身体挺好。"龚成福听到爷爷去世的消息,有些出乎意料。

颜晓潮心想,既然找不到沈富炳,只好算了。他吃完午饭,离开了新河码头,继续乘坐南堡线,前往南门港。在崇明县城,他游览了南门港码头附近的崇明学宫和瀛洲公园,并来到瀛洲公园的长江大堤边,向远处眺望着一望无际的长江入海口,并拿出随身携带的相机,请路人为他在刻有"崇明岛"三个字的巨型石碑前拍下了留念照片。

世博会过后,表弟杨奇立,跟崇明堡镇的沈蓓倩结婚了。

他俩的婚礼,在新天地附近的某五星级宾馆举办的,颜晓潮和他的父母,都应邀前去参加了婚礼。

婚礼十分隆重,现场布置得豪华气派、温馨浪漫。

"姨父,这是我特地送给你的。"在婚礼现场的入口处,颜晓潮从口袋里掏出一把"仿真手枪",作为礼物送给杨奇立的父亲。其实,是一个打火机。

"谢谢!"姨父收下礼物,向颜晓潮表达了感谢,但见他有些轻浮,便出于好意提醒他,"你长大了,稍微稳重一点,别像个小孩。"

颜晓潮和父母在气球拱门前,见到了新郎杨奇立和新娘沈蓓倩,然后一同合影留念。

婚礼马上要开始了,姨父和姨妈都在忙里忙外。跟颜晓潮坐在同一桌的外婆,见自己外孙结婚,笑得合不拢嘴,她对同桌的宾客们说道:"小奇的老婆,挺漂亮的。"

二十四、情归东海瀛洲

"今天他们崇明的亲戚，都来了吗？"段银红问坐在旁边的母亲。

外婆把头往左边一歪，告诉女儿："那边，都是女方的亲戚。"

颜晓潮听到后，把脖颈伸得很长，像头长颈鹿，他不停地观望沈蓓倩的几桌亲戚，发现没一个是他认识的。由此看来，他们跟沈富炳、沈济青应该只是老乡和同姓关系。

外婆觉得颜晓潮还有些稀里糊涂，对自己未来的人生没什么规划和打算，便以长辈的口吻告诫他："晓潮，你现在刚参加工作，工资不高，平时要节约点，多存点儿钱，以后结婚要用的。现在的小姑娘，都看重男方的经济基础。"

"哦。"颜晓潮点头，其实他心里对长辈的这种说教厌烦透顶，他认为男女之间的感情，不应当牵涉物质利益，所以对外婆的这种观念，实在难以苟同。

"妈，他这种人，还结什么婚啊，哪个小姑娘会看上他，只知道吃，人长得这么胖。"段银红在母亲面前，丝毫不给儿子面子。

"要不是蔡仪露跟我闹翻，今天一起来，该多好。"颜晓潮对母亲说，他听到母亲刚才的话，有些暗自神伤，不禁怀念起和蔡仪露在一起的美好时光。

"蔡仪露是谁？"外婆听见后问。

"就是以前鲁汇那个，"段银红告诉母亲，说完，还白了儿子一眼。

"好了，不要说了，"外婆怕在亲戚面前难堪，便劝女儿，但又当面说起外孙，"晓潮，你要听你妈妈的话，找对象，不要光看相貌，要贤惠，会过日子，你看小奇的老婆，多好！"

颜晓潮嫌外婆太唠叨。

"这次杨奇立结婚，你姐，也给女方彩礼了，我听说是给了女方八万八。"颜泽光在桌边小声地对妻子说。

段银红告诉丈夫："女方的父母没要，收下彩礼后就给他们小夫妻俩了，让他们买些家具、家用电器。你看他们崇明人，倒还挺厚道的。"

外婆听见自己女儿、女婿说话，便插上来一句："小奇的岳父，是开出租车的，女方条件还不错，还陪嫁给小奇一辆轿车呢。"

这时，婚礼正式开始，伴随着婚礼进行曲的奏响，西装革履的新郎和身着洁白婚纱的新娘手挽着手，缓步进入大厅，登上前台，司仪庄重宣布："杨奇立先生和沈蓓倩小姐的婚礼现在正式开始。"全场响起了雷鸣般的掌声。

2011年，颜晓潮考进了事业单位，获得了正式编制。在新的工作单位，他负责档案管理。单位有一批档案，组卷和扫描实行了外包，将档案交由进驻的企业进行标准化加工和信息化处理。外包企业为私人老板经营，员工大多为进城的农民工，

二十四、情归东海瀛洲

人员流动性很大,进驻企业的负责人,也一连换了好几个。一天,他们公司派来了新的负责人,颜晓潮按照领导要求,前往组卷室跟对方接洽。

"你好!我叫施凤翠,是新来的负责人,以后你喊我施姐就可以。"施凤翠指着一帮正在干活的员工,对颜晓潮说。

"听你的口音,是崇明人吧?"颜晓潮问。

"对的,我是崇明人。怎么,你听我说话的口音,听得出来?"施凤翠亲切随和地笑道。

"你是崇明哪里的?"颜晓潮又问。

"庙镇,知道吗?"施凤翠接着说,"崇明的桥、庙、堡、浜,四大镇,最有名了。"

"我知道,庙镇在崇明岛西部。"颜晓潮微微一笑,说。

"还看不出,你对我们崇明挺了解的嘛,"施凤翠惊讶地说。

"呵呵,"颜晓潮捂嘴笑笑,"我还知道,你们崇明姓施的人很多。"

"是的,"施凤翠点点头承认,她眨了眨一双明亮的大眼睛,然后对颜晓潮说,"看来,你很喜欢我们崇明。什么时候,有空来我们崇明玩。"

施凤翠的话,顿时使颜晓潮感慨万千。他的思绪,一下子被拉回到十多年前。他的眼前,浮现出了施容旭老师、施竖兰、小花爸陆争贤、小花妈龚福娣还有沈济青一家。回首往事,历历在目;忆及崇明,心生情愫。

龚福娣来颜家时给颜晓潮的手机号，不知怎么回事，后来竟变成了空号。颜晓潮一直想方设法，寻找龚福娣和沈富炳两家，但苦于没有线索。他曾再次拨打龚成福的电话，但也变成了空号。一次偶然的机会，颜晓潮在上网时，看见了郁洪辉的手机号，因为他在堡镇开办了一家五金厂。于是，他打了郁洪辉的电话。在电话里，郁洪辉把沈富炳的手机号告诉了他，就这样，他联系上了济青的爸爸。

颜晓潮想从沈富炳那里打听到小花妈龚福娣的消息，但由于沈富炳已和陆引娟离婚，现在陆引娟家的亲戚，跟他已没有什么关系，沈富炳说他没有小花爸妈的联系方式，他把儿子沈济青的手机号告诉了颜晓潮，称可以问问济青。

颜晓潮随即打给沈济青，但济青说自己现在也联系不到小花一家。

不久后，蔡仪露主动打电话联系颜晓潮，告诉他，自己已经离婚。颜晓潮迄今单身一人，他想抓住这个机会，跟蔡仪露重归于好，小蔡没反对。颜晓潮一直觉得蔡仪露跟小花妈龚福娣长得有些像，而且她说的鲁汇话，有些词的发音跟崇明话一样，于是他要求蔡仪露陪他去一次崇明，想去看看济青爸，小蔡同意道："去就去嘛，玩玩也好。"

颜晓潮再度联系了沈富炳，称自己现在有了女朋友，想跟女友一起来崇明看望他。十多年不见，沈富炳倍感欣慰，欣然答应，并坦诚相告：自己和济青的母亲已经离婚，现在住在堡

二十四、情归东海瀛洲

镇北面的港沿镇，跟新妻子在农贸市场里开了一家崇明糕店。

就这样，颜晓潮带着蔡仪露，乘坐申崇线来到了堡镇，然后换乘南堡支线抵达港沿镇。跟沈富炳见面后，双方一起在附近的农家土菜馆吃饭。

"济青爸爸，这是我的女朋友小蔡，你看，她跟小花妈长得像吗？"颜晓潮神情兴奋地对沈富炳说。

沈富炳瞧了蔡仪露一眼，笑道："有一点儿像。"

"小蔡他们浦江镇鲁汇，说'啥'，跟你们崇明一样，也叫'蟹'，看来你当年没有说错。"颜晓潮特地告诉沈富炳。

"你烦呢。"蔡仪露在旁边插了一句，她嫌颜晓潮有点儿话多。

"时间不早了，吃饭吧。"沈富炳对他们说。

三人在餐馆里找空座位坐下，随后点了菜。沈富炳已经年过六旬，有"三高"，现在在吃的方面很注意，许多都要忌口，他让颜晓潮和蔡仪露点菜，并劝他们不要点得太多。最后，他们点了好几个地道的崇明菜，像白切鸡、炒羊杂、芋艿烧扁豆、水芹炒香干、酱爆茄子、红烧带鱼、番茄蛋汤。沈富炳见满满一大桌，直呼"太多了"。

席间，颜晓潮向沈富炳打听昔日那些崇明朋友的近况，沈富炳称赞他记性很好，并一一告诉了他，比如施家永因盗窃进了监狱，范根田开出租车因车祸去世，袁霄在松江某医院当了会计，丁影已在美国定居，还有郁雨晴已做了妈妈，现在儿子七岁,上小学二年级。颜晓潮则告诉济青爸,小花现在的老公,不是黄兴凯,还有爷爷,在很多年前的一个冬天突发脑出血去世,并感叹时光飞逝,岁月不饶人。

颜晓潮要蔡仪露当场说鲁汇话,跟沈伯伯的崇明话做一下对比,看看能否互通,蔡仪露叫道:"伲的话跟崇明话不一样的,好吗?"沈富炳见小蔡不高兴了,便打圆场,对颜晓潮道:"有些一样,有些是不一样的。"然后,他举起酒杯,跟两位年轻人碰杯,预祝他们心想事成,有情人终成眷属。

吃完饭后,颜晓潮坚持由他请客,爽快地向店老板付钱买单,沈富炳觉得非常不好意思,称应该由自己尽地主之谊才对。两人临走前,沈富炳将事先准备好的甜芦粟和崇明糕放入马甲袋,送给颜晓潮和蔡仪露:"这是我们崇明的特产,一点小意思。"

"哇,甜芦粟,"颜晓潮打开马甲袋,高兴地张大了嘴巴,"谢谢,谢谢济青爸爸!"

"呵呵,你小时候就喜欢吃甜芦粟,你爷爷一直说的。"沈富炳笑道。

颜晓潮和蔡仪露向沈富炳挥手,依依不舍地告别。他们坐车原路返回,离开了港沿镇,前往堡镇码头,然后坐船返回市区。在码头候船时,蔡仪露拿出一根甜芦粟吃了起来,她说这甜芦粟很好吃,在她小的时候,他们鲁汇那边田里也有,她也经常吃。

二十四、情归东海瀛洲

颜晓潮随即也拿了一根啃起来,吃到嘴里,他不由感慨道:"崇明的甜芦粟,确实好吃,不但甜,水分多,而且,还有一股清香的味道。"他说这话的时候,特意瞧着蔡仪露,他希望,自己和蔡仪露的感情,也能像崇明甜芦粟这般清香甘甜,同时,回忆起跟那些崇明朋友的陈年往事,他对这份师生情、邻里情亦是格外珍惜,觉得回味也是甜甜的,犹如这芦粟的味道。

(全文终)